本书由嘉兴学院人才引进
科研启动金项目（CD71520029）资助出版

墨白小说的本土性与世界性

杨文臣　著

武汉大学出版社

图书在版编目（CIP）数据

墨白小说的本土性与世界性/杨文臣著. —武汉：武汉大学出版社，
2021.9（2022.9 重印）

ISBN 978-7-307-22223-6

Ⅰ.墨… Ⅱ.杨… Ⅲ.墨白—小说研究 Ⅳ.I207.42

中国版本图书馆 CIP 数据核字（2021）第 062025 号

责任编辑：李 琼 责任校对：李孟潇 版式设计：马 佳

出版发行：**武汉大学出版社** （430072 武昌 珞珈山）

（电子邮箱：cbs22@whu.edu.cn 网址：www.wdp.com.cn）

印刷：武汉邮科印务有限公司

开本：720×1000 1/16 印张：12.5 字数：184 千字 插页：1

版次：2021 年 9 月第 1 版 2022 年 9 月第 2 次印刷

ISBN 978-7-307-22223-6 定价：45.00 元

序

　　实力派豫军作家群中代表人物之一的墨白是我国当代著名小说家，因其创作具有先锋文学的某些特征，又被誉为"先锋小说家"。他的创作旨在书写人的梦境、幻想与记忆，展现当代人的生存境遇和精神状态。嘉兴学院杨文臣教授的新著《墨白小说的本土性与世界性》在并非系统的散论中，将墨白的小说创作置于20世纪外国文学的宏大视野中，有选择地撷取了卡夫卡、博尔赫斯、胡安·鲁尔福、马尔克斯、加缪、略萨、伯恩哈德、赫拉巴尔、福尔斯、西蒙、品钦、纳博科夫、帕慕克、石黑一雄等14位外国著名作家以及著名哲学家海德格尔为参照，加以比较阐释和深入研讨，为我们较为细腻地勾勒了墨白小说创作的本土性与世界性的认知谱系。作者力图走进创作者的内心世界、贴近作品的迷离空间，与其展开对话，找寻其中可能的价值和意义。

　　《墨白小说的本土性与世界性》由15篇文章组成，每篇聚焦一个中心，没有长篇大论，却言简意赅，力透纸背，颇具可读性。虽然不是系统梳理，全面探讨，但是能由一点散发开去，寻找比较两极的共性和差异，在比照中细腻分析各自的思想深度与风格特色，且能联系实际抒发感慨，让文学与生活相得益彰，从而提升认识境界。总体而言，该著视野开阔，论辩理性，富有理论深度，主要体现出了以下三个鲜明特点。

第一，体现了文本细读的可贵精神。文学研究自然离不开细读，但是能细读到什么程度，能否别开生面读出深意，读出品位，则另当别论。有价值的细读既能引导读者力求在晦涩难懂、不忍卒读的文本中窥见真义，又能在众语喧哗、各展其异中呈现出精彩独特的"这一个"。本书作者就能自觉深入到比较的相关作品的重要情节、场景、话语中进行具体观照与比较性解读，探析其内在可能的魅力和意义。《作为世界的隐喻的文学》《唯有死亡可期》等文章都是体现这一特色的佳作。特别是书中篇幅最长的《作为世界的隐喻的文学》一文，从梦中之梦、历史是一座迷宫、"花园"与"指南针"三个角度，对墨白与博尔赫斯在文学观念与创作手法等方面的共有元素作了较为深入的比较阐析，其中贯穿着可圈可点的文本细读精神。例如，作者在探讨了博尔赫斯与墨白创作中共同具有的人生的梦境特征后，进一步揭示"梦中之梦"的寓意，即文学作品都是在以戏剧化的方式"向我们揭示现实、文学与梦境的关系"。并由此生发，人类历史上那些伟大的文学家都属于梦中之人，"无论遭受怎样的不公，无论境遇如何，都不愿放弃守望，守望纯真、守望灵魂、守望已残破的家园、守望失落了的生命精神和文学精神"。在此意义上说，墨白《孤独者》中的"那个不停地行走的孤独者就是墨白本人的写照，在荒芜的世界上寻找安顿灵魂的地方"，而博尔赫斯《环形废墟》所呈现出的积极意义也在于"因为浮生若梦，我们才要过有意义的生活，才要把那些我们珍视的价值传递下去，那样，我们将永远留在不断延续的梦想之中"。诚如作者在后记中所坦言："我自信进入了大师们的艺术世界，为成为大师们的理想读者而自豪。"

第二，实证研究贯穿始终。实证是比较研究的前提。实证就是严禁无原则的盲目乱比，必须对研究对象作细微的考察，进而确立可比性和问题意识。而可比性是研究立论的逻辑起点，无论是具有确凿的事实联系与精神交往的影响研究，还是彼此毫无事实影响关系的平行研究，都需要首先确立可比性。在此基础上的比较才有意义。本书作者从两个方面做到了这一点。一方面，先从较为容易分辨的相同处入手来进行比较，然后指出差异，例如他对卡夫卡的《城堡》与墨白《讨债者》的比较，就是基于"同样大雪纷飞的故事情境，同样寒酸卑微的主人公，同样在一个冷漠残酷的地方四处碰壁，同样最终未能达成目的且都落了个惨淡的下场"。将墨白的《来访的陌生人》和帕慕克的《我的名字叫红》相比较，则是基丁两部作品共有的线索人物形象的模糊处理与不同内视角相互转换的叙述结构。另一方面，从迥然不同处发现相同点来进行比较，例如作者对墨白的《幽玄之门》和鲁尔福的《佩德罗·巴拉莫》的比较，就是敏锐嗅出了"两部作品共有的那种无与伦比的艺术感觉，那种瞬间将人沁透的、精致而残酷的诗意"。对马尔克斯《百年孤独》与墨白《梦游症患者》进行比较的时候，同样意识到这两部作品"乍看上去并没有太多相同之处"，前者是魔幻现实主义的巅峰之作，后者大致可归为"心理现实主义"；"前者的历史跨度长达百年，而后者讲述的故事发生在短短几个月内，算上前因后果也不过几十年；前者浓缩了拉丁美洲的历史，甚至象征了整个人类文明的演进，而后者只是对一场过去没多久的社会历史运动的批判反思"。但是，作者敏锐地捕捉到了两部作品共有的家族兴衰史书写特征以及弥漫在文本中的孤独和怆凉的氛围，并由此作为可比性依据，加以对比思考，细腻阐释，最终告诉人们人生中明白爱的真谛有多么重要："懂得爱，有能力爱"，才能摆脱自私与孤独，才"不再迷失"。作者抽丝剥茧，拂去层层迷雾，在并非无来由的空泛的比较与审美分析中，让我们加深了对唯有真爱才能摆脱孤独这一重要思想主题的认知。特别是作者能从相异中发现相同，进而展开追问，值得赞赏。其理由正是下面要说的。

　　第三，在世界文学的比较视野中把握墨白的创作风格、特色及其价值，在现代与后现代之间寻找属于墨白自己的位置。众所周知，中国改革开放以来的文学创作深受 20 世纪以来现代派与后现代派等创作思潮的影响，视野开阔、博览群书且格外关注世界文学发展进程的墨白当然无法摆脱这一影响。不过，他并没有一味跟风逐潮，亦步亦趋，而是恰到好处地选择吸收、消化外来养分，形成自己独特的文学风格。该著作者认为，墨白对世界优秀文学的了解和借鉴不亚于任何一位当代作家，但他始终能做到不受任何流行的审美趣味和批评标准的牵制，坚定自信地执着于现世、现实、人间的创作情怀。作者指出："墨白创作的一个重要特点：虽然以先锋小说家名世，且对现代主义、后现代主义文学浸淫深厚，但是墨白的创作在向抽象、超蹈、玄奥层面的挺进上远无法和其他先锋小说家相比。非不能也，乃不为也。底层出身、历尽艰辛的墨白始终不能忘怀底层民众的苦难，并始终和底层民众保持着密切的联系，所以他不愿让故事和人物虚化到脱离具体情境。"作者通过对墨白与15位外国作家创作异同，尤其是差异的追寻，有层次地来探寻墨白创作的个性、品质与价值，这种个性、品质与价值正是来源于其故乡颍河镇的地域性，而世界性则表现在作者对外来优秀文学创作资源的广采博纳与学习借鉴，然后将其融入颍河镇这一独特地域性的书写中。同时，从表现的独特性内容来讲，从来没有脱离地域性的世界性，地域性书写是走向世界性的基础，世界性中也必然蕴含着地域性。中国学者在跨文化比较研究中，之所以尊重、强调差异，乃是因为差异是跨文化，特别是跨东西方异质文化交流接受中必然面对的客观存在，即便是接受者接受了放送者的影响，这种影响也会因跨文化语境的不同而产生变异。因此，只有通过差异双方的比较才能彰显各自的特色与魅力，才能在异中有同、同中有异中搭建沟通对话、宽容理解的桥梁，进而实现交流互鉴、互补皆荣、平等共处的和而不同的文化共同体。显然，这正是作者所追求的目标。

我们期盼着作者对世界中的墨白研究这一重要学术课题，能有进一步的系统爬梳和耕耘，让墨白"这一个"中国作家的世界意义进一步敞开！

是为序。

李伟昉

2021 年 1 月 10 日

墨白论（代前言）

墨白

墨白（1956—　），中国当代先锋小说家，曾任河南省文学院副院长。

墨白出生在河南淮阳新站镇一个普通家庭，在家乡接受小学、中学教育，从小学起学习绘画。1976年出外打工，做过火车站的搬运工，拉过长途运输，上山烧过石灰，当过漆匠……1978年考入淮阳师范学习绘画，毕业后回故乡小学任教11年，直至1991年年底调到周口地区文联任文学期刊《颖水》杂志编辑。他在故乡小镇先后生活了36年，寂寞而苦楚的乡村生活对他后来的文学创作起着决定性的作用。

从20世纪80年代起，墨白开始在《收获》《花城》《钟山》《大家》《山花》《人民文学》等文学期刊上发表先锋小说。他用六部长篇、四十多部中篇、近百部短篇构建起的文学世界"颖河镇"，被认为是运用现代、后现代的叙事手法来反映中国当下社会的最为成功的范例之一。他将具有浓郁的地方色彩和充分口语化的语言嫁接到西方现代小说叙述技巧的运用之中，在现代思想视阈下整理、讲述丰富、感性的生活记忆，对历史、社会、人性展开锋利的剖析和批判，无论是艺术形式的探索，还是思想的深度和广度，在世纪之交的中国文坛都达到了引领者的境界。他一系列堪称典范的文本是中国当代小说创作具备了世界水准的有力佐证，他对历史的反思、对社会转型导致的生存困境和精神裂变的剖析，可称为中国当代文学"良知的声音"，为当代小说的叙事学和社会学分析提供了研究的母本。

墨白的主要作品除《风车》《光荣院》《局部麻醉》《讨债者》《幽玄之门》《尖叫的碎片》等一批中篇小说外，还有长篇小说《梦游症患者》(1996)、《映在镜子里的时光》(1997)、《欲望》三部曲(2011)等。

在当代中国的著名作家中，墨白可能是最具理论自觉、最为沉静笃定的一个。从1984年发表第一篇作品《画像》至今，墨白步入文坛已有三十余年。三十年间，文坛的风潮几经迁转，墨白从未追附于某一流派，把自己变成话题人物。——虽然也有"先锋小说家"的称号，但20年代90年代后先锋文学早已退潮且毁誉参半，这时戴上先锋小说家的帽子不免有些尴尬，评论界将其定位为"后起的先锋""错位的先锋"，多少带有揶揄的味道，暗讽其文学观念的滞后。墨白虽然心知肚明，但是依然乐于以此自居。在一些批评家看来，墨白很执拗，批评的声音也不时传到他的耳中。他很认真地倾听，但并不盲从，而是按照自己对文学、对生命的理解，潜心构建自己的文学世界。他的创作也因而保持了一贯的连续性，没有明显的前后分期。①

一、"我一直都是在写自己"

博尔赫斯坚信，写作归根结底是自传的一种形式，他曾向一位记者坦

---

① 在一次访谈中，批评家张延文问起墨白的小说创作是否有前后分期的问题，墨白回答：没有。参见孟庆澍编著：《小说的多维镜像——墨白访谈录》，云南人民出版社2016年版，第176页。

白说："我对我讲的故事都有很深的体会……这些故事都是关于我自己的，都是我个人的经历。"①我们当然不能把文学的各种创造和细微之处都归结为传记，但无法否认的是，一个作家创作道路的选择往往取决于他的人生经历。

　　墨白的成长之路非常坎坷。他于 1956 年出生在河南省淮阳县的新站镇，新站镇就是后来墨白小说中的颍河镇，淮阳则是历史上著名的陈州，很多重大事件曾发生在这里，诸如，孔子来陈游说曾被困于此，陈胜、吴广在此建立张楚政权，包公陈州粜米，等等。文化积淀厚重的另一面，是民众们的权力意识和"劣根性"的根深蒂固，相关批判是墨白小说的一个重要主题。应该说，墨白儿时的家境还是不错的，父亲是国家公职人员，为地方经济工作作出过突出贡献，在当地算是名动一时的人物，也是墨白心目中的英雄。然而，"四清运动"时，父亲蒙冤下狱，墨白一家的生活也陷入困境。这种家道中落的遭际鲁迅先生也经历过，相比之下，墨白受到的精神上的冲击或许更为惨烈。在那样的年代，作为"可教子女"，墨白承受的压力是外人难以想象的。他失去了被推荐上大学的资格，1976 年春天高中没毕业就外出独自谋生，从事过装卸、搬运、烧石灰、打石头、长途运输等各种工作，过着颠沛流离、寄人篱下的生活。由于生存条件恶劣，他身上生了黄水疮，头发纷乱，衣着肮脏，一度被当作盲流关押起来。② 这一切在墨白的生命中留下了深深的辙印，难以磨灭。

　　当然，苦难的记忆不仅属于墨白，还属于那个时代，他那一代作家中遭受过困厄的不在少数，但并非所有人都愿意像他那样回味、咀嚼苦难，并能写出对于苦难的切肤之感。著名精神分析学家卡伦·荷妮指出，早期

---

　　① ［英］埃德温·威廉森：《博尔赫斯大传》，邓中良、华菁译，华东师范大学出版社 2014 年版，第 4 页。
　　② 墨白：《自序·我为什么而动容》，见《事实真相》，四川文艺出版社 2001 年版，第 4 页。

的创伤是可以修复的，如果能有一个有利环境的话。① 墨白没有那份幸运。1978 年他从外地赶回家乡参加高考，并进入淮阳师范艺术专业学习。设想一下，如果墨白淮阳师范毕业后能留在城市，那么他很有可能与过去和解，以胜利者的宽容姿态看待曾经的苦难——这是知青文学的一个重要路向。可现实是，受到城市生活方式的浸染、对精神生活有了较高追求的墨白又回到了农村，在家乡小学教美术，一待就是 11 年。笔者以为，这段经历对他的创作至关重要。

20 世纪 80 年代的颍河镇，封闭而破败。受地理位置的影响，改革开放并没有迅速改变这里贫穷落后的面貌，墨白的薪水非常微薄，只够勉强维持生计，《灰色时光》《父亲的黄昏》两部第一人称的小说真切地道出了他当时的窘迫和辛酸。寂寞而孤独的岁月里，墨白用大量的阅读来慰藉生命。一个人的阅读选择是受制于其人生体验的，正如墨白所说："我无论读谁的书，都是在读自己。"②他喜欢的是卡夫卡、布尔加科夫、普拉东诺夫、巴别尔、赫拉巴尔等西方文学大师们的作品。他们对苦难的极致书写，对权力的尖锐批判，对人性的咄咄逼问，使得墨白对置身于其中的现实有了更深刻的认知。他用冷峻的目光审视着自己的家乡，发现风光旖旎的颍河镇孳生的却是愚昧、麻木和残忍。"邪恶像脓疮一样在那里生长并成熟，欲望像春天的花朵一样在那里开放。"③墨白效仿他景仰的大师们，通过小说创作对这一切进行了决绝的揭露和批判。尽管他努力让叙述平静一些，但是其自身苦难的过去和挣扎的当下，还是让他的文字中散发出激愤、阴冷的气息。

11 年的光阴，过于漫长，过于沉重，给墨白留下了难以修复的精神创伤。"我饱尝了由长期的城乡二元对立所构成的人格不平等而引起的精神

① ［美］卡伦·荷妮：《我们时代的病态人格》，陈收译，国际文化出版公司 2001 年版，第 56 页。

② 刘海燕：《阅读之梦与写作之梦——与墨白对话》，《文学界》2008 年第 7 期。

③ 墨白：《梦中之梦》，《山花》2009 年第 24 期。

歧视，我深刻地体会了由精神蜕变所产生的痛苦。"①尽管在社会学视野中，城乡二元结构的固化阶段是 1956 年基本完成生产资料社会主义改造到 1978 年改革开放这一时期，之后就开始缓解了，② 但是其真正给农民带来普遍性的精神压力，却是在 1978 年以后。——在此之前，因为极度"固化"，农民与城市接触不多，他们很难以城市为参照来反观自己的生存处境。但改革开放之后就不同了，随着城乡接触的增多，农民才明白自己的处境。11 年间，墨白饱尝了这种身为农村人的自卑。他永难忘记在一个细雨蒙蒙的秋日去《颍水》杂志社改稿的经历，③ 并把这一经历写进了长篇小说《裸奔的年代》。小说中的谭渔并没有受到冷遇，两个穿着时尚的女孩只是好奇地打量了他一下，他就感到面颊发烫，对方并无恶意的笑声也让他无地自容。离开杂志社后：

> 他乘车回到家乡的颍河边，在一个护堤人躲雨的棚子里一直坐了很久。……那场弥荡着忧愁凄楚的秋雨在他的感觉里一直下了许多年，那场浇灌了一棵偃蹇树苗的秋雨一直在他的感觉里下了许多年。现在他跟着汪洋走进还是当年的那间挂有"黄泛区"编辑部牌子的房间里的时候，那场一直落了多年的秋雨突然戛然而止。

1992 年，墨白和小说人物谭渔一样，因创作上的成就调入周口地区文联，在《颍水》杂志社当编辑。但进入城市，并不意味着农村生活背景可以摆脱，并不意味着长期以来形成的心理阴影可以消除。在《欲望与恐惧》中，墨白借吴西玉之口说出了自己那种深入骨髓的自卑：

> 尽管现在在舞厅里我也能和那些酒肉朋友卡拉一下《拉兹之歌》，

---

① 杨文臣编：《墨白研究》，河南大学出版社 2015 年版，第 8 页。
② 乔耀章、巩建青：《我国城乡二元结构的生成、固化与缓解——以城市、乡村、市场与政府互动为视角》，《上海行政学院学报》2014 年第 4 期。
③ 墨白：《鸟与梦飞行》，云南文艺出版社 2016 年版，第 185 页。

可是我仍然强烈地感受到我与某个社会阶层的距离。

墨白无法建立起对城市的认同，之后几年成了他人生中最迷茫的阶段。

那一代由乡入城的知识分子，多多少少都会遭受身份转换导致的精神不适，另一位河南籍著名作家张宇也陷入过同样的困境。"由于灵魂里是把城市作为敌人进行征服的，这使得他在表面上即便获得了超越一般人的牢固的城市身份，内心也始终无法和城市建立起水乳交融的感觉，无法在城市的现代理性文明方式中获得一种心灵的归宿。"①张宇的应对是：一方面，通过美化"乡村情感"来对抗城市给予他的精神压力，但他很清楚这是虚幻的，"真要我返回乡村去生活，我肯定无法忍受"②；另一方面，是用"彻底回雅向俗的市井化认同"，寻求与城市的和解，追求"城市逍遥"。张宇的两种做法具有典型意义，前者体现了部分寻根作家的努力——通过重返民族文化空间来对抗现代文明的压力；而后者也在一定程度上可以解释先锋作家们向写实的回归——已经通过反叛确立了自己的地位，可以改变立场，与现实、文化和自己和解了。

墨白不愿意和解，准确地说是无法和解。可能和他的境况有关，名利、权势始终离他很远，长期的乡下生活背景，让他走在大街上会突然怀疑自己的城市身份，会有不自信的感觉③；更重要的是，这时他已经明确了自己写作的意义，此后再也没有改变。在1994年1月出版的短篇小说集《孤独者》的跋中，墨白写道："写作是我对生命的自身和存在的认识。"严厉的自我审视和拷问，使他不允许自己追求逍遥。他对自己因无法融入城市而产生的焦虑和迷惘的反思，只是坚定了他绝不向城市妥协的信念，所以他决然地给一度沉沦的谭渔和吴西玉安排了悲剧结局。在进行小说创作之余，墨白开始不间断地撰写随笔和评论，表达自己的生命观和文学观，西方文学大师和思想大师们的名字频繁地出现在他的文字中。"做一个气

①　姚晓雷：《张宇论》，《文艺争鸣》2007年第8期。
②　张宇：《疼痛与抚摸》，人民文学出版社1995年版，第251页。
③　刘海燕：《有一个叫颍河镇的地方——与墨白对话》，《莽原》2006年第3期。

质高贵的人"①，以精英知识分子的姿态高蹈于喧嚣而浅薄的城市文明以及群氓般的芸芸众生之上，成了墨白在城市中安顿生命的方式。这种安顿，只能带给他孤独，而他把这种孤独当成了命运，坦然接受。

墨白也拒绝对乡土的任何美化。"我想象着在一个长满了脓疮的肌体上，覆盖着一些已经被折断了枝茎的鲜花的情景。但我清楚地知道随着太阳的升起，那些花朵会一点点枯萎，事物最终会把它的本质暴露出来。"②坎坷多舛的命途，让他极其敏感于世间的种种苦难，并痛恨任何形式的对于苦难的遮蔽。他要像《手的十种语言》中的黄秋雨那样，做人间苦难的见证者和经历者，言说苦难、剖解苦难依然是他赋予自己创作的庄严使命，这使得他的创作和进城之前保持了连续性。当然，因为阅历的增长、思想的成熟，这时他的创作有了更深邃的内涵和更开阔的视野。比如，同样写进城务工人员的中篇小说——1990 年创作的《寻找乐园》主要呈现了处于城乡结合地带的农民工们艰难的生存境况，而 1999 年创作的《事实真相》，还关注了农民工话语权的被剥夺，并对他们人格的萎缩展开了批判。需要强调的是，和那种"俯视""观照"苦难的"底层叙事"不同，墨白认为自己依然身处苦难——精神的苦难——之中，写作表达的悲悯和同情不仅指向他人，而且施予自己。"我一直认为我都是在写自己，写我对生活的恐惧和困扰，写我对生活的渴望与向往，写我对生活的迷茫和无助，写我的孤独和忧伤。"③

二、民间立场和精英话语

墨白多次申言，苦难的生活和对底层民众的深刻了解，决定了他写作的民间立场。④ 但他那种优雅、精致的叙事与我们印象中的乡土文学格格

---

① 墨白：《做一个气质高贵的人》，《中华读书报》2015 年 2 月 25 日。
② 张钧：《以个人言说方式辐射历史和现实——墨白访谈录》，《当代作家》1999年第 1 期。
③ 刘海燕：《有一个叫颍河镇的地方——与墨白对话》，《莽原》2006 年第 3 期。
④ 墨白：《自序·我为什么而动容》，见《事实真相》，四川文艺出版社 2001 年版，第 4 页。

不入，所以，有人怀疑墨白的民间立场并不像他说的那么坚定，尽管不可否认他在伦理上有着对乡土的"眷顾与忠诚"。李丹梦指出，墨白讲述的关于乡土的故事本身并不新鲜，但他"坚持以'繁复'来讲述'简单'，以'精深'来表现'幼稚'，以'洋派'来传达'乡土'，本身就意味深长……对于乡土，主体仿佛是在借机强调，又仿佛在闪避与逃离"。比如在《事实真相》中，叙述者通过那种独特的叙述和主人公来喜拉开了距离，"民工（农民）即使有独立的话语，也不大会是这般先锋的腔调——主体借此与自我的昨天告别，一种潜意识里的乡土逃离，通过话语及形式的争夺与反抗曲折地实现了"①。

　　李丹梦的分析很精辟，但似乎没有必要。因为墨白从未宣称过对乡土的"眷顾与忠诚"，乡土在他眼中是"长满脓疮的肌体"；他也没有在身份上认同乡土，相反，他毫不避讳自己逃离乡土的企望，甚至在逃离之后也一再抱怨"那片生长着绿色也生长着黄色的土地总像一个极大的背影使他无法摆脱"②。墨白从不认为乡土相对城市有什么生命力或优越性，即便在颇有寻根色彩的中篇《民间使者》中，他把艺术之根、生命之根安放于乡土之上的同时，也不忘对乡土现实展开批判：

　　　　这就是我父亲笔下出现过无数次的颍河吗？为什么没有远航的白帆和高大的货船？为什么没有赤脚的纤夫和行船的号子？……没有，这一切都没有，有的只是光秃秃的被水泥包裹了的岸，清清的河水被上游排放出来的废水所污染。

"被污染了的河流"的意象多次出现在诸如《尖叫的碎片》《裸奔的年代》《欲望与恐惧》等作品中，隐喻了在现代性的冲击下，乡土不再是我们安顿生命的家园，它已残破不堪，无可守望。但这些构不成对"民间立场"的否

---

①　李丹梦：《形式的伦理意义》，《文学评论丛刊》2007 年第 2 期。
②　墨白：《欲望》，湖南文艺出版社 2013 年版，第 3 页。

定，民间立场和民间话语、民间（乡土）身份并不必然是同一的。

陈思和将中国 20 世纪的思想文化形态概括为三种类型：庙堂话语形态、精英话语形态和民间话语形态。张宇和墨白的大哥孙方友大致属于最后一种，前者颂赞"活鬼"侯七身上那种诡黠而又强健的"民间气"，后者则耽于民俗文化的把玩中，致力于书写"源于民间的人文历史"。而墨白的文学话语显然属于精英话语形态，他对社会学和文化学层面上的民间没有多少积极评价，批判国民性的主题倒是被他发挥得淋漓尽致。短篇小说《真相》中，盗窃集体电线的恶徒把"我"当电工的哥哥打伤后逍遥法外，父亲却阻止"我"为哥哥争取公道，因为罪犯中有村支书的侄子。后来因为"我"在省报当通讯员的同学的介入，哥哥成了保护集体财产的英雄，被招为县电业局正式职工，父亲又要带着礼品和哥哥去看望监狱中的罪犯，理由是"要不是他们几个打你哥一顿，咱家咋会有今天？"这让"我"感到深深绝望：

> 让我迷惑不解的是，在这个冬天是一片银装素裹，春日里是一片桐花紫雾围绕的村庄里，为什么却养出一些目光灰暗的人来？

《事实真相》中，包工头二圣侵吞了民工们三个月的工钱，没有人敢用行动抗议；而来喜为了避免两手空空地回家面对未婚妻，私藏了几段钢筋，就成了众矢之的；更悲哀的是，二圣以"钢筋事件"为借口赖掉众人工资的流氓逻辑，居然得到了民工们的认同，所有的罪责都被强加在来喜身上。——强者可以为所欲为并备受尊崇，人类的仇恨和愤怒只会投向自己的同类，这就是奴性，是那种荒诞的、不受约束的权力机制得以树立起来的精神土壤。

但国民性批判存在着一种滑向对社会正义的漠视的危险倾向，正如姚晓雷所说，"当民间被视作压迫他们的权力制度的发源地，压迫他们的权力制度被视作民间自身人格缺陷的必然产物时，文化的、历史的因素被重视了；而对民间在现实生活中受欺压的处境直面抨击的社会正义，却被消解了"①。墨白清醒地意识到了这一点，所以他坚定地站在了民间立场上——与张宇、孙方友不同，这种民间立场是基于道义和情感而非文化上的认可。民众的"不争"固然可恨，但我们并不能把责任全然推给他们，我们更应该表达对他们的同情和悲悯，进入他们的生存世界和精神世界，找出萎缩人格得以形成的社会历史机制。

《幽玄之门》中的臭用破坏公路的方式获取裹摔炮用的石子，《蒙难记》中雷震雨的父亲无论如何都不同意砍掉院子里的大楸树给妻子做棺材。前者从事的是违法的勾当，而后者简直就没有一点人情味。我们应该痛斥他们吗？臭其实无比痛恨裹摔炮这个行当，一年前伯父被炸死的阴影还未消散，可是当他发现生活没有任何出路、找个女人得到点肉体欢愉这样卑微的渴望也只能寄托在摔炮上时，他成了一个"小偷"。至于雷震雨的父亲，此生太苦，唯有来世可期，那棵留着给自己做棺材的大楸树因而成了他的命根子，谁也别想拿去，即便是相濡以沫的妻子。在残酷的生存现实面前，人的尊严无从谈起，良知也会被湮灭。所以墨白说，物质是人类获得生存、获得自由、获得尊严、获得高贵的精神世界的基础与保证。② 李佩甫也说，贫穷才是万恶之源，贫穷对人的伤害超过了金钱对人的腐蚀。③ 没人愿意在贫穷中挣扎，很多时候贫穷不是个人的懒惰所致，由此，墨白把我们对人性之恶的憎恶引向导致人性沦落的贫穷，以及造成贫穷的社会历史状况。

再比如奴性。《事实真相》中"我"之所以敢于抗争，是因为"我"师范院校毕业后在外工作，置身于村支书、派出所等基层组织的权力覆盖之外。父亲和哥哥则不然，在尊严和生存面前，他们只能选择后者。几年前面粉厂会计抽烟导致失火，派出所不分青红皂白把哥哥关进了看守所，还在读高中的"我"向所长澄清真相后把哥哥带回了家，却被父亲用皮带狠狠教训了一顿。果不其然，受到"触犯"的所长在之后几年对我家展开了一连

---

① 姚晓雷：《刘震云论》，《文艺争鸣》2007 年第 12 期。
② 墨白：《做一个气质高贵的人》，《中华读书报》2015 年 2 月 25 日。
③ 王波：《李佩甫：贫困才是万恶之源》，《中国青年报》2012 年 4 月 17 日。

串的打击报复。如果"我"还在村里混生活，那么真的有勇气再次为哥哥抗争吗？如果"我"在工作单位中遭遇不公，那么"我"敢像对抗村支书那样对抗单位领导吗？同样，《事实真相》中，民工们为了生存只能选择忍气吞声，相比三个月的工钱，如果二圣的工地拒绝他们，那将是更大的灾难。奴性就是这样形成的，是长期的权力猖獗、正义缺失的产物。

出于这种考虑，墨白拒绝外在的批判，他要进入人物的精神世界，"我就是那个逃债者，整天无家可归；我就是那个胳膊上搭着风衣盛气凌人的市管会主任；我就是那个乡村医生……我就是他们之中的任何一个人，我得先变成他们，设身处地为他们着想，像他们一样去思考问题。"①体现在叙事上，墨白多选择基于内部视角展开叙事，对于人物情绪、直觉、内心独白、意识流的书写在他的小说行文中占据很大的比重。不过，这不可避免地存在着作者把自己的情感、气质、话语强加给小说人物的危险，"进入"很容易沦为"植入"。

墨白的做法是，使用口语、方言以凸显人物的身份和生活背景，如他所说，口语是最能体现生活本质的语言。② 然而，现实中人们的语言大多很贫乏，作者根本不可能用人物自身的语言去表达种种微妙复杂的感受、转瞬即逝的意念，人物们也大多不会有作者希图通过他们表达的那种反思和批判意识。李丹梦说得对，民工不会是先锋的腔调。墨白其实也清楚这一点，为此他特意给小说中的视角人物设置了高考落榜或被迫退学的背景，诸如《事实真相》中的来喜、《寻找乐园》中的"我"、《月光的墓园》中的老手、《爱神与颅骨》中的大锣等，皆是如此。这样，就为他借助人物展开诗意、精致的言说提供了一定程度上的"合法性"。

即便这样，批评者们还是可以坚持墨白依然没有解决人物语言和人物身份的一致性问题。事实上，这个问题是无法解决的。墨白曾说，身处苦难中的人是没有权力言说苦难的，笔者想说的是，身处苦难中的人大多也

---

① 墨白：《颍河镇地图》，《小说评论》2013 年第 3 期。

② 林舟：《以梦境颠覆现实——墨白书面访谈录》，《花城》2001 年第 5 期。

是没有能力言说苦难的，这种能力就是思想和语言能力。所以我们把那些面容悲苦但只会默默抽烟的底层民众形容为"麻木"。墨白要让小说人物代他们言说——这是其民间立场最重要的表现，就不可能完全使用他们那种表达力极其有限的语言。要进入人物的心灵和精神，只能用精致的文人语言来表达，民间立场和精英话语由此获得了统一。黄轶在和墨白的对话中，坚持认为《裸奔的年代》中的谭渔不能代表进城的乡下人。① 外在地看，的确如此，大多数进城的乡下人不会像谭渔那样敏感自艾，不会像他那样有强烈的悲剧感，但这并不意味着他们的无意识中就没有创伤，没有迷惘和沉沦。那些隐藏在日常表象之下的精神动因，一直在悄悄地塑造着人们的情感、性格和行为模式，进而作用于现实。谭渔的身份、性格、经历、语言风格等都是独特的，但其精神历程对于那一代由乡入城的人来说是普遍的，所以，笔者将这部作品称为一代人的"心灵史"。

三、有关记忆的诗学

诗人蓝蓝称墨白是"受雇于记忆的人"②，孙先科用"有关记忆的诗学"来表达阅读墨白长篇《梦游症患者》后的感受③，墨白本人也认为，"记忆是现代小说叙事的核心问题"④。对于时间和记忆的独特理解与墨白的小说创作有着莫大的干系，如果要给墨白的创作命名的话，那么"有关记忆的诗学"可能是最恰如其分的。

法国思想家柏格森指出，流俗观念中的那种线性的、可以计量的时间是个冒牌的概念，是空间观念侵入的结果，尽管对于我们当下的生存实践

① 黄轶：《道德的焦虑与生命的迷惘——与墨白对话》，《广州文艺》2009 年第 6 期。
② 蓝蓝：《受雇于记忆的人》，《山花》2004 年第 4 期。
③ 马新亚：《墨白作品研讨会综述》，《创作与评论》（下半月·评论）2014 年 2 月号。
④ 墨白：《梦境·幻想与记忆——墨白自选集》，河南大学出版社 2013 年版，第 482 页。

活动极其重要——我们无法想象没有钟表这个社会如何运转，但它不是本真的时间，遮蔽了我们对于自己及世界的认识。真实的时间是一种"绵延"，不可分割，每一瞬间都彼此渗透。"绵延是过去的持续发展，它逐步地侵蚀着未来，而当它前进时，其自身也在膨胀……过去以其整体形式在每个瞬间都跟随着我们。我们从最初的婴儿时期所感到、想到以及意志所指向的一切，全都存在着，依靠在上面。"①也就是说，过去并没有消失——即便淡出了我们的意识，所有的过去都渗入进当下，参与到现实的组建中。

墨白完全认同柏格森的时间观。在长篇《映在镜子里的时光》中，他借丁南的口说出："现实存在于一瞬之间"，之后又在访谈和随笔中多次谈论这个话题。我们说话的当下，瞬间就会成为过去，进入我们的记忆。准确地说，由于言说的滞后性，当我们对经历、感受到的当下进行言说时，那个当下已经成了过去，我们对当下的言说其实是基于对不断成为过去的当下的记忆。未来存在于我们的想象之中，而想象又是在当下展开的，这些关于未来的想象也随即进入了我们的记忆。记忆中的一切并不像仓库里的物品一样，彼此外在地排列着，相反，一切都相互渗透，"记忆是一个巨大的容器，它在现实的瞬间不停地摇动着，所以我们记忆里的内容每时每刻都在发生着变化"②。

墨白绝非在故弄玄虚。他对时间、记忆的言说归根结底是为了表明：要更好地解释现实，就必须重视过去，正如柏格森所说，过去从未远离，始终在跟随着我们。关于过去的谈论，墨白喜欢使用"记忆"，而相对冷落了"历史"，是因为他对通常我们谈论的"历史"是不信任的，"在集体记忆所构成的历史中，我们很难接近它的真实"③。构成个体精神生命、影响个

---

① ［法］亨利·柏格森：《创造进化论》，肖聿译，译林出版社 2011 年版，第 5 页。
② 墨白：《梦境·幻想与记忆——墨白自选集》，河南大学出版社 2013 年版，第 481 页。
③ 墨白：《梦境·幻想与记忆——墨白自选集》，河南大学出版社 2013 年版，第 484 页。

体对现实的认知及现实行为的,是那种带有个人体温的历史,即他的个体记忆。在这个意义上,记忆就是我们的现实。

带有强烈主观性的个体记忆就能通达那个唯一真实的历史吗?当然也不能。但对历史的言说并不因此而失去意义。按照柏格森的观点,过去总是在持续地"生长"和"膨胀",不存在一个可以固定下来的、客观化的历史。我们也并不需要那样的历史,历史的意义就在于它构成了我们的精神生命,正如克罗齐所说,一切历史都是当代史。在这个意义上,"正是这种带有个人体温的对历史的回逆,才构成了我们人类逶迤而生动的精神世界"①。换句话说,历史不在遥远的过去,它就散落和封存在我们的精神生命之中,我们可以通过个体的记忆以及对记忆的解析,来捕捉"历史的真相"。

这样一种对历史、现实和记忆的理解,决定了墨白小说的形式。他在形式上做的探索和创新,很大程度上是为了呈现"记忆的秩序"。墨白的几部长篇,开头和结尾之间的时间跨度都很短,《映在镜子里的时光》不过二十四小时,《来访的陌生人》《欲望与恐惧》和《手的十种语言》都是四五天的样子,《裸奔的年代》中第一部"漫长的三天"讲述的三个故事都发生在一天之内。但借助不同形式的"记忆",每部作品都涵纳了人物之前几十年的人生经历和爱恨情仇。当下与过去的交织讲述,使得墨白的小说在叙事上与传统小说迥然异趣。传统小说中虽也有倒叙和插叙,但倒叙、插叙部分的时间起始点和正文部分有着很好的衔接,总的来说,时间的前后承续关系非常清晰,构成情节的所有事件的时间基本都按照发生的先后依次在文本中被清晰地标示出来。但墨白的小说不同,他的讲述在不同时空"随意"跳跃,所有的过去都向当下汇涌,造成叙事的密集和延宕。以《欲望与恐惧》为例,无所事事的吴西玉总是处于一种冥想的状态,一幅广告牌、一个电话都会引他沉入对往事的回忆中,有时还会在回忆中进入回忆。小说

① 墨白:《梦境·幻想与记忆——墨白自选集》,河南大学出版社 2013 年版,第485 页。

中吴西玉只陪伴了我们四天就出了车祸，但我们却觉得走过了相当漫长的一段岁月，确如博尔赫斯所说，"任何一个瞬间都比海洋/更为深邃，更为多种多样"①。

如此，我们就能理解墨白何以钟情于意识流的叙事手法。除了呈现人的心理现实，意识流还可以在当下和过去之间建立起直接的联系。中篇《白色病室》中，精神病科大夫苏警已看到梨树园就想起小时候姜仲季侮辱他的情景：饥饿的他打落了梨树上仅存的一个长满黑斑的小梨子，姜仲季却夺走了梨子并在上面屙了一泡大便……

> 现在，梨园的梨树上没有一片绿叶，呈现出一派死亡的景象，苏警已走到那棵给他留下一只梨子的梨树下停下来，然后回过头来，他渴望着在这里看到姜仲季。就那一刻，从他的内心深处生出一种愿望，他要让姜仲季长久地在他的身边待下去，让他时刻来提醒他的过去。

小说中的苏警已沉默寡言，不谙世事，是一个被周围人恶意疏离和侮辱的形象，但他也并非"纯洁无瑕"，对现在成了他的病人的姜仲季的态度让我们看到了他人格中隐约闪现的施虐倾向，过去烙在其精神上的创伤并没有因他成了一名杰出的医生而自动修复。《欲望与恐惧》中有很多类似这样的表述：

> 那个近似疯狂的夜晚清晰地留在了我的记忆里，同时有一种邪恶的东西也渗入了我的血液。我想，后来我干了许多不知羞耻的事情，或许就跟这场幼年的经历有关。
>
> 那耳光就像耻辱刻在了我的心里，每当我想到杨景环的时候，就

---

① 博尔赫斯的诗歌《1964 年》中的两句，在中篇小说《月光的墓园》的题记中，墨白引用了这两句诗。

会在我的心里生出一种仇恨来，我恨这个外号名叫杨贵妃的城市女
人！

……

当下的一切，都可以从过去中找到解释。换句话说，每一个当下瞬间，都
包含了全部的过去。只有不时静下心来反思走过的路，我们才能对现实有
更好的理解和把握。

为了对历史和现实做出立体、全面的透视，在《来访的陌生人》中，墨
白采取了基于多个视角人物的交叉叙事形式，每一章节变换一个视角，都
使用第一人称。值得一提的是，土耳其作家、诺奖获得者奥尔罕·帕慕克
的名作《我的名字叫红》也使用了同样的手法，但其翻译成中文是在《来访
的陌生人》出版三年后，我们无法推知二者是否存在借鉴关系。这部作品
中，每个人都既生活在当下，也生活在过去。冯少田处心积虑要整垮孙
铭，除了因为妻子苏南方被对方夺走做了情人，还与他从儿时就沉积在心
底的自卑和屈辱有很大关系，那时出身底层的他只能眼看着仙子般的陈平
与门当户对的孙铭出双入对；事业成功的孙铭自以为能掌控一切，他周旋
于三个女人之间，又想寻回昔日的恋人陈平。无论是冯少田还是孙铭，他
们的记忆和言说都不完全可靠，时而有真情流露，时而又遮遮掩掩，作者
把二人放在一起，让他们相互印证和揭穿，从而将历史、现实和人性的复杂
呈现了出来。一直未正面出场的陈平，是过去的象征。对陈平的寻找，把人
们带进了噩梦般的过去。其实，陈平就在孙铭他们生活的这个城市，就在
他们身边，也在他们心中，她终将实施自己的复仇——过去从未远离我
们。

回忆只是记忆形式之一种。文学是我们的记忆，各种物件、建筑也承
载着我们的记忆，它们是我们进入过去的入口。《手的十种语言》中，黄秋
雨的命案本身并不复杂——因和市委书记的爱人产生了情感纠葛，他在一
个大雪纷飞的傍晚被谋杀了，谭渔和江局长大概一开始就知道真相。命案
只是一个线索，借此作者向我们展示了大量和命案无关的黄秋雨的诗歌、

信件、画作、手稿等物件，以便让我们跟随刑侦队长方立言进入黄秋雨的精神世界，小说由此呈现为一种发散式的结构。评论家张钧把墨白的小说创作描述为"以个人言说的方式辐射历史和现实"①，这部作品中黄秋雨虽然不能开口言说，但是他留下了文字和作品。随着方立言越来越深入地了解黄秋雨，他对历史、现实也产生了越来越深刻的认知，最后方立言领悟到：我们看到的所有东西，都有虚假的一面。黄秋雨致力于用作品向世人呈现被抹除、被遗忘了的历史真相，而现实是他的死亡真相也将被官方发布的消息所掩盖！如果没有黄秋雨留下的文字和作品，那么他的世界将永远对世人关闭。文学的意义正在于此，墨白说，文学是我们的记忆，它"带领我们进入已逝的生活……如果没有小说对人类精神的佐证，对人类精神的呈现和记录，就会造成对人类精神的一个不可弥补的损失"②。

四、在现代与后现代之间

路易·阿拉贡这样谈论亨利·马蒂斯：他一方面说现实是他的不可或缺的跳板，但现实主义者这个词从他嘴里说出来却只有贬义。③ 这一评论也完全适用于墨白。一方面，墨白自言现实是其文学创作的基点，他关注历史、记忆都是为了更好地把握现实；另一方面，他又不只一次地站在现代主义和后现代主义的立场上对现实主义大加讨伐，甚至毫不避讳地宣称，正是因为现实主义的根深蒂固，中国文学才失去了和世界文学对话的基础。

这之间并不矛盾。如罗杰·加洛蒂所说，一切真正的艺术品都是表现

---

① 孟庆澍编著：《小说的多维镜像——墨白访谈录》，云南人民出版社 2016 年版，第 1 页。

② 孟庆澍编著：《小说的多维镜像——墨白访谈录》，云南人民出版社 2016 年版，第 136 页。

③ ［法］罗杰·加洛蒂：《论无边的现实主义》，吴岳添译，百花文艺出版社 1998 年版，序言第 5 页。

人在世界上存在的一种形式，因而，"没有非现实主义的，即不参照在它之外并独立于它的现实的艺术"①。现实主义、现代主义和后现代主义者们都致力于呈现和揭示现实，他们的争议在于对现实的理解不同。现实主义者基于 18 世纪的启蒙哲学，对人的理性怀有坚定的信念，相信创作主体可以对现实做出准确的言说。现实在他们眼中是客观的社会现实，即人们的政治、经济、文化等社会实践活动以及在活动中结成的社会关系。现代主义者对理性主体持怀疑态度，他们把现实主义者谈论的现实斥为虚假的、外在的现实，掩盖了人与人、人与世界之间关系的真相：在这个异己力量日益增长的世界上，人已经丧失了主体地位，变成了牵线木偶。在他们看来，谈论现实不能脱离人的存在和体验，内在的、心理的现实才是真正的现实。

后现代主义者否认有什么"真正的现实"。在他们看来，现实是话语的建构，而任何话语都渗透了意识形态，都不是客观中立的，因而，对现实展开绝对的言说是不可能的。无论现实主义的"客观现实"还是现代主义的"心理现实"，都是关于现实的文本而不是现实本身，都没有资格宣称自己是真正的现实。现代主义正确地看到了现实主义的"宏大叙事"之于现实本身的遮蔽，但却和后者一样嗜好构建深度模式和整体性叙事，同样必须予以解构。解除了现实的重负之后，后现代主义文学心安理得地放弃了对深度和秩序的追寻，止步于对表象和碎片的把玩。

墨白骨子里是个现代主义者。悲情坎坷的人生遭际，刻入骨髓的恐惧与绝望，使他格外敏感于世上的苦难、冷漠、荒诞、暴力以及人性的丑恶，对于种种带有欺骗性的意识形态和宏大叙事，他始终心怀警惕且疾之若仇。不仅在精神气质上，而且在文学观念上，墨白也深受现代主义的影响。在淮阳师范艺术专业学习的时候，墨白接受了西方现代主义绘画的艺术观念，"对我创作技巧的影响，一些画家要比一些作家更重要，像达利、莫奈等等。这些画家最早地影响了我对艺术形式的理解和认识"②。现代主

①　[法]罗杰·加洛蒂：《论无边的现实主义》，吴岳添译，百花文艺出版社 1998 年版，第 171 页。

②　雷霆：《对文本的探索——墨白访谈录》，《山花》2003 年第 6 期。

义绘画和现代主义文学在精神上是一致的，在艺术形式上也是相通的。印象派绘画放弃客观物象转而描绘主观印象，表现主义对人类的苦难、贫困、暴力和激情的呈现，超现实主义对隐藏在世界表象之下的非理性和怪诞的迷恋，都能与现代主义文学互为参照和印证。走上文学创作之路后，现代主义文学大师如卡夫卡、伍尔夫、乔伊斯等人也自然成了墨白倚重的借鉴对象。在《画匠·艺术家》一文中，墨白把准确无误地描绘客观物象的人称为画匠，把呈现意念或用抽象手法表达现实本质的人称为艺术家，呼吁作家们不做画匠做艺术家，堪称其皈依现代主义的宣言。

　　无可否认，后现代主义也对墨白产生了一定的影响。《尖叫的碎片》和《航行与梦想》两部中篇都采用了后现代主义元小说的形式，其关于历史、现实和记忆的言说也烙上了显著的后现代主义印记。不过，墨白不像后现代主义者们走得那么远。后者从质疑关于历史、现实的宏大叙事走向了对历史、现实的彻底消解，文学也因而卸掉了使命感和担当意识，蜕化为语言游戏和叙事操作。墨白则始终对历史、现实不能释怀，无论采取怎样的形式，他的作品中总是回荡着思之沉重。笔者在《墨白小说关键词》一书中把"寻找"列为研究墨白小说的关键词之一，他的主人公们总是行走于寻找之途：《尖叫的碎片》中的"我"一直在寻找记忆中那个高贵脱俗的雪青；《航行与梦想》中的"我"则一直在寻找一个能够安顿灵魂的地方；寻找旧书的主人，寻找外景地，寻找事实真相……"现实时空中的'旅行'和'寻找'，都是心灵层面上超越庸俗现实、追慕精神性存在的隐喻。"①当时我写下这句话，还没意识到对"寻找"的执着也是墨白和后现代主义者的本质区别：后者无差别地质疑一切，已经丧失了寻找（"思"）的动力，而寻找的结果——无论是乌托邦、改变现实的方案还是关于本真存在的言说——同样是某种需要质疑的叙事。如英国学者提摩太·贝维斯所说，后现代主义者"乔装打扮成对真实和真诚的追求"，却"逃向寂静无能和懒惰无力"。②

---

　　①　杨文臣：《墨白小说关键词》，中国社会科学出版社 2016 年版，第 140 页。
　　②　[英]提摩太·贝维斯：《犬儒主义与后现代性》，胡继华译，上海人民出版社 2008 年版，第 281 页。

由此，我们也可以厘清墨白的创作和"先锋文学"之间的关系。20 世纪
80 年代苏童、余华等人的先锋小说，和西方的后现代主义文学在精神上更
接近一些。"诚然，先锋小说并未实现批评家所判断的完全后现代化，它
还有少许的人文关怀，还有对对象之下的本质的少许挖掘。但仅存的少许
已够让 80 年代的文坛忧心的了。"①作为对"忧心"的"酬报"，90 年代初先
锋作家们减弱了形式实验，寻回了"意义"，以对现实主义文本风格的回归
赢得了不少人的赞许。寻回"意义"——以及被他们消解掉了的"人"和"历
史"——毫无疑问是正确的选择，但这是否意味着一定要放弃之前的观念
和姿态呢？对墨白而言，不存在回归的问题，他始终没有忘怀人的尊严和
自由，没有停下对历史的追索和对现实的拷问。他也绝不放弃形式的探索
和创新，因为在他看来那是通达现实的必要条件，"如果一个小说家，他
真的对他生命所处的现实有所认识和思考，对生命在时间中的存在有所认
识，对由现实而构成的记忆有所研究，对汉语言所呈现的社会事实和生命
的真实有所感悟，那么，他就绝不会从对叙事探索的前沿退回到所谓的现
实主义"②。墨白说，好的文学不能不是先锋的，这并不是奉已经成为过去
的先锋文学为圭臬，而是提出了一个动态的判定文学的标准，即文学必须
不断突破既有范式，为人们提供新的经验和看待世界的方式。对墨白没有
深入了解的人很容易把墨白的这种先锋姿态误解为对先锋文学滞后的追
随，即所谓"后起的先锋"，但墨白并不因此而更改口径，他说帽子不能遮
蔽下面的真实面容。这份洒脱、自信源于他的理论自觉，他清醒地把自己
定位为居于现代和后现代之间的小说家，而现代和后现代，不仅是舶来的
理论话语，还是我们身处其中的社会现实。

---

①   许志英、丁帆主编：《中国新时期小说主潮》，人民文学出版社 2002 年版，第
413 页。

②   张延文：《中国社会产生现代派文学的土壤——与墨白对话》，《天涯》2013 年
第 6 期。

目　　录

一、作为世界的隐喻的文学

——墨白和博尔赫斯对比研究

豪尔赫·路易斯·博尔赫斯(1899年8月24日—1986年6月14日)，阿根廷诗人、小说家、散文家兼翻译家，被誉为作家中的考古学家。博尔赫斯生于布宜诺斯艾利斯一个有英国血统的律师家庭，少年时随家人旅居欧洲，在日内瓦上中学，在剑桥读大学。掌握英、法、德等多国文字。

博尔赫斯不仅是当代世界的文学巨匠，而且引导了20世纪60年代拉丁美洲文学热潮，为拉丁美洲文学赢得了国际声誉，把小说和散文推向了一个极为崇高的境界。20世纪后半叶以来，几乎世界上所有知名作家都承认，受到过博尔赫斯作品的直接影响。如果有哪一位作家在文学上称得起不朽，那么这个人必定是博尔赫斯。

博尔赫斯曾任阿根廷国家图书馆馆长、布宜诺斯艾利斯大学文学教授，获得阿根廷国家文学奖、福门托国际出版奖、耶路撒冷奖、巴尔赞奖、奇诺·德尔杜卡奖、塞万提斯奖等多个文学大奖，其作品涵盖小说、随笔小品、诗、文学评论多种文学门类。代表作有诗集《圣马丁札记》《老虎的金黄》；小说集《小径分岔的花园》《阿莱夫》；随笔集《永恒史》《探讨别集》等。

作为一名"学者型作家"，墨白谈论过许多世界文学大师，其中，博尔赫斯可能是他最为服膺的一位。2008 年，墨白写出了近五万字的长文《博尔赫斯的宫殿》，对博尔赫斯的文学做了极为精妙的阐释。这篇文章的形式很有趣：墨白把已离世二十多年的博尔赫斯请到了鸡公山，在第十八栋别墅的廊檐下，在曲径分岔的山道上，他们展开了深入、真诚的交流，他们之间有质询，有应和，也有争辩。如此，墨白就超越了对博尔赫斯的单向阐释，在解读博尔赫斯的同时表达了自己的哲学和文学观念。其实，二人不仅在观念上相通，创作上也存在诸多共同元素，对墨白和博尔赫斯进行对比研究是一件很有意义的事。既然《博尔赫斯的宫殿》采取了梦境的形式，那么我们的话题就从梦境开始。

梦 中 之 梦

墨白的长篇小说《裸奔的年代》中有一个诡异的情节：谭渔和开出租车的同学雷秀梅去看望一个叫汪丙贵的老人，谭渔不久前才得知后者的儿媳、自己的初恋周锦，已在汪家备受折磨后死去了。在通往汪家的小胡同，雷秀梅应一对夫妇的恳求送他们去了医院，于是，谭渔独自见到了汪丙贵，见到了挂在墙上的周锦的遗照和自己从未见过的儿子小渔的遗照。精神濒于崩溃的谭渔离开汪家，在陌生的街道上迷失、狂奔，后来在声音酷似周锦的女人的引领下回到旅馆。随后，雷秀梅打来电话，说自己从医院返回汪家接谭渔时，看到汪家大门紧锁，邻居告诉她汪丙贵一个星期前已经死了。

不难看出，这是一个梦境。只是，这个梦境如此自然地嵌入现实进程中，让人感到深深不安。墨白的另一部长篇小说《映在镜子里的时光》有一个类似的情节：风雨交加的暗夜里，丁南在当地人小河的陪同下，去为发烧的夏岚请医生，到达医院时和小河走散了，之后他独自见到了当年插队时的旧相识、"右派分子"老田，聊了许多往事，并带回了药。第二天，却得悉老田已去世多年，现在人们口中的医生老田是当年"右派分子"老田的儿子，昨天夜里小河找到了他并一块来为夏岚打了针。显然，和"右派分子"老田的会面是丁南在那个深夜产生的幻觉，是一个梦境，但诡异的是，夏岚却喝了梦中老田让他带回来的药，一个透明的瓶子，里面是澄澈如冰的药水。

这个情节让笔者十分着迷，却又百思不得其解。墨白绝不可能是在宣扬通灵之类的观念，那我们该如何处理这个瓶子？后来，我因《博尔赫斯的宫殿》一文对博尔赫斯产生了兴趣并展开系统阅读时，发现后者很郑重其事地探讨了这类情节。

柯勒律治写过一篇短文，说一个人在睡梦中穿越天堂，别人给了他一朵花作为他到过那里的证明，而醒来时发现那花在他手里。博尔赫斯对柯勒律治的"梦中之花"很感兴趣，写作了《柯勒律治之花》一文，文中还提到了威尔斯的"未来之花"：在小说《时间机器》中，威尔斯笔下的主人公周游未来，归来时两鬓苍苍，手里握着从未来带回的一朵凋谢了的花。——显然，墨白的药瓶和这两朵花具有同样的功能。博尔赫斯确定，威尔斯并没有读过柯勒律治，他对二人之间的巧合做了古典主义的解释：对古典主义来说，最根本的是文学，而非个人。换言之，有某些永恒的东西，将会反复出现在不同作家的笔下，就像荣格告诉我们的那样。[1] "有许多年，我一直认为在那几乎浩瀚无垠的文学中，只存在着一个人。此人就是卡莱尔，

---

[1]　荣格的分析心理学认为，在人的心灵的深层，有一种集体无意识，是人类与生俱来的赋予生命以意义和秩序的能力，关涉到人类最原初也是最本质的生存境遇。伟大的文学之所以具有超越时空的价值，就在于它用自己时代的材料创造出了集体无意识的原型意象，表达了根植于人类生命深层的、永恒普遍的东西。博尔赫斯的随笔多次提到过荣格，但未做过专门探讨，是因为荣格的学说契合了他的形而上学，但他对心理学本身没有兴趣。

就是贝希尔，就是惠特曼，就是坎西诺斯-阿森斯，就是德·昆西。"①对于博尔赫斯的读者来说这一言论不难理解，他一直在致力于创作哲理意味浓郁的、具有"原型"色彩的小说，如他本人所说，伟大的文学"应该像忒修斯或薛西斯大帝的程式一样，普遍地存入人类的记忆之中，在人类的范围中增值，超越其作者荣誉的边界，超越其所用语言的死亡……"②

在《柯勒律治之花》中，博尔赫斯指出这朵花关涉到某种永恒的文学传统，进而言之，关涉到人类的某种有深度的、跨越边界的存在体验，但没有清楚地告诉我们如何看待这朵花。在《吉诃德的部分魔术》中，他延续了对这一话题的思考。博尔赫斯指出，在《堂吉诃德》第二部中，书中的主人公居然看过了《堂吉诃德》的第一部，主人公在书中成了阅读关于自己这本书的读者。印度史诗《罗摩衍那》的末篇写到，罗摩的两个儿子不知生父是谁，栖身森林，一个苦行僧教他们读书写字，他们读的书就是《罗摩衍那》，而那位老师则是跋弥——《罗摩衍那》的作者。同样的情节也出现在《一千零一夜》中，第六百零二夜，国王从王后嘴里听到了她自己的故事，听到了那个包含所有故事的总故事的开头，也不可思议地听到了故事的本身。——墨白的《映在镜子里的时光》中也有类似的情节，丁南一行人为把小说《风车》拍成电视剧，前往颍河镇寻找拍摄的外景地，结果却走进了小说之中。博尔赫斯说，为什么这类情节会让我们感到不安？他给出的答案是："如果虚构作品中的人物能成为读者或观众，反过来说，作为读者或观众的我们就有可能成为虚构的人物。"也就是说，现实和虚构并没有明晰的界限——这就是那些古怪诡异的情节要启示我们的。博尔赫斯接着在肯定的意义上引用了卡莱尔的一句话作为《吉诃德的部分魔术》一文的结尾："世界历史是一部无限的神圣的书，所有的人写下这部历史，阅读它，并

---

① ［阿根廷］豪尔赫·路易斯·博尔赫斯：《探讨别集》，王永年、黄锦炎等译，上海译文出版社 2015 年版，第 18 页。

② ［阿根廷］豪尔赫·路易斯·博尔赫斯：《探讨别集》，王永年、黄锦炎等译，上海译文出版社 2015 年版，第 128 页。

且试图理解它，同时它也写了所有的人。"①

按照上述逻辑，柯勒律治的"梦中之花"和墨白的"梦中药瓶"的寓意则是：梦与现实并没有明晰的界限，梦中所见的东西全部来自我们自身，而我们的梦也参与到现实的营建中。未来只存在于我们的梦想——也可以说是梦境——之中；而当我们与现实拉开距离，就会发现已成为过去的现实也具有梦境的性质。简言之，浮生若梦。博尔赫斯的《环形废墟》最形象地揭示了人生的梦境性质。

《环形废墟》在一个极为神秘、荒芜和模糊的情境中展开。一个来历不明的"灰色的人"来到河边一个环形的废墟中，这里是被焚毁的庙宇的遗迹。他来到此地的目的是在梦中创造一个人——他的儿子，并使之成为现实。在经历过无数次失败、付出无数心血之后，他终于成功了，梦中的儿子进入了现实，并能够改变现实，比如，按照他的命令把旗子插到远处的山顶上。然后，他把儿子派到河下游另一座荒废的庙宇中去，之后不再做梦——人生目的实现了，结局就要来临。后来，两个面目不清的划船人告诉他，北方一个庙宇里有个会魔法的人，踩在火上不会被烧伤，他知道那是他的儿子，他感到欣慰也感到担心，唯恐儿子知道自己是父亲创造的一个幻象——幻象是不怕火的。不久，他所在庙宇再次被焚毁，让他惊恐的是，火焰对他没有任何影响，原来他也是一个幻象——是另一个人梦中的人物。

博尔赫斯的父亲——豪尔赫·吉列尔莫·博尔赫斯博士——在人生后半段梦想成为一个文学家，但他寄予厚望的小说《酋长》被证明是一部失败之作，临终前，他还未死心，请求儿子重写自己的作品，这成了博尔赫斯重新审视与父亲的关系的契机。加之博尔赫斯此时再次受到爱情的伤害，使得这部写于父亲去世后不久的《环形废墟》充满了幻灭感。博尔赫斯的传记作者埃德温·威廉森说，那个"灰色的人"就是他父亲，小说表达了"他不能找到任何存在的意义或目的；他的生命可能被偶然性支配着或是被别

---

① ［阿根廷］豪尔赫·路易斯·博尔赫斯：《探讨别集》，王永年、黄锦炎等译，上海译文出版社 2015 年版，第 72 页。

人设计好的"①。博尔赫斯内心深处对父亲是存在怨恨的，小时候父亲终日和朋友们厮混在一起，把他遗弃在那个拥有上千册图书的私人图书馆中，在书的海洋中，他自由但也孤独，形成了一种内倾、敏感、专注自我的心理类型，构建起一个梦境般的个人世界。当然，这在他成为大师的人生征程中可能是非常重要的一环，但在成为大师之前，却给他带来了无尽的痛苦。父亲希望他成为"一位绅士，一个天主教徒，一个阿根廷人，一个赛马俱乐部的成员，一个乌里武鲁将军的崇拜者，一个喜欢基罗斯风景画的人"，他也不是不想承担起恢复家族昔日荣光的使命，然而，他只是一名卑微的市政图书馆的管理员，让父亲非常失望。尽管如此，父亲却还寄希望于他重写《酋长》来"拯救"自己，可是，这时的他再次遭受爱情打击，觉得通过写作救赎自己的计划无法实现，他只是父亲的不切实际的"幻象"。至于他的父亲，亦是如此。祖父是一名上校，无谓地死于一场军事政变，但祖母把他描绘成了一个光辉的、浪漫的传奇英雄，并作为榜样灌输给孩子——博尔赫斯家族的女性都很强势。于是，吉列尔莫·博尔赫斯在自己从没见过的、沉重而高大的父亲形象的阴影下成长，经常对自己的人生价值产生怀疑，并形成了一种犹豫不决、自我批评的性格，总是在尊重母亲和坚持自己的独立性之间摇摆不定。② ——事实上，博尔赫斯和母亲的关系也同样如此。一切都是被设计好的，都是被其他幻象所创造的幻象，任何试图改变的努力都是徒劳的。"神庙"象征了博尔赫斯辉煌的家族，"焚毁"象征了家族的一再败落，"河流"象征了历史之流……小说的很多细节我们都可以用索引、考证的方法予以解读。

不过，博尔赫斯的创作心境并不影响作品表达的哲理的普遍有效性，正如墨白所说，"一个人到了生命的最后，他终于会明白，原来我们的一生就是一个漫长的梦境。我们从梦中醒来，然后离开这个世界。那么我们

① ［英］埃德温·威廉森：《博尔赫斯大传》，邓中良、华菁译，华东师范大学出版社2014年版，第296页。

② ［英］埃德温·威廉森：《博尔赫斯大传》，邓中良、华菁译，华东师范大学出版社2014年版，第28页。

到哪里去了呢？我们仍然在人的梦境里，成为他们的记忆，成为他们的幻影"①。"梦中之梦"是人生梦境性质的最好表达，墨白的两部短篇《神秘电话》和《孤独者》也具有同样的结构。

《神秘电话》中，身在颍河市的"我"接到了一个广州的男子的电话，他要打往颍河市下属的商城县。由于电话号码管理系统的滞后，他只能打到"我"这里，于是他请求"我"转告一个叫秋的女孩给他回电话。秋总是不回电话，于是请求"我"转话的电话每天都在深夜响起，成了"我"生活的一部分。当有一天电话不再响起时，"我"去了商城寻找秋，最终却找到了殡仪馆，秋的电话号码对应了一个骨灰盒的位置号码，骨灰盒恰好在昨天被取走了。和《环形废墟》一样，这个诡异的故事也隐含了一个"梦中之梦"的结构。那个男子叫"林夕秋"，林和夕组合在一块就成了"梦秋"，这就暗示我们，这对或许是恋人的男女是"我"梦中的人物。再细细追寻，我们会发现，"我"也是梦中的人物。秋的电话号码是她的骨灰盒的位置号码，而我去商城寻找她的时候，却是在电话号码簿上找到了这个骨灰盒位置号码，并进而被引到殡仪馆，这种情节只有在梦中才能出现。那个骨灰盒恰似前文提到的"梦中之花"和"梦中药瓶"，不同的是，后者连接着梦境与现实，而前者连接的是两个梦境。

《孤独者》的题记是爱伦·坡的《梦中之梦》中的诗句："我们所见或似见的一切/都不过是一场梦中之梦。"这首诗表达的是一种逝者如斯的虚无感：往昔永不回返，如同一个梦境，我们从那个梦境中走到当下，而当下的我们很快也会沉入到无底的过去，汇入那个漫长的梦境之中。没有什么是坚实的、永恒的，我们的希望、梦想，不过是梦中之梦。《孤独者》中的人都是生活在梦境中的人：在一场冲毁一切的大水中，孤独者失去了他的情人，他担起了本无需承担的罪责，执着地踏上寻找情人的旅途，"多年以来，孤独者就这样在连绵不断的陌生的土地上行走，行走逐渐地变成了

---

① 墨白：《梦境、幻想与记忆——墨白自选集》，河南大学出版社 2013 年版，第489 页。

他的一种义务"①。而那个"头颅像一个葫芦那样光滑"的女人在三年前的大火中失去了她的丈夫,在那间漆黑的屋子里,她一直在等待丈夫的归来。他们滞留在过去的噩梦中不愿醒来,又不期走进了对方的梦境。两个梦境的交合构成了当下,无论对哪一方,当下都成了"梦中之梦"。

《环形废墟》和《孤独者》在叙事氛围营造和思想表达上有诸多的契合。两部作品的时空都是不确定的,都弥漫着地老天荒般的颓敝、萧索:

> 一个暮秋的傍晚,孤独者逐渐接近一个黄色的村庄。在这之前,孤独者沿着一条土路从某个方向走来,在他的前面是一片无垠而又陌生的旷野。
>
> ——《孤独者》

> 在那伸手不见五指的夜晚,谁也没有看到他上岸,谁也没有看到那条竹扎的小划子沉入神圣的沼泽。
>
> ——《环形废墟》

小说中的主人公也都具有一种抑郁气质,不逐流于世,孤独而清醒地沉入到世界的本相——梦境——之中。不过,谈论世界的梦境性质并不必然意味着颓废消沉,在《孤独者》中,我们感受到更多的是悲壮而非悲观。孤独者和那个女人,都是生活在梦境——或者说是梦想——中的人,都是伤痕累累而又无比执着的守望者。人类历史上那些伟大的文学家,都是这样一类人,无论遭受怎样的不公,无论境遇如何,都不愿放弃守望,守望纯真、守望灵魂、守望已残破的家园、守望失落了的生命精神和文学精神……笔者以为,那个不停地行走的孤独者就是墨白本人的写照,在荒芜的世界上寻找安顿灵魂的地方。在创作《孤独者》的前后,墨白还创作了

---

① 墨白:《神秘电话》,吉林出版集团有限责任公司 2010 年版,第 38~39 页。

《民间使者》《航行与梦想》等具有同样精神气质的佳作。①《孤独者》中，墨白暗示了一个美好的结局，孤独者将留下来。而《环形废墟》，尽管博尔赫斯表达了自己当时的幻灭感，但创作意图不能取代文本本身的意义，我们还是能够从中解读出积极的意义：生命的意义在于创造，历史在梦想中延续。正因为浮生若梦，我们才要过有意义的生活，才要把那些我们珍视的价值传递下去，那样，我们将永远留在不断延续的梦想之中，如墨白所说，我们仍然在人的梦境里，成为他们的记忆，成为他们的幻影。相反，若我们执迷于种种色相，临终梦醒时，就会发现一切皆空，无论我们之于未来的期待还是我们所迷恋的种种过往，死亡终结了一切，我们什么也不是，是彻头彻尾的虚无，来过等于从未来过，那才是最悲哀的。至于《神秘电话》，透过其惊悚的外壳，稍有审美感悟力的读者都能感受到《孤独者》中的那种荒芜，以及那种至死不渝的坚守和追寻。

浮生若梦，那么文学就是梦中之梦，是我们这些梦中人在清醒时所做的梦。"就拿构思一部短篇小说的情况来说，你一旦开始，事实上就是在梦，而且你是以相当自觉的方式在铸梦。"②如此，我们就不能用真与幻来区分现实和文学，二者之间相互渗透、衍伸。文学(梦境)中的人物往往会穿越边界来到我们身边。在长篇小说《梦游症患者》的后记中墨白提及："在公交车上，在烩面馆里，在你生活的每一处地方，只要你留心，或许你就会重新遇到这本书里的一些人的影子。是的，是他们，他们还生活在我们的身边。"③当然，有一天，我们也会进入文学，置身于我们的梦境之中，我们非常期待那一天的到来——用梦想引领现实，正是文学的使命。柯勒律治的梦中之花、墨白的药瓶，以及上面我们提到的所有文学作品，

---

① 参见拙作《现实的航行与想象的航行——读墨白的中篇〈航行与梦想〉》(《中州大学学报》2015 年第 6 期)与《灵魂的返乡之旅——论墨白的中篇小说〈民间使者〉》(《信阳师范学报》2016 年第 5 期)。

② 墨白：《梦境、幻想与记忆——墨白自选集》，河南大学出版社 2013 年版，第 490 页。

③ 墨白：《梦游症患者》，河南文艺出版社 2002 年版，第 283 页。

都在用戏剧化的方式向我们揭示现实、文学与梦境的关系。

历史是一座迷宫

梦从来都不是真切了然的。按照弗洛伊德的说法，梦向我们呈现的意象、情节都是梦的表象，而梦的真实意义隐藏在表象之后。为了隐藏真实意义，梦随机从最近的经验中选取一些碎片，用象征、凝缩、移置等运作机制将它们营建成梦境。因为这些碎片本身在日常经验中并没有什么关联，所以由它们构成的梦境往往荒诞不经、支离破碎。弗洛伊德相信，每个梦都有一个唯一正确的解释，我们可以逆着梦的运作机制对其进行破解。但尴尬的是，由于弗洛伊德反对将梦的碎片还原到日常经验语境中予以解释，导致每个碎片的意义都不是固定的，至于碎片组合产生的意义，更是因释梦者的视角、方法和观念的不同而呈现出无限的可能。如此，梦就成了一个没有出口的迷宫，可以有无数种解释，但没有一个唯一正确的解释。梦是人的心灵深处的无意识的表达，也是人的精神生命的重要组成部分，梦的解读的多重性折射出了人的精神生命的极端复杂性——这也是何以精神分析领域存在的分歧和争斗较之其他学术领域都更令人瞩目的根本原因。正是在这个意义上，墨白指出，人是这个世界上最大的迷宫。① 当然，由一个个迷宫般的个体组成的历史和现实，也是巨大的迷宫。迷宫，和梦境一样，是博尔赫斯最为青睐的文学意象。

《死于自己迷宫的阿本哈坎-艾尔-波哈里》借一对好友——邓拉文和昂温——之口讲述了关于一个迷宫的两个故事版本。邓拉文的版本是：残暴的埃及沙漠部落之王阿本哈坎，在众叛亲离之际，为了独吞搜敛多年的财富，于逃亡时暂且栖身的一座圣徒坟墓中，杀死了睡梦中的、追随自己的表弟萨伊德，并用大石头砸烂了他的脸。但萨伊德的鬼魂缠住他不放，恫

---

① 墨白：《梦境、幻想与记忆——墨白自选集》，河南大学出版社 2013 年版，第496 页。

吓他要用同样的手段进行报复。为了躲藏，阿本哈坎逃至彭特里斯港，在海岸高地建了一座迷宫。但三年后，一艘叫沙伦玫瑰号的帆船还是带来了他的死亡，他的脸被砸烂，随从——一个黑人奴隶和一头狮子——被打死，财宝箱被洗劫一空。昂温认为邓拉文的故事有诸多不合情理之处，比如，一个逃亡的人没有必要在海岸高地建一座水手们从老远就能望见的红色迷宫，那是暴露而不是隐藏自己；再比如，胆小的萨伊德在危机四伏的圣徒坟墓中怎么可能睡得着觉？等等。他给出了另一个版本：睡着的是勇敢的国王，没睡的是胆小的萨伊德，后者伙同奴隶埋藏了部分宝藏，然后带另一部分逃到英国。但为了克服无法摆脱的对阿本哈坎的恐惧，他建了一座在海上可以看到的巨大迷宫，以便引阿本哈坎前来进而杀掉他。三年后，萨伊德如愿以偿，杀死了前来找他的阿本哈坎，砸烂了他的脸，并一并除掉了跟随自己的奴隶和狮子。由于萨伊德此前撒谎称自己是邓拉文版本中的阿本哈坎，所以大家都认为阿本哈坎（以及他的奴隶和狮子）是被萨伊德的鬼魂杀死在了自己建造的迷宫中，那么世上就既无阿本哈坎也无萨伊德了，他可以逍遥法外了。

小说表面上似乎倾向于昂温的版本，但并非如此。昂温的版本也有不少漏洞，邓拉文就指出萨伊德在坟墓中埋藏部分宝藏的情节不合情理。再如，狮子是国王的象征，萨伊德和奴隶勾结可以理解，但为什么要带走狮子？他又如何能带走狮子？若说他当时在坟墓中就设计好了之后的一切，要借狮子向世人伪装成国王，那就有些离谱了，昂温也说他盗走宝藏之后，才领悟到宝藏对他不是主要的，才设计要消灭阿本哈坎。另外，昂温关于邓拉文版本的质疑也不是无可辩驳的：建造一座显眼的迷宫藏身，确实违背常理，但对于一个残暴的、目空一切的国王，这并不比混迹于伦敦市井之中更不合情理。萨伊德胆小，但有国王在身边，又不用为下一步的决策操心，在恐惧和劳累中睡着了，也不是全然说不过去。当然，笔者并非认同邓拉文的版本——故事本身就是一个迷宫，哪个版本是真的谁也无从知道，就像死在迷宫中间的阿本哈坎，谁也无法确切地知道他是怎么死的。唯一能够确定的是，死亡和贪婪有关。加拿大后现代主义思想家琳达·

哈琴谈论历史时指出，"真相只能有多种，从来就不是一种；几乎没有什么虚假之说，有的只是另外的真相"①。这部作品首要告诉我们的也正是这一点。

《关于犹大的三种说法》和《另一次死亡》具有同样的旨趣。众所周知，在主流基督教史中，犹大是一个十恶不赦的告密者、叛教者。但在博尔赫斯虚拟的异教创始人尼尔斯·吕内贝格的笔下，犹大成了耶稣的影子，甚至更为神圣。吕内贝格认为，犹大的行为纯属多余，因为基督每天在犹太人聚会上宣传教义，在几千人面前创造奇迹，根本不用一个出卖他的门徒来指认。指认事件其实是安排好的，是耶稣舍身救世的一个预定环节，而犹大心甘情愿地扮演了这个为万世唾弃的角色。"既然圣子可以屈尊成为凡人，圣子的门徒当然也可以降格成为告密者（最卑鄙的罪恶），在永不熄灭的地狱之火中委屈一下。下级是上级的镜子……犹大以某种方式反映了耶稣。"②吕内贝格的言论受到各路神学家的驳斥，其中一种——仁慈的耶稣是不需要牺牲一个人去拯救全人类的——对他起了作用，他又提出了一种新的说法：禁欲主义者为了把更大的荣耀归于上帝，贬低、折磨自己的肉体并从中感到满足。犹大则贬低、折磨自己的精神，并故意选择了不含任何德行的罪恶。"犹大自找地狱，因为上帝幸福已使他满足。他认为幸福是神的属性，人们不该篡夺。"③有意思的是，尽管备受正统神学痛恨，但吕内贝格毫无渎神之意，相反他在极力维护神的尊严，他关于犹大的两种解释都意在表明：神的选择是不会错的，犹大无愧于圣徒的身份。如此，犹大就成了一个谜，三种说法各有逻辑合理性，我们无法确认哪一种才是谜底，或者说谜底就不存在。《另一次死亡》是典型的"历史元小说"。

---

① ［加］琳达·哈琴：《后现代主义诗学：历史·理论·小说》，李杨、李锋译，南京大学出版社2009年版，第147页。

② ［阿根廷］豪尔赫·路易斯·博尔赫斯：《杜撰集》，王永年译，上海译文出版社2015年版，第64页。

③ ［阿根廷］豪尔赫·路易斯·博尔赫斯：《杜撰集》，王永年译，上海译文出版社2015年版，第66页。

"我"试图围绕几个月前去世的佩德罗·达米安以及他参与的马索列尔战役写一个精彩的故事，为此"我"拜访了那段历史的亲历者，但历史非但没有因此变得清晰，反而更加扑朔迷离。指挥那次战役的塔巴雷斯上校告诉"我"达米安是一个胆小鬼，让"我"大失所望——多年前"我"和达米安长谈之后一直将其视为偶像。另一个亲历者阿马罗医生则说达米安是名视死如归的战士，但在那次战役中阵亡了，"我"就此向塔巴雷斯上校求证，后者却信誓旦旦地告诉"我"从未听说过一个叫达米安的士兵。不过，后来他又写信告诉"我"说，他的记忆恢复了，阿马罗医生口中的人和事都是真的。记忆是不可靠的，不止塔巴雷斯上校。两年前写信告知"我"达米安去世消息的帕特里西奥·甘农，在"我"提到达米安时一片茫然，问"我"达米安是谁。而我在试图回忆达米安的模样时，发现我记忆中的脸居然是著名男高音歌唱家坦伯里克扮演的奥赛罗的剧照。甚至，"我"开始怀疑"我"谈论的这个人是不是叫达米安，因为"我"写下这个故事的时候受到了《论万能》的作者比埃尔·达米安尼的启发。历史，就是一部被人们不断书写和修改的历史，或者说，是人们建造的没有出口的迷宫。"我们自己谈论历史，研究历史，解读历史，可是我们自己最终会成为历史的一部分，我们破解迷宫，可是我们自己最终却成了构成迷宫的一块砖，或者一片瓦，我们的后来者，在某一天会在这迷宫的墙壁上看到我们的身影。"①

　　墨白的中篇《雨中的墓园》和博尔赫斯的上述作品表达了同样的历史观。不同的是，博尔赫斯非常看重作品的哲性品质，他在写作中极力回避或隐藏自己的情感表达，并尽可能将故事置于一个虚拟的历史时空中，②以便让自己讲述的故事成为"原型"故事，成为"忒修斯或薛西斯大帝的程式"；而墨白不愿如此超脱，他割舍不下沉重的历史和现实。《雨中的墓园》的主体部分是"我"向情人晓霞讲述的"我"的一次苦涩的旅行：被老婆

---

　　①　墨白：《梦境、幻想与记忆——墨白自选集》，河南大学出版社 2013 年版，第487 页。

　　②　博尔赫斯有时煞有介事地引经据典，好像是在向读者确证故事的真实性，实际效果却是强化了故事的虚拟性，这正是博尔赫斯想要的效果。

逐出家门、茫然无着的"我"漫无目的地乘上了一辆去青台(谐音词"青苔",中国佛教诗词中常见的意象)的车,在那里先后邂逅了守扳网的女人、一个神秘的黑衣老者和一个陌生的盲人,他们向"我"讲述了多年前发生在这里的一起多人死亡事件,但他们的讲述出入很大。诡异的是,事件发生的那天,正是"我"出生的日子!那三个人也都认定"我"与那段历史有某种渊源,这让"我"感到迷惘。

如晓霞所说,这是"我"的一场梦,准确说,是一场噩梦。梦的入口是一辆中巴车,出口是一辆马车:

> 那天我乘上了那辆开往青台的中巴车,在那辆车上我看到的全是陌生的旅人,他们中间有男有女,个个表情沉郁,在我上车的时候他们全都用一种异样的目光看着我,尽管当时光线灰暗,但我还是能感觉出他们的目光里有一种异样的东西,我当时说不清那是一种什么东西……他们坐在那里,好像都是刚刚从墓穴里扒出来似的。我想对他们说一句,可是我不知道他们要到哪里去……

> ……我在公路上等了好久才看见从公路的一侧过来一辆马车,那辆马车的右侧还挂着一盏马灯,马灯在一匹高头大马的蹄子声中有规律地晃动着,那马车离我越来越近,我看到有一股淡淡的白雾环绕在那辆马车的四周,那辆行走的马车被一束不知从何处而来的光照着,马车巨大的阴影在寂静的公路上晃来晃去,有一种神秘的气息在我的四周涌动着,我就感到紧张,后背一紧一紧地有一股凉气穿出来……

"表情沉郁""刚刚从墓穴里扒出来似的"乘客,"有一股淡淡的白雾环绕"的马车,分明在向读者暗示:"我"身处梦境之中。小说中还有大量诡异的细节表明这一点,比如"我"后来再也找不到那条大河,比如守扳网的女人的白色衣服"如同一身雪白的丧服",比如"我"按照守扳网的女人的指示走进黑衣老者住的、收拾得井井有条的白房子,睡了一觉后才发现这里到处都是厚厚的灰尘，船舱板上只有"我"一人的脚印，等等。如果你看过大卫·林奇执导的那部惊世之作《穆赫兰道》，那么一定会感受到它与这部小说有着相近的氛围和气息。梦不仅是小说故事的属性，也是一个意味深长的隐喻。①

　　三个神秘的人，关于那起多人死亡事件，讲述了三种不同的版本。这个情节设计和《另一次死亡》不谋而合，旨在表明：复原历史是不可能的。不同的是，《另一次死亡》中，"我"为了将关于达米安的两种相互矛盾的说法弥合起来费尽心思，《雨中的墓园》则不需要，三个版本并不矛盾，在那个荒诞的年代它们都有可能发生，或者说，都发生过。《死于自己迷宫的阿本哈坎-艾尔-波哈里》中，尽管阿本哈坎怎样死于迷宫是不确定的，但死亡源于贪婪是确定的；《关于犹大的三种说法》中，尽管犹大的形象迥然不同，但每一种形象都烘衬或彰显了耶稣的光辉；同样，《雨中的墓园》中，尽管三种关于死亡的说法各有出入，但它们都是极"左"政治引发的悲剧。在这个意义上，《雨中的墓园》更像博尔赫斯笔下的"扎伊尔"（《扎伊尔》），在一枚钱币中见出一个宇宙，在一个梦境中融合许多个梦境。"丁尼生说过，假如我们能了解一朵花，我们就知道我们是些什么人，世界是什么了……一切事物都如此。一切事物，甚至那枚令人难以容忍的扎伊尔。"②由此我们可以看到，除了戏剧化地揭示历史的建构性质，用私人化、多元化的历史叙事冲击、瓦解教科书叙事对历史的垄断，墨白的《雨中的墓园》还试图将一个年代的荒诞、疯狂浓缩进一个故事中，从而最大限度地震撼我们并引发我们思考。

　　"一九六六年九月七日"，群体死亡事件发生的那一天，恰恰是"我"出生的日子，盲眼老人认定"我"就是那起事件的一个重要当事人的儿子，守扳网的女人也把"我"当成年年都去青台祭奠的某个人。作者设计这样的情节，不是为了制造惊悚效果，而是要借此传达——"我"，以及我们这一代

───────────

① 关于这个隐喻，请参见墨白：《梦游症患者》，河南文艺出版社 2002 年版，第 282~283 页。

② ［阿根廷］豪尔赫·路易斯·博尔赫斯：《阿莱夫》，王永年译，上海译文出版社 2015 年版，第 129~130 页。

人，都是那个时代的孩子，我们身上打着那个时代的烙印，现在我们还未完全从那个噩梦中醒来。为了醒来，我们有必要像守扳网的女人提到的那个人一样，经常回首省视。加拿大后现代主义思想家琳达·哈琴关于伊恩·沃森的历史元小说《契诃夫之旅》的一句评论非常适合《雨中的墓园》："历史不是一个梦想，而是一场噩梦，我们正尽力从噩梦中醒来。"①

"花园"与"指南针"

《小径分岔的花园》是博尔赫斯写出的第一篇让自己感到满意的作品，也是他最脍炙人口的代表作。众所周知，这是一部关于迷宫的小说，斯蒂芬·艾伯特的花园是一个有着分岔小径的迷宫，他的屋子里的漆柜上还有一个象牙雕刻的微型迷宫，而这些有形的迷宫又是时间的无形迷宫的象征。其实，这部作品本身也是一座迷宫，其哲学含义不断分岔，产生出新的枝节。——和一般文学作品不同，它的意义增值无需借助理解的历史性，② 相反，它本身就包含了无限的历史，衍生不息，枝叶纷披。

《小径分岔的花园》创作于 1941 年，尽管这部作品取得了巨大的成功，③ 尽管此时博尔赫斯开始走出人生的低谷，在阿根廷文化政治领域的影响日益扩大，但笔者相信，这部作品和一年前创作的《环形废墟》一样，表达了博尔赫斯当时依然浓重的幻灭感和挥之不去的悲观情绪——当然，他一如既往地将个人情绪隐藏得了无痕迹。艾伯特对余准说：

　　"小径分岔的花园是一个庞大的谜语，或者说是寓言故事，谜底

---

　　① ［加］琳达·哈琴：《后现代主义诗学：历史·理论·小说》，李杨、李锋译，南京大学出版社 2009 年版，第 149 页。

　　② 按照阐释学和接受美学，文本的意义向无限可能性开放，不同的时代视域会赋予文本不同的意义。历史无限绵延，文学的意义也将无限生成。

　　③ 《小径分岔的花园》的出版对于《南方》作家团体是一件具有里程碑意义的事件。虽然由于非文学的原因，这部作品没有入围三年一度的国家文学奖，但是阿根廷很多著名的作家、批评家纷纷著文向博尔赫斯表达敬意，以"弥补"其所遭受的不公。

是时间……您的祖先和牛顿、叔本华不同的地方是他认为时间没有同一性和绝对性。他认为时间有无数系列，背离的、汇合的和平行的时间织成一张不断增长、错综复杂的网。由互相靠拢、分歧、交错或者永远互不干扰的时间织成的网络包含了所有的可能性。……"①

没有人能穿透时间这张大网或者说这座迷宫，因为其过于复杂。这就意味着，对于置身于时间迷宫中的我们来说，没有什么是必然的、确定的，一切都是偶然，一切都不由我们做主。艾伯特能够洞悉彭㝡的迷宫，但却不知道死亡就近在眼前。余准用杀死艾伯特的方式传出了情报，只是为了向瞧不起自己种族的头头证明自己，就这么一个令人难以置信的荒诞原因，改变了个人命运、欧洲战局乃至世界历史的走向，余准也陷入了无尽的悔恨和厌倦之中。按照艾伯特的说法，时间分岔的小径让时间成了一个多维的迷宫，在不同的时间维度上，余准、马登和艾伯特三个人物是有可能互换角色的，"某一个可能的过去，您是我的敌人，在另一个过去的时期，您又是我的朋友"②。不过，在某个时期扮演什么角色，不是由个体来决定，一切取决于偶然。这个时候，博尔赫斯的公共形象是进取、积极的，但私下对生命和世界的看法是悲观、消极的，二者之间并没有不可调和的矛盾。欧洲战局态势不明，阿根廷的法西斯势力正令人不安地壮大，继诺拉·朗厄之后又失去海蒂·朗厄的痛苦尚未平复……一切都是混乱的，难以预测更无法把控。《小径分岔的花园》隐晦地表达了博尔赫斯之于世界、人生的沮丧和悲观：时间的迷宫包含无限的可能，一切都是不确定的，置身于迷宫之中的我们永远不知道将被引向哪一个岔道，不知道自己的选择是对还是错，对于一切我们都无能为力。

晚一年即1942年创作的《死亡与指南针》，也表达了同样的感受。伦

① ［阿根廷］豪尔赫·路易斯·博尔赫斯：《小径分岔的花园》，王永年译，上海译文出版社2015年版，第97页。
② ［阿根廷］豪尔赫·路易斯·博尔赫斯：《小径分岔的花园》，王永年译，上海译文出版社2015年版，第94页。

罗特是一名侦探，具有极强的推理分析能力。犹太教博士雅莫林斯基在旅店遇害后，愚蠢懒惰的警察局长特莱维拉努斯认为这是个偶然事件，说有个小偷想去加利利地方长官的豪华套间偷那颗举世闻名的蓝宝石，结果误入了对面雅莫林斯基的房间将其杀害。但伦罗特的字典里没有偶然性这个概念，他相信万事背后皆有其必然性和规律性。细细勘察现场后，他预测凶案还会发生。事情发展果然如他所料，又有两起凶案发生，且与第一次似乎存在明显的关联。伦罗特发现了其中的关联：空间上三起凶案发生地点构成了一个等边三角形，而案发时间则是每月 3 号。按照对称原则，伦罗特推断第四起凶案的地点将和前三起构成一个菱形——一个指南针图案，并准时赶到了现场，却发现，自己就是第四起凶案的受害者。黑帮头子夏拉赫为了复仇，精心策划了这一切。具有讽刺意味的是，第一起凶案的发生，确实如胸无点墨的警察局长特莱维拉努斯所说，是一个偶然事件，之后夏拉赫才利用这一事件建造了一座迷宫。伦罗特自负能洞察一切、掌控一切，却先是受到偶然性的捉弄，后又被命运——我们可以把夏拉赫看作命运之神的化身——玩弄于股掌之间。自我决定是一种幻象，所有的思量谋划，除了把自己引向死亡，毫无意义。

正如《小径分岔的花园》中，余准、马登和艾伯特三个对立的人物在不同的时间维度中有可能互换角色，《死亡与指南针》中，伦罗特和夏拉赫也有可能互换角色。小说写到故事结束的地方——特里斯勒罗伊别墅，满是无用的对称和怪癖的重复：

> 一个阴暗的石龛里一尊冰冷的雅典娜雕像同另一个石龛里另一尊雅典娜像遥遥相对；一个阳台是另一个阳台一模一样的反映；两溜石阶各有两排扶手。一座双面的赫尔墨斯雕像投下奇特形状的影子。①

---

① [阿根廷]豪尔赫·路易斯·博尔赫斯：《杜撰集》，王永年译，上海译文出版社 2015 年版，第 42 页。

伦罗特和夏拉赫就是一个人的两面，对此后者有着清醒的认识。他为猎捕伦罗特设计了一个死亡迷宫，而他本人也绝望地感觉到，世界是个走不出去的迷宫。所以，在计划成功时，他并没有多么开心，伦罗特从他的声音里听到"一种疲倦的胜利感、一种像宇宙一般寥廓的憎恨、一种不比那憎恨小多少的悲哀"。① 他感到悲哀，因为面前的猎物就是自己的投影。如此，我们才可以理解何以博尔赫斯本人称这部作品是用象征的手法讲述一个人自杀的故事。②

世界的迷宫性质、自我决定的虚幻，同样体现在晚《死亡与指南针》一年创作的《叛徒与英雄的主题》中。弗格斯·基尔帕特里克背叛了他领导的起义队伍，受命调查挖出叛徒的詹姆斯·诺兰不辱使命，在领导人全体会议上宣布了领袖就是叛徒，起义密谋者们判处领袖死刑。由于领袖的背叛和被处决无疑会极大危害起义，诺兰策划并实施了一个奇特的方案：让基尔帕特里克以英雄的姿态死于一个身份不明的刺客之手，从而将叛徒的处决转化为解放祖国的动力。基尔帕特里克发誓配合，签署了自己的死亡判决书——当然，为了保密，判决书上的名字被抹掉了。一个叛徒，会被时势伪装成英雄；反过来，一个英雄，也会被时势歪曲为罪人。历史就是这样波谲云诡、扑朔迷离。基尔帕特里克在小说中只是一个棋子，扮演的角色由历史划定。诺兰同样如此，或许他并不愿歪曲真相，但为了大局他别无选择，小说最后说：

> 在诺兰的作品里，模仿莎士比亚的段落最缺少戏剧性，瑞安猜想著者插进这些段落的目的是日后让人发现真相。他知道他本人也成了诺兰策划的剧情的一部分……经过苦苦思索，他决定闭口不谈他的发

① ［阿根廷］豪尔赫·路易斯·博尔赫斯：《杜撰集》，王永年译，上海译文出版社 2015 年版，第 14 页。

② ［英］埃德温·威廉森：《博尔赫斯大传》，邓中良、华菁译，华东师范大学出版社 2014 年版，304 页。

现。他出版了一本颂扬英雄光荣的书，那或许也在预料之中。①

瑞安是基尔帕特里克的曾孙，他从曾祖签署的那份叛徒名字被抹掉的判决书入手展开调查，还原了事件的真相。但他尴尬地发现，自己和曾祖、诺兰一样，也成了历史的"预谋"的一部分。自己的意志并不重要，有没有发现真相也不重要，结果都一样。瑞安应该想到了，即便公布了自己的发现，他很可能也改变不了历史。历史有自己的意志，有自己的安排，我们无从知晓，也无法改变，我们只是历史用来建造自己的材料。——如墨白所说，我们终将成为迷宫中的一块砖、一块瓦，让后来者在迷宫的墙壁上看到我们的身影。

在与评论家林舟的对话中，墨白将笼罩于现实和历史之上的迷雾分为"神秘"和"隐秘"："……现实中的隐秘和神秘是不同的。神秘的力量来自我们自身，是自然的，是一种生命现象；而隐秘的行为和事件则来自社会、政治和文化，是人为的。"②按照他的这种划分，博尔赫斯讲述的重点是"神秘"，是不断增长、分岔的时间迷宫，是不为个人左右的、深渊般难以蠡测的历史和现实；而墨白虽然认同博尔赫斯的形而上学，但他讲述的重点是"隐秘"。通过对那些人为的尤其是不能见光的"隐秘"的揭露和暴晒，墨白试图找出引领我们穿行于历史迷宫的"指南针"。——尽管在博尔赫斯的意义上我们永远也走不出迷宫，但我们不能因此变成一个犬儒主义者，不能难得糊涂自我放逐，我们依然要执着地对历史和现实展开追问和思考，回看来路选择前途，如此我们的人生才有意义，我们才不会像余准、夏拉赫那样对世事人生感到厌倦和悲哀。相比博尔赫斯营造的迷宫，墨白的迷宫没有那么浓的形而上学气息，而是深深植根于我们的社会、历史和文化之中。

---

① ［阿根廷］豪尔赫·路易斯·博尔赫斯：《杜撰集》，王永年译，上海译文出版社 2015 年版，第 30 页。

② 刘海燕编：《墨白研究》，大象出版社 2013 年版，第 6 页。

中篇《霍乱》和《同胞》讲述了发生在颍河镇的两段往事。二者的叙事形式大体一致：都有若干个分量相当的主要人物，每一章节的叙事围绕其中一个人物展开，使用不严格的内聚焦叙事，故事情节在章节的切换中缓慢向前推进。有意思的是，两部作品中的人物都不是透明的，他们始终让我们感觉讳莫如深——即便是作为焦点人物，我们跟随他们去感受、去观察、去揣度别人，但其本人的秘密尤其是那些不能见光的行径，我们却只能从别的视角人物那里间接了解到。而且，每个人都有秘密，每个人也都不能洞悉一切。如此，整个故事就被切割成了很多的碎片，我们可以在阅读终了后像侦探一样把碎片拼接起来；而对于故事人物来说，置身其中的现实就成了一座迷宫，他们至死也不知道出口在何处。

《霍乱》讲述了发生在三个家族之间的恩怨情仇。高大、阴森的林家大院中，老一代人围绕女人和财产展开了你死我活的争斗，开烟馆、通奸、下毒、绑架撕票，无所不用其极。他们的死去和老去并没有终止这种种丑恶，新一轮的厮杀在下一代人之间继续展开。谷雨先是装神弄鬼将姑父米先生一家逐出颍河镇，成为林家大院事实上的主人，又思谋占有已成为米陆阳妻子的表姐林夕萍。国军将领青龙风也卷入了争夺，为了占有林夕萍并掩盖自己的野心，他以治理霍乱和军事需要为借口，杀死米陆阳和谷雨，将几百人的吴家湾化为灰烬。人们谋害他人，占有他人的财产，又成为别的觊觎者的谋害对象，死亡不断上演，颍河镇成了一座谁也走不出去的死亡迷宫。不过，这座迷宫是人们自己建造的，如同《死于自己迷宫的阿本哈坎-艾尔-波哈里》中的阿本哈坎一样，人们死于自己的贪婪，自己杀死了自己。

《同胞》讲述了分离六年后马氏兄弟的重聚。马孝天、马仁义、马仁武、马仁文——马氏父子的名字可谓严正浩然，但我们看到的却是他们骨肉相残、人伦尽丧。老大马仁义谋弑父亲马孝天篡夺了家长位置，之后又霸占了三弟的女人荷花。老二马仁武和老三马仁文也非良善之辈：前者对得不到荷花始终耿耿于怀，即使已经有了花枝招展的姨太太，即使发现荷花已经成了他的大嫂，这次回家他终于如愿以偿，残忍地侵占并杀害了荷花；后者似乎是三兄弟中最温和的一个，他和荷花的遭遇也令人同情，然而，文本暗示出他和小福子的死有着脱不开的干系，无论如何，孩子是无辜的。最终，马仁义暗算了两个同胞兄弟，独占了马家财产，这个长着凸暴的马眼、额头刻满抬头纹的长兄更贪婪更阴毒。《同胞》的情节和手法都会让我们想到博尔赫斯的《第三者》，后者讲述的也是兄弟相残的故事，而且，故事结局都是暗示给读者的：

> 三弟的背影在马仁义的视线里，渐渐化成了那漆匠的背影。他想，在他的有生之年，恐怕再也见不到他了。
>
> ——《同胞》
>
> 有人说，这个故事是纳尔逊兄弟的老二，爱德华多，替老大克里斯蒂安守灵时说的。……
>
> ——《第三者》

两部作品还有相同之处，诸如兄弟们都对同一个女人起意，而女人也只是他们占有、蹂躏和杀戮的"鸽子"（《霍乱》中使用了这一象征）。不过，毋庸讳言，除了独特的叙事手法，笔者不太喜欢《第三者》，兄弟相残虽然可能是事实，但单纯地呈现这一事实令人反胃。①《同胞》则不同，故事的时代背景和人物身份，赋予了故事深刻的社会历史内涵。

《同胞》以抗战时期为故事背景，这种选择是富有意味的：战争，革命，外部世界已经巨浪滔天，而颍河镇却风雨不动，依然在封建家长制和封建道德的统治下上演着一出出令人作呕的丑剧。小说在第一节写道：

> 六年了，这个坐落在偏僻角落里的小镇依然如故。
> 他在这荒野里奔走了一夜却又回到他出发的地方。

---

① 虽然博尔赫斯声称写作归根结底是一种自传的形式，每一个故事中都隐藏了其"自传性成分"，而且他的处理成功地赋予了其作品以一种形而上的魅力，但是《第三者》的处理并不成功。

马仁义作为封建家长，是旧社会势力的代表，马仁武是国民革命军南京卫戍区的少校营长，老三马仁文所属阵营小说没有明言，但显然也是一个身背重要使命的"人物"，他和二哥是新的社会势力的代表。三兄弟的角逐因而代表了三种社会势力之间的斗争。"镇上的人普遍认为，马家兄弟之间一定会有好戏看"，好戏是有，但却出乎人们的意料：人们期待归来的两兄弟会惩罚大哥的弑父行为，然而没有；马仁义霸占了荷花，他们也没动过反抗大哥的念头，只把荷花和小福子作为发泄他们仇恨的牺牲品。这些情节设计隐喻了：脱胎于旧社会的新阶层、新势力并不像看上去那么新，他们在情感和思想上并没有背弃自己的过去。——相比政治体制和社会形态，思想层面的变革更艰难，国民性批判和改造对我们来说仍是一个沉重的话题。

《霍乱》也有同样的批判指向。林家新主人谷雨拥有一个很是显赫的官方头衔——国民党淮阳县第九区党部书记，但这个具有新时代标志的身份并没有使他成为新人，他的行径和老一辈人没有任何区别。深受上峰器重的国军将领青龙风更是新时代和新的社会力量的代表，但来自南方的他比颍河镇人更阴险、更残忍。塑造这两个人物，墨白意在表明：封建强权意识和人格不会随封建体制的瓦解而消散，它像霍乱一样是具有传染性的，新的历史时期，它会潜藏在新的意识形态之光照射不到的地方，以伪装后的冠冕堂皇的面目重新出现。历史不是单线式的进程，如小径分岔的花园一样，它是一个回环往复的迷宫，是一场难以摆脱的梦境。墨白说："我们只有不断地回头看一看，这样才可能使我们从梦中醒来。"①这是他的历史叙事的追求，也是他和博尔赫斯的区别所在。

---

① 墨白：《梦游症患者·后记》，河南文艺出版社 2002 年版，第 283 页。

二、唯有死亡可期

——论胡安·鲁尔福的《佩德罗·巴拉莫》与墨白的《幽玄之门》

胡安·鲁尔福(1917—1986),墨西哥作家,被誉为"拉美新小说的先驱",和奥克塔维奥·帕斯、卡洛斯·富恩特斯并称墨西哥文学 20 世纪后半叶的"三驾马车",曾获得墨西哥国家文学奖、西班牙阿斯图里亚斯王子奖。

胡安·鲁尔福出生于墨西哥农村,五岁那年父亲在墨西哥革命中被谋杀,十岁那年母亲去世,成为孤儿的他开始由祖母抚养。贫苦的童年磨砺了他求知的欲望和创作的才华。他的第一篇短篇小说是由他自己创办的刊物《面包》刊发的,此后他创作了一系列短篇小说,1953 年以《燃烧的原野》为题结集出版。

胡安·鲁尔福作品全都以墨西哥农村生活为题材。一部分写墨西哥革命,另一部分大多写墨西哥农村的贫穷、落后和富者的为富不仁、贫者的救死不赡,写现实的残酷和理想的破灭。无论他享誉文坛的中篇小说《佩德罗·巴拉莫》,还是短篇小说集

《燃烧的原野》，所关注的都是20世纪初墨西哥乡村最原始、最粗俗，也是最现实的东西，其中包含了人生的绝望、欺骗、冷酷、死亡等。

雷德里亚神父很多年后将会回忆起那个夜晚的情景。

——《佩德罗·巴拉莫》

十天后，也就是腊月初八，狗眼在那个雪后的日子里又一次光临吴庄的时候，他已把这次的吴庄之行记成是许多年前的往事了。

——《幽玄之门》

墨白能在《幽玄之门》中写下上面这个句子，追根溯源可能要归功于胡安·鲁尔福。之所以说追根溯源，因为中间隔着个在中国名气更大、更受追捧的马尔克斯，后者毫不掩饰其对《佩德罗·巴拉莫》的钟爱，也不回避他的《百年孤独》从中受益良多①——自然也包括那句被世人一再传颂的开头。不过，这并不足以促成我们把《幽玄之门》与《佩德罗·巴拉莫》放在一块进行对比研究，其实二者在叙事上的差别还是很大的，前者写实色彩很浓，而后者被誉为魔幻现实主义的开山之作。最初激发笔者构想这一选题的，是两部作品共有的那种无与伦比的艺术感觉，那种瞬间将人沁透的、精致而残酷的诗意。

一

《佩德罗·巴拉莫》讲述了一个"卡西克"（即恶霸地主）的故事，② 故事本身并不复杂：主人公佩德罗·巴拉莫幼年时家道中落，做过小工和学徒，

---

① ［哥伦比亚］加西亚·马尔克斯：《回忆胡安·鲁尔福》，见《两百年的孤独》，朱景东译，云南人民出版社1997年版，第156~161页。

② 长期以来，卡西克主义一直是墨西哥乃至整个拉丁美洲地区发展进步的障碍。从殖民地社会、考迪罗政权到政党统治时期，卡西克都有效地控制着墨西哥的广大农村地区。

长大后靠巧取豪夺成为科马拉村的统治者，奸淫掳掠无恶不作，把科马拉变成了一个人间地狱、一个荒无人烟的所在。有人称赞这部作品是"一部浓缩的拉丁美洲历史"，固然不错，但无甚意思。卡西克主义在拉丁美洲盛行是一个显赫的历史事实，无需《佩德罗·巴拉莫》告诉我们这一点。而且，小说之于我们对卡西克主义的认识，也没有多大帮助。佩德罗·巴拉莫就是一个普普通通的卡西克，他的种种手段我们也并不陌生。我们知道，很多伟大的作家同时也是伟大的思想家，比如写作《1984》时的乔治·奥威尔，写作《局外人》时的阿尔贝·加缪，写作《生活与命运》时的瓦西里·格里斯曼，但写作《佩德罗·巴拉莫》时的胡安·鲁尔福只是一个文学家，不是一个思想家。前面那几部作品，思想上的重量与文学上的建树难分轩轾，相得益彰；而《佩德罗·巴拉莫》成为不朽之作，完全是出于文学上的原因。所以，当卡洛斯·维罗把《佩德罗·巴拉莫》中的碎片一一剪下来，再按照时间顺序将故事复原后，只得到了一本平板而凌乱的书。① 谈论这部作品的政治学、社会学意义，虽无不妥，但不得要领——《佩德罗·巴拉莫》之所以非凡，不是因为讲述了极致的故事，而是因为其对故事的极致讲述。

　　小说开头讲述"我"——胡安·普雷西亚多——遵照母亲遗嘱到科马拉寻找父亲佩德罗·巴拉莫，抵达一个被遗弃了的、荒芜破败的山村，一个赶驴人告诉"我"这里就是目的地，并告诉"我"，父亲已经死去多年。"我"在这里陆续见到了一些人，听到一些事。之后，"我"逐渐从那些人关于彼此的谈论中得知，像生者一样对"我"说话的他们——包括赶驴人——都是鬼魂。小说读到一半，读者会发现，原来"我"也是一个鬼魂。所有的人都已死去，因为得不到超度，鬼魂们只得在这里游荡、呻吟、窃窃私语——科马拉已然成了地狱。

　　整部小说不分章节，一个个被剪碎的故事片断凌乱地堆放在一起，片段之间除了空行，没有任何说明或暗示它们之间关系的文字，叙述者也彻

---

　　① ［哥伦比亚］加西亚·马尔克斯：《对胡安·鲁尔福的简短追忆》，见［墨西哥］胡安·鲁尔福：《佩德罗·巴拉莫》，屠孟超译，译林出版社 2007 年版，第 5 页。

底隐身，不发表任何议论。对于笔者来说，这种打破时空拼贴的技法并不陌生，但阅读之初仍感到有些吃力。因为除了将拼贴技法运用到了极致，小说还将笔墨精简到了极致——几乎舍弃了所有直接的场面和动作描写，一切都通过人物（鬼魂）的对话、倾诉、追忆等予以说明或暗示。比如，佩德罗·巴拉莫糟蹋了赶驴人阿文迪奥的母亲，是通过后者"我也是巴拉莫的儿子"一句话揭示出来的，除此整部小说再无一句说明。苏萨娜·圣胡安失去丈夫后，被父亲巴托洛梅强占，以致精神崩溃，我们只能通过巴拉莫和管家富尔戈尔的一段对话得知巴托洛梅的这一禽兽行径：

> ……
> "明天的事就交给我来办吧，我来处理他们的事。他们两人都来了吗？"
> "来了，他和他女人都来了。可您怎么会知道的？"
> "那女人不会是他女儿吧？"
> "根据他对她的态度，倒更像是他老婆。"
> ……①

巴拉莫的儿子打死了人，对方妻子讨要说法，巴拉莫便把她也杀了。整件事也只存在于巴拉莫和富尔戈尔的一段对话中：

> "他还是一个娃娃嘛，富尔戈尔。"
> "也许如您说的那样，堂佩德罗。但昨天来这里哭哭啼啼的这个女人却说您儿子打死了她的丈夫，她非常悲伤，这点我能衡量出来，堂佩德罗。这个女人内心的痛苦要以公斤来计算。我答应给她五千公斤玉米，让她忘掉这件事，但她不要。我又答应她，我们一定要纠正

---

① ［墨西哥］胡安·鲁尔福：《佩德罗·巴拉莫》，屠孟超译，译林出版社 2007年版，第 147 页。

这个错误，她也不满意这样的说法。"

"这女人是谁？"

"我不认识。"

"那就不用这么着急了，富尔戈尔，这个人并不存在。"

如此等等，不一而足。有论者说："小说犹如由一块块看起来互不相关，实际上却有着内在联系的画面镶拼而成的画卷。"①其实还应该加上个补充说明，每一块画面都不完整，都有大量的空白需要我们去填补。

形式、技法的革新无疑是《佩德罗·巴拉莫》引人注目之处，但并非其魅力的唯一源头。时至今日，拼贴技法、非线性叙事已是寻常小说概念，无法再像当初那样引发我们的"陌生化"体验，但今天阅读《佩德罗·巴拉莫》，我们依然感到震撼。初寻原因，是聒噪与死寂带来的巨大张力。翻开小说，鬼影幢幢，喧喧扰扰，每一页、每一个角落都有声音在喋喋不休，如普雷西亚多的鬼魂所说，到处都在低声细语。知道自己已死去的鬼魂一遍遍地谈论生前的冤屈和罪孽，不知道自己已死去的鬼魂则在无休无止地重复在世时的某个场景。他们被幽闭在永恒的死亡中，整个科马拉实际上空无一人。空旷、荒芜甚至颓败有时都会给人一种独特的美感，但鲁尔福的科马拉不会，它给人的是难以忍受的死寂，灰白色的、地狱般的死寂。

细细检索，我们会发现，小说的终极魅力来自其极富诗性的语言。墨白曾说："叙事语言是衡量一个小说家的重要标尺。即使我们从小说的一个章节里抽出来一段文字，也能看到一个小说家对于语言的感觉。"②的确如此。《佩德罗·巴拉莫》中的每个字眼都仿佛在"愁泉泪谷"里浸泡过，都拖着叹息的尾音，无论是人物的语言，还是叙述者的描述。

---

① ［墨西哥］胡安·鲁尔福：《佩德罗·巴拉莫》，屠孟超译，译林出版社2007年版，第131页。

② 墨白：《汉语叙事的多种可能性》，见杨文臣：《墨白研究》，河南大学出版社2015年版，第9页。

　　有风，有太阳，还有云彩。上面是蔚蓝色的天空，天空的后面兴许还有歌声，兴许是最美好的歌声……总之，存在着希望。尽管我们很忧伤，但我们有希望。

这段话出自雷德里亚神父，他抛弃了自己的教众，为钱甘当巴拉莫的帮凶。尽管谈论的是希望，但调子却极为忧伤。独霸一方、残忍狡诈的巴拉莫，也常常发出这样的叹息：

　　你躲藏在几百米的高空里，躲藏在云端，躲藏在很远很远的地方，苏萨娜。你躲在上帝那无边无际的怀抱里，躲藏在神灵的身后。你在那里，我既追不上你，也看不到你，连我的话语也传不到你的耳际。

那些在巴拉莫的蹂躏下苦苦挣扎的村民，言语中就更是悲悲切切、如泣如诉。这在一定程度上造成了小说人物的语言缺乏区分度，所有人，包括叙述者，都有着大致相同的忧伤的腔调。你可以说，这种忧伤属于鲁尔福。——在一次访谈中他承认，自己虚构了气氛，因为没法了解真实的情况，那种村庄是沉闷的，村民们不开口，保持绝对的沉默。这也多少可以解释他何以不太关注人物的个性，而是致力于呈现整个族群愚昧、麻木的精神状态。

　　科马拉衰败，巴拉莫难逃罪责。不过，对于这个恶霸，科马拉人似乎并不那么痛恨。女人们渴望嫁给他，男人们畏惧他也崇拜他。被天堂拒绝的鬼魂们哀叹生之艰难，死之不幸，但他们只抱怨命运，不去追问造成这一切的原因，也很少表达对巴拉莫的愤怒和仇恨。他们是一群麻木的人，动物一般活着，争抢、交媾、乱伦，杀人与被杀，没有道德感和是非观，不知道光亮的存在，也不抱怨黑暗，逆来顺受，绝望无助，唯有死亡可期。鲁尔福在短篇《卢维纳》中提及："那儿的时间总是很长的。谁也不计算过去了多少个钟头，更没有人去关心自己已有多大的年岁。白昼开始又结束，夜晚来临。只有日日夜夜，直到死日的来临。死亡对他们来说是一种希望。"①卢维纳是另一个科马拉，一个真正的地域般的世界。鲁尔福直面这一切，将自己的满腔悲悯之情化作了在文字中潺潺流淌的忧伤。这种无处不在的忧伤，贯穿于鲁尔福所有的作品之中，形成了他的文学风格。除了艺术形式带来的震动，《佩德罗·巴拉莫》最打动笔者的，正是这种极富感染力的忧伤。

二

由鲁尔福开启、马尔克斯推至顶峰的魔幻现实主义为拉丁美洲文学赢得了巨大的声誉。魔幻现实主义在拉丁美洲诞生和发展，缘于其特殊的文化境遇：因为没有一种强大的文化传统——像中国的儒家文化和欧洲的基督教文化，拉丁美洲的本土文化一直保持着一种斑驳陆离的状态，巫法、图腾、鬼神信仰、神话传说等都是人们日常生活的重要组成部分。也是因为没有强大的文化传统，欧洲殖民入侵之后，拉丁美洲在文化上呈现出一种开放的状态，欧洲的各种文学艺术思潮可以很快传播过来，为本土知识分子所接受。② 及至 20 世纪，斑驳陆离的现代主义文学的引入，与本就斑驳陆离的本土文化产生碰撞，从而促生了魔幻现实主义。在理性主义传统根深蒂固的中国和欧洲，魔幻现实主义的产生是不可能的。③ 有论者指出，

---

① ［墨西哥］胡安·鲁尔福：《鲁尔福全集》，屠孟超译，云南人民出版社 1995 年版，第 84 页。

② 拉丁美洲的政治局面也为外来文化的引介、传播创造了条件。19 世纪拉美各国独立后，掌握政权的土生白人实行"考迪罗"式的军事独裁统治，在经济上和政治上都没有隔断和欧洲各宗主国的关系，文化上的联系自然也没有切断，很多上层知识分子都有客居欧洲的经历，甚至拥有双重国籍。这种状况也一直延续到后来的政党统治时期。

③ 按照马克斯·韦伯的说法，欧洲新教的理性主义是工具的、支配的理性主义，中国儒家的理性主义是伦理的、秩序的理性主义。无论哪一种理性主义，都与"魔幻"格格不入。

我国自20世纪80年代"寻根文学"以来，就不断有作家效仿拉美的魔幻现实主义，皆算不上成功。① 笔者深以为然，没有"魔幻"的文化土壤，"魔幻现实主义"是不能落地生根的。在这个意义上，拉丁美洲的作家们是"幸运"的。当然，我们不必因此而打消对他们的敬意，伟大的文学本就是从特定的社会文化中生长出来的，他们为表现拉丁美洲的历史与现实找到了最适宜的艺术形式，完全可以用伟大进行定义。

在《幽玄之门》中，墨白也为表现20世纪80年代中国农村的苦难现实找到了最适宜的艺术形式。为应对无法摆脱的贫困，吴庄人多以裹摔炮为生，因为与火药打交道，这项活计危险极大，不少村民被炸死，政府也颁布了禁令。臭的大爷一年前死于爆炸，但一年多来，臭一家人还在偷偷干着这一营生。小说从大爷过周年这一天开始讲述，终于十天后臭和他的父亲、弟弟在又一场爆炸中丧生。关于这部作品，笔者的同事吕东亮博士做过恰如其分的评述："小说写的是颍河镇农村的生活，乡土的贫瘠、生存的局促是昭然的，纷至沓来的生活重压，以及重压之下的心灵的积愤沉郁被作者书写得淋漓尽致。小说呈现于表面的情节感并不强，为故事注入张力的是人物心灵的强度。"②也就是说，和《佩德罗·巴拉莫》一样，故事本身并不复杂，但故事的讲述却臻于极致。

可能是为了与"底层"相匹配，我们以农村苦难为表现对象的作品大多写得粗疏质朴，《幽玄之门》则不同，声色光影，风致翩然。或许是因为墨白受过专业的绘画训练，他特别善于营造氛围。小说开头就是一幅颇具表现力的后期印象派画面：

> 临近腊月的一天，一个名叫狗眼的民间艺人出现在吴庄东边的村道上。那个时候，太阳迷迷瞪瞪地从云层里钻出来，把他眼前的土道照得一片灰白。土道边上有几株秃秃的杨树呆立着，一两片干死的树

---

① 孙宜学、花萌：《中国"马氏神话"与马尔克斯的"百年孤独"》，《当代作家评论》2015年第1期。

② 吕东亮：《在新的现实中召唤先锋的能量》，《中州大学学报》2017年第5期。

叶被枝条穿过胸膛，在寒风中一上一下地舞动。狗眼被突然出现的阳光镇住了，他收住脚。阳光照耀下的麦田呈一带灰色，这颜色和他记忆里的秋后旷野没有什么两样。

和科马拉村一样，灰白色也是吴庄的主色调。不过，吴庄并不死寂，吴庄人活得粗鄙而热辣。像臭的父亲吴殿臣，世故、干练、务实、坚韧，在生活的重压下勉力支撑，既不抱怨，也不退缩，让人肃然起敬。吴殿臣的大儿子难闻已经有了一点父亲的样子，如果有将来，臭也会被打磨成另一个吴殿臣，但他没有将来。底层民众的这种坚忍顽强打动不了"上天"，他们走不出贫困的泥沼，只得铤而走险，死亡(火药)的气息到处弥漫。

狗眼打了一个饱嗝儿，就把家伙放在嘴边开始吹，响器声凄凄哀哀地响起来，带有一股子酒气。那帮人在响器声里伸筷子端酒盅，听得嘴片子撞得"叭叽叭叽"响，臭就闻到有一种浓重的火药味从那些人的手纹里散出来，在整个村子的上空弥漫。太阳光寒寒地从空中照下来，连他们身下的影子都在颤抖。

一年前大爆炸遗留下来的两座被火药熏黑的山墙，仿佛"幽玄之门"，日夜戳在那里向人们发出死亡的召唤。小说主要以臭为视角人物展开故事，我们无法确切知道吴殿臣和其他村民们如何看待自己的处境，有没有像臭一样感受到死亡阴影的笼罩。我想应该有！当臭呵斥父母停止裹捹炮时，父亲骂道："有本事使去也！偷也中，抢也中！只要你弄个千儿八百的……我想弄？"语气中的仇恨不仅冲着儿子，而且冲着裹捹炮这一营生。村民们嬉笑怒骂，粗口荤话连篇，全然不像臭那样，困兽般焦躁抑郁。或许，那只是因为他们出于无奈，选择了用麻木来回避死亡的压力。还有臭的母亲，不断用锤子砸碎石头以驱赶轰鸣在脑海里的爆炸声。如此，小说就透出一股残酷、悲怆的气息，相比《佩德罗·巴拉莫》更能激发我们的恻隐之心，这可是群勤劳、朴实、热爱生活的人哪！

　　墨白在《幽玄之门》中频繁地使用"预叙"的手法，除开头我们提到的那一处，还有诸如：

　　　　几天后的一个傍晚里，这种景象再次出现，臭和娘同时看到了太阳烧红了西天的一片云彩，他们被这突然出现的情景弄得惶惶不安。
　　　　这段经历在臭的生命接近终点的几天里让他感到幸福，每当走到村头的麦秸垛前，即便是黄昏来临的时候，他也会感觉到初冬的阳光在天上暖烘烘地抚摸着他。
　　　　十多天后，在同样的一个黑夜里，难闻回到了村里，在那盏凄迷的油灯下，他看到了两眼干涸的老娘。……而妻子的头上，则戴着一顶白色的孝帽。
　　　　……

死亡就在不远处等待，但小说人物浑然不知，他们还在拼命挣扎，还有对于未来的希冀。我们知道，"幽玄之门"已经敞开，等待他们进入。对于他们来说，一切都是徒劳的，唯有死亡可期。

三

　　《幽玄之门》中的故事发生的年代，距今已有三十多年了。今天的农村非昔日可比，我国脱贫攻坚战取得了全面胜利，吴庄的故事大概率不会发生了。《佩德罗·巴拉莫》中的科马拉村，想必也早就改变了容颜。不过，尽管现实意义已经部分丧失，这两部作品仍会触动我们的心灵。
　　博尔赫斯说："作者最重要之处是他的语调，一本书的最重要之处是作者的声音，这个声音能打动我们。"①《佩德罗·巴拉莫》中，作者的声音

---

　　①　［阿根廷］豪尔赫·路易斯·博尔赫斯：《博尔赫斯，口述》，黄志良译，上海译文出版社 2015 年版，第 12 页。

充满了忧伤。因为悲悯，所以忧伤。鲁尔福的悲悯不只施与受苦受难的科马拉百姓，也施与为非作歹的佩德罗·巴拉莫，这是一种"大悲悯"，施与所有终有一死的生命。他的忧伤也不只因为某些境遇或世态，而是自心灵的深处流出，是所有生命存在的底色。海德格尔说："凡有生者，皆痛苦。"①一颗敏感的心灵不可能对鲁尔福的忧伤无动于衷。

墨白也说过："人的生命是短暂的。死亡这一阴影使人生充满了永恒的苦涩，所以即使生命里最大的欢娱也潜藏着悲怆的眼泪。"②在喧嚣忙碌、追名逐利的今天，在满眼都是新事物、新玩意的消费主义语境下，我们有时会忽略了死亡的存在，将死亡看成一个外在于自己的话题，围观它，谈论它，却遗忘了死亡也是我们最本己的存在。这何尝不是一种麻木！《幽玄之门》中，死亡如此切近，它就在人们身边，随时准备将人吞没。阅读终了，我们会悚然惊觉，从现实的迷梦中醒来，在死亡的促逼下，思考生命的意义和存在方式。马尔克斯用"浩瀚"来形容《佩德罗·巴拉莫》，因为它揭示了人类某些最基本的存在情境；《幽玄之门》同样如此，它也超越了所讲的故事本身——象征着人类终极处境的"幽玄之门"，是我们每个人都要面对的。

---

① ［德］海德格尔：《在通向语言的途中》，孙周兴译，商务印书馆 2004 年版，第 61 页。

② 墨白：《孤独者》，河南人民出版社 1994 年版，第 179 页。

三、孤独与迷失

——论马尔克斯的《百年孤独》
与墨白的《梦游症患者》

加夫列尔·加西亚·马尔克斯（1927年3月6日—2014年4月17日），哥伦比亚作家、记者和社会活动家，拉丁美洲魔幻现实主义文学的代表人物，1982年诺贝尔文学奖得主。

马尔克斯出生于哥伦比亚马格达莱纳海滨小镇阿拉卡塔卡，童年与外祖父母一起生活。外祖父是个受人尊敬的退役军官，曾当过上校，性格倔强，为人善良，思想激进。外祖母博古通今，有一肚子的神话传说和鬼怪故事。马尔克斯7岁开始读《一千零一夜》，又从外祖母那里接受了民间文学和文化的熏陶。在少年马尔克斯的心灵世界里，他的故乡是人鬼交混、充满着幽灵的奇异世界，以后，这就成了他创作的重要源泉。

"孤独"一直贯穿于马尔克斯的整个创作过程中：梦境中的孤独、困境中的孤独、面临他人死亡时的孤独、不通人道造成的孤独等。通过"孤独"马尔克斯向读者揭示了20世纪上半叶哥伦比亚乃至

整个拉丁美洲所处的封闭、落后、腐败和独裁的社会氛围，他将现实主义
与幻想结合起来，创造了一部风云变幻的哥伦比亚和整个南美大陆的神话
般的历史。其代表作有《百年孤独》(1967)、《霍乱时期的爱情》(1985)、
《迷宫中的将军》(1989)等。

　　除了都可以划归到"家族史创作"之列，马尔克斯的《百年孤独》与墨白
的《梦游症患者》乍看上去并没有太多相同之处。前者是"魔幻现实主义"的
巅峰之作，而后者并不魔幻，大致可以算是"心理现实主义"，或者说，是
在现实主义的基础上，掺入了一些超现实主义、意识流、荒诞化等现代主
义技法；前者的历史跨度长达百年，而后者讲述的故事发生在短短几个月
内，算上前因后果也不过几十年；前者浓缩了拉丁美洲的历史，甚至象征
了整个人类文明的演进，而后者只是对一场过去没有多久的社会历史运动
的批判反思。但两个家族共同的从兴盛到败亡的演进轨迹，以及弥漫在文
本中的苍凉与孤独，引发了笔者对于两部作品的对比思考，所幸颇有斩获
且不无意义。

——

　　法国社会学家埃米尔·迪尔凯姆和奥地利精神分析学家西格蒙德·弗
洛伊德，分别在各自的大作《乱伦禁忌及其起源》(1898)和《图腾与禁忌》
(1913)中，从不同角度指出，乱伦禁忌是道德的起点，是社会规训的最初
形式，标志着人类文明的发端。那么，如果有一天，乱伦禁忌废弃了，将
会意味着什么？答案显而易见且毫无疑义，人类将退回动物状态，文明将
毁灭。《百年孤独》中的布恩迪亚家族史便向我们展示了这一历史逻辑。
　　家族第一代人何塞·阿尔卡蒂奥·布恩迪亚和乌尔苏拉·伊瓜兰是表
兄妹，他们从故乡出走创建马孔多，象征人类祖先走出自然，创建文明社
会。之后，巫术、科学、宗教、政治、战争、现代科技和经济模式、自然
灾难等先后登场，本如世外桃源般宁静美好的马孔多一次次被搅得天翻地

覆，并在极度繁荣也极度疯狂后遭遇"天谴"，迅速走向毁灭。布恩迪亚家族是马孔多的缔造者，其成员参与和引领了每一次重大社会运动，家族的兴衰和马孔多的兴衰是同步的。气数将尽之时，家族最后一代成员宿命般地堕入了乱伦的泥淖，生出一个带有动物特征的孩子，象征了文明的土崩瓦解，人类退行到动物状态。

　　这部作品遍布着隐喻和象征，如果都用文字阐释出来，则需要几倍于小说的篇幅。首先，马孔多是拉丁美洲的缩影，它被动地承受着各种外来的文化、政治、经济势力的侵扰，历经重重苦难，却始终被排斥在现代文明世界的进程之外。几乎拉丁美洲历史上的所有重大事件，都能在小说中找到对应之处。不仅如此，还可以把马孔多看作整个人类文明的寓言，如果不拘泥于细节，我们会发现马孔多的故事也在不同的时空上演过，对于他们的境遇我们并无隔膜。——这也是我们的对比研究得以成立的一个前提。

　　小说以"孤独"命名，孤独也是布恩迪亚家族的徽章，他们的成员或者自我沉溺、与世隔绝，或者用极端疯狂的行为躲避孤独，对此我们该如何理解？这个问题被反复言说，但结果并不令人满意。显然，不能把孤独解释成拉丁美洲人民的气质，因为他们的热情奔放有口皆碑。那么，似乎就只能把孤独解释成拉丁美洲的气质，这也是一种通行的解释，"孤独的大陆""孤独的拉丁美洲"之类的说法比比皆是，意指拉丁美洲的愚昧、落后、孤立。在看似轰轰烈烈的政治、经济、文化变革的表象下，拉丁美洲并没有取得实质性的进步，一些原始的、野蛮的宿弊，比如卡西克主义，依然难以清除。这种解释取的是"孤独"一词的引申义，虽不乏合理之处，但总让人感觉不够通透。笔者以为，我们还是应该基于孤独一词的本义来进行阐释，不过，不能着眼于性格类型，而要着眼于人类的存在与精神。

　　意大利诗人萨瓦多尔·夸西莫多有首脍炙人口的短诗："人孤独地立于大地之心上/被一线阳光刺穿：/转瞬即是夜晚。"（《转瞬即是夜晚》）因为有了自我意识，人类从万物一体、生死不分的混沌状态中脱身而出，成为大地之"心"，也因此感到无比地孤独，面对生之短暂，时空之浩渺，巨大的悲剧感油然而生。拥有意识，是人类的幸运，也是人类的不幸。精神分析学家埃里希·弗洛姆在同样的意义上指出，人类是孤独的，"在人具有了理性和想象力时，他也意识到了自己的孤独、隔离、无能和渺小，他的生与死的偶然"①。渴望融入某个共同体之中，以逃避孤独，逃避个体意识的重压，就成了人类植根于其存在境况的渴望，成了人类的一种本源的无意识。在这种无意识的驱动下，人类有两种路向可供选择：一种路向是向后退，回归到动物状态，这显然不可取，文明也不允许。——《百年孤独》中布恩迪亚家族无法摆脱的乱伦情结，正源于这样一种回归到原始状态的渴望。另一种路向是向前行，寻找一个新的"继发纽带"，以代替已失去了的"始发纽带"，也就是说，寻找自然母体的替代物，融入其中，以摆脱孤独，获得归属感和安全感。弗洛姆指出，人类的种种社会心理，都源于这样一种强大的无意识。比如，信仰宗教是把个体交付给神和教会，受虐狂(臣服欲)是把自己交付给他人，施虐狂(统治欲)是把他人纳入自身，贪婪是把自身与物质、金钱捆绑在一起，纵欲是追求不断与异性在肉体上的合二为一……这些行为旨在以不同的方式实现与作为他者的人或物质的结合，形成一个共同体，以摆脱对孤独的恐惧。弗洛姆把它们称作"逃避机制"，并进一步指出，这些逃避机制都不成功，因为它们是以抹掉自我、依赖对方为基础的，而对方并不能给自己以确定感和认同感，所以，为了持续地逃避孤独、获得安全感，人们会不断强化逃避机制，产生越来越强烈的宗教虔诚、统治欲、臣服欲、奴性、贪欲、性狂热……无休无止，歇斯底里。

如此，我们可以在弗洛姆的意义上把布恩迪亚家族的孤独解释为一种存在论上的孤独。他们很孤独，为了克服孤独，他们狂热地投身于科学、战争、经商、欢宴、性爱……但正如弗洛姆所说，这些手段均不能达到目的，于是，在"逃避机制"失效以后，他们重新堕入深不见底的孤独中。比

---

① [美]埃里希·弗洛姆：《健全的社会》，王大庆等译，国际文化出版公司2007年版，第34页。

如丽贝卡，丈夫死后做一个与世隔绝的活死人；比如奥雷里亚诺上校，脱下军装后把自己关在作坊里反复地铸造、熔化小金鱼。他们不再试图摆脱孤独，甚至尝试去享受孤独，奥雷里亚诺上校"约略懂得幸福万年的秘诀不过是与孤独签下不失尊严的协定罢了"，貌似深沉洒脱，其实是对生命之意义和价值的亵渎——作为万物之灵、拥有了意识和灵魂的人应该过有创造性的生活。如前所说，布恩迪亚家族成员还有一种克服孤独的方式——向原始状态回归。但乱伦也不能达到目的，人有了意识，不可能回返到无意识的动物状态。迷乱之余，乱伦者们感到深深的恐惧和绝望，孤独感反而更加强烈。

按照弗洛姆的阐释，逃避机制或许一时有效，但不能从根本上达到目的，不独布恩迪亚家族如此，举世皆然。不过，相比世界上其他文明，拉丁美洲的情况格外惨烈。在中国漫长的前现代社会，家族意识有效地帮助人们回避了个体意识和死亡意识；古希腊的政治和中世纪的基督教，都成功地充当过人们安顿生命、克服孤独感的避风港；在相对稳定的资本主义上升和发展时期，财富的占有也在一定程度上给了人们满足感和安全感。而拉丁美洲人民没有机会像其他文明的人民那样找到某种暂时行之有效的逃避机制，他们没有一个强大的文化传统，一直在被动地承受着各种外部力量的轮番侵袭，无法将自己认同于任何一种。布恩迪亚家族成员的人生轨迹大多被外部力量所逆转，奥雷里亚诺上校的才华和雄心毁于腐败的政治，劳工领袖阿尔卡蒂奥第二的事业和前途毁于一场惨绝人寰的大屠杀，奥雷里亚诺第二的雄厚资本则在自然灾难——经济崩溃的隐喻——中血本无归……逃避机制被强行中止后，他们无一例外地沉溺到蚀骨的孤独中苟且残生，一代代人不断重复这一循环，孤独便成了布恩迪亚家族的宿命。

二

《百年孤独》中的孤独主要体现为布恩迪亚家族成员的性情，叙述的语调和氛围并不寂寥，相反，狂欢的气质很浓；《梦游症患者》与之相反，王氏家族成员们并不孤独，叙述的语调却低回凄婉，即便最喧闹的场景，读来也有一种影影绰绰、如梦似幻的寂灭感。

王氏家族成员们之所以不孤独，是因为除文宝父子外，其他人都用狂热地投身政治运动的方式逃避了孤独。这个家族和我们印象中的中国传统家族不同，没有家族意识，没有凝聚力和向心力。王氏兄弟之间没有一丁点的手足之情，平时很是疏远，产生分歧时则同室操戈，父子、父女之情也极其淡漠。二弟死了，老大王洪良不悲伤，儿子断了双腿，他不放在心上，女儿去北京一去不返，他一句也不曾过问；老三王洪涛则偷偷与二嫂私通，二哥死后更是堂而皇之地纵欲狂欢；至于那个二嫂尹素梅，行径更是与畜生无异，不仅诱迫外甥文宝与其乱伦，还丧心病狂地对文宝父母进行百般凌辱。前文我们提到，中国传统的家族意识曾有效地帮助人们回避了个体意识和死亡意识，作为个体生命安放"小我"的"大我"——家族是人们获得归属感和安全感的所在。在《梦游症患者》讲述的时代里，这种家族意识已经荡然无存，人们变成了一个个孤独的个体，所以他们无所选择因而也义无反顾地投身到政治运动中去，因为"人可以因臣服于一个人、一个团体、一个统治机构或上帝而与世界合为一体，通过成为比他强大的某人或某物的一部分，体验他的个性与他所臣服的权力的合一和超越其个体存在的隔离性"①。

在文玉身上，我们清晰地看到了这一逻辑。因为父亲是右派，他无法获得任何先进头衔和奖励，这种被抛弃的感觉让他无法忍受：

> 我感到蓝色的天空变成了灰色朝我压过来，压得我喘不过气来，地主？右派？班里的很多学生都戴上了红领巾，可是我却没有……地主！右派！每一次走近家门我都这样想，我望着那两间用黄土垛成的房子，望着那两间用麦草苫成的屋顶，我就会想，我为啥会是这个家

---

① ［美］埃里希·弗洛姆：《健全的社会》，王大庆等译，国际文化出版公司2007年版，第34页。

里的儿子？①

文玉无比狂热地响应、参与到各种运动中，为的就是能成为组织中的一员。作为"二七公社"的一员奉命去围攻"八一兵团"的时候，文玉兴奋地想："我也成了战斗中的一员了，现在我正拿着枪向敌人的老巢进发。"他并不明白对方为什么是敌人，就像他不明白右派是什么，以及父亲为什么是右派。他不像王洪涛、老鸡他们为了权力而造反，他唯一的企望是成为组织中的一员，不要被抛弃，为此他愿意做任何事情，包括用毫无人性的方式对待自己的父母。

布恩迪亚家族的多数成员在"逃避机制"被强力中止后重新堕入孤独之中，这个家族也在孤独中消亡，"注定经受百年孤独的家族不会有第二次机会在大地上出现"。墨白同样甚至更为决绝，他让彻底迷失了心性的王氏家族成员们在那场运动的高潮中死去，希望他们永远不要再在这个世界上出现。

只有一个人留了下来，他是疯子文宝。疯子是文宝在众人眼中的形象，其实他是智者的化身。在福柯看来，疯狂和理性之间，永远都有逆转的可能，"任何一种疯狂，都有可以判断和宰制它的理性，相对地，任何一种理性，也都有它的疯狂，作为它可笑的真相"②。在文学中，把疯狂设置在理性和真理的核心处以揭示和批判腐朽堕落的现实的做法有着悠久的传统，《梦游症患者》也是这个传统的一部分。在别人眼里，文宝是一个疯子，总是沉溺在自己的梦中，但文宝无法或者不愿进入的现实才是一个真正的噩梦，人们看不清别人也看不清自己的面目，歇斯底里地投身于那场荒诞的政治运动，听任被煽动起来的兽性将人性完全冲垮。

---

① 墨白：《梦游症患者》，河南文艺出版社 2001 年版，第 122~123 页。
② ［法］米歇尔·福柯：《古典时代疯狂史》，林志明译，生活·读书·新知三联书店 2005 年版，第 45 页。

叔本华告诉我们，庸人眼中的疯子有可能是天才。天才之所以为天才，在于他是自由的，他摆脱了意志、欲望、目的的压迫，作为纯粹主体存在，从而拥有了"明亮的世界眼"。① 天才有时会错认——也许是他们毫不挂心——庸常意义上的事物间的关系和秩序，人们也听不懂他们的话语，所以，天才常常被人们视为疯子。显然，文宝便是这种天才，他总是絮絮述说着风啊、鱼啊、云啊，不合逻辑，但他的话却具有难以言喻的魔力，任何未被完全淤蔽住的心灵——如渔夫老鳖——都不能不被吸引。而常人被锁闭在因果、功利的链条之中，失去了对事物、对自身的任何洞察，把文宝当成疯子，也堵塞了自己通往自由和真理的道路。

文宝是自由的，他超脱于政治斗争，也超脱于欲望。三爷寻找文宝但一直都找不到，作为一个象征性情节，表明在欲望的支配下，一个人是不可能获得自由的。因为拥有自由，整个世界的光风雾月都昭洒摇曳于文宝的眼睛和心灵之中：

> 这些鲜艳的花朵，有谁能看到这些鲜艳的花朵呢？只有我吗？姥爷你看到过这样的花朵吗？还有麻婆，你们看到过这样的花朵吗？没有。或许看到过。要不，我把你们领到这儿看一看吧？②

也只有通过文宝的眼睛，我们才能看到种种古朴、秀美的乡间景观。某个早晨，小明在一种莫名茫然的心绪中通过酒楼的窗口看到了玉带般的颍河、飘散的白雾、木船上的白帆和错落有致的房屋、街道，居然十分激动，因为他的眼睛和心灵从未向这些事物敞开。而它们一直就在那儿，构成了文宝的精神世界。这种感觉转瞬即逝，小明很快被游行的锣鼓声召回到现实中。

---

① ［德］叔本华：《作为意志和表象的世界》，石冲白译，商务印书馆 1982 年版，第 258 页。

② 墨白：《梦游症患者》，河南文艺出版社 2001 年版，第 26 页。

　　他没有想到时隔不久他就被一场大火困在了这高高的酒楼上，在最后的时刻里他突然又一次想到了这个早晨……①

或许这时他才冥冥中感受到了自由的召唤、文宝的召唤。只是，为时已晚！弗洛姆告诉我们，以自由为代价换取对孤独的逃避，会让我们付出难以想象的惨痛代价。但不幸的是，就整体而言，直到今天人类仍没有从"逃避机制"中挣脱出来，人类还处于"早期人类"阶段，还没有真正地诞生。《百年孤独》中，布恩迪亚家族始终未从动物的乱伦状态中走出来，《梦游症患者》中，文玉遁入地穴中与蛇鼠为伍，都契合了弗洛姆的观点——人类尚未真正诞生。

三

　　人类怎样才算是真正地诞生？如何既满足融入一个共同体的渴望又能躲开"逃避机制"的陷阱？弗洛姆说，唯有爱。"爱就是在保持自身完整性和独立性的前提下，与外在的某人某物的结合。"②爱是我们最常用的字眼，但我们理解的爱往往意味着得到和占有：爱一个女人，就是要占有她，和爱一个物品一样；爱自己的孩子，通常表现为支配孩子，只是这种支配是以爱为名。弗洛姆指出，爱首先是"给"而不是"得"。"给"不是物质范畴，而是精神范畴，一个物质上富有的人可能在精神上极其贫乏，"给"也绝不是自我牺牲和削减，"他应该把他内心有生命力的东西给予别人。他应该同别人分享他的欢乐、兴趣、理解力、知识、幽默和悲伤——简而言之一切在他身上有生命力的东西。通过他的给，他丰富了他人，同时在他提高

---

　　①　墨白：《梦游症患者》，河南文艺出版社 2001 年版，第 81 页。

　　②　[美]埃里希·弗洛姆：《健全的社会》，王大庆等译，国际文化出版公司 2007 年版，第 34 页。

自己生命感的同时，他也提高了对方的生命感"①。通过"给"建立的关系，是一种分享与交流的体验，它把我们团结为一个共同体，同时又不会损害各自的完整性和独立性。

如此，我们就能够理解，何以当门多萨问及布恩迪亚家族的孤独感源自何处时，马尔克斯回答说："我个人认为，是他们不懂得爱情。……布恩迪亚整个家族都不懂爱情，不通人道，这就是他们孤独和受挫的秘密。"②他们不懂爱情，也不懂爱，除了乌尔苏拉，其他家族成员很少试图去与家人沟通，他们对家人的心情、事业甚至生死都不关心。乌尔苏拉晚年失明后，反而拥有了非凡的洞察力，她细细回顾了马孔多创建以来家中的大小事情，彻底改变了对子孙们的一贯看法：

> 她意识到奥雷里亚诺·布恩迪亚上校并非像她想的那样，由于战争的摧残而丧失了对家人的情感，实际上他从未爱过任何人，包括妻子蕾梅黛丝和一夜风流后随即从他生命中消失的无数女人，更不必提他的儿子们。她猜到他并非像所有人想的那样为着某种理想发动那些战争，也并非像所有人想的那样因为疲倦而放弃了近在眼前的胜利，实际上他成功和失败都因为同一个原因，即纯粹、罪恶的自大。她最终得出结论，自己不惜为他付出生命的这个儿子，不过是个无力去爱的人。③

不止奥雷里亚诺上校，整个布恩迪亚家族，莫不如此。

《梦游症患者》中，也没有懂得爱的人。在政治运动风暴来临的前夜，

---

① ［美］埃里希·弗洛姆：《爱的艺术》，李健鸣译，上海译文出版社2011年版，第30页。

② ［哥伦比亚］加·加西亚·马尔克斯、普利尼奥·阿·门多萨：《番石榴飘香》，林一安译，生活·读书·新知三联书店1987年版，第108~109页。

③ ［哥伦比亚］加西亚·马尔克斯：《百年孤独》，范晔译，南海出版公司2011年版，第219页。

王洪良回到家，在灯下注视着睡在床上的儿子和妻子：

> 猛然意识到自从儿子出生以来他就没有像今天这样仔细地看过他的面容，他也从来没有像现在这样立在妻子的身边看她睡觉的姿势，儿子和妻子在已逝的时光里离他是那样的遥远，他似乎总是那样忙忙碌碌，他真的没有过好好地静下来陪一陪儿子和妻子的时候，不是他没空，而是他从来就没有这样想过。①

他和奥雷里亚诺上校一样，也是个无力去爱的人。没有爱，就没有分享和交流，人就变成孤岛，陷入自私和自恋之中，也陷入孤独之中，而对孤独的恐惧又驱使人们求助于"逃避机制"，把自己交付给权力和欲望，任其摆布，从而失去精神自我。弗洛姆则宣称，"个体的整个一生实际上就是造就自我的历程，的确，当我们离去之时，我们应该得到充分的诞生——即使大多数人都无法摆脱在他们真正诞生之前就已死去的悲剧命运"②。布恩迪亚家族和王氏家族，都遭遇了这种悲剧命运。马尔克斯和墨白埋葬他们，和他们永别，也表达对人类新生的呼唤——但愿我们都懂得爱，有能力爱，不再孤独，不再迷失。

---

① 墨白：《梦游症患者》，河南文艺出版社 2001 年版，第 196 页。
② ［美］埃里希·弗洛姆：《健全的社会》，王大庆等译，国际文化出版公司 2007 年版，第 30 页。

四、形式的意义
——论略萨的《绿房子》《潘达雷昂上尉与劳军女郎》与墨白的《欲望》

马里奥·巴尔加斯·略萨（1936 年 3 月 28 日— ），拥有秘鲁与西班牙双重国籍的作家及诗人，2010 年的诺贝尔文学奖获得者。

略萨出生在秘鲁南部亚雷基帕省首府亚雷基帕市的一个中产家庭，小时候，父母离异，家人告诉他父亲已经过世。十多岁时，略萨随母亲移居首都利马，第一次见到自己的父亲。在略萨的自传中回忆，父母复婚之后，他的童年噩梦开始了，父亲经常辱骂和殴打他。14 岁那年，略萨被父亲送往莱昂西奥·普拉多军事学校就读，这所学校为他的第一部小说《城市与狗》提供了背景，其中的很多故事非常残酷。略萨创作过小说、剧本、散文随笔、诗、文学评论、政论杂文，也曾导演过舞台剧、电影，主持广播电视节目，还从事过政治工作。

略萨擅长从视觉艺术诸如绘画和影视艺术中寻求灵感，立体主义、并置、拼贴、对位法等都被他创造性地运用于小说创作中，他的小说在结构上都各有特点。略萨希望用小说创作来探讨社会现状，他秉持深刻的怀疑态度，以冷峻的解剖道出尖锐而狰狞的真实，故而，有人将略萨的小说称为"病原学小说"。奇谲瑰异的小说技法与丰富而深刻的内容为他带来"结构现实主义大师"的称号，其代表作有《绿房子》《酒吧长谈》《公羊的节日》《胡莉娅姨妈与作家》《世界末日之战》等。

在"拉丁美洲文学爆炸"的四大主将中，拥有秘鲁与西班牙双重国籍的诺奖作家马里奥·巴尔加斯·略萨，介入社会现实的强度和力度可能是最大的，而其对小说形式的革新也是最引人注目的，深刻的内容和奇崛的艺术手法，为他赢得了"结构现实主义大师"的美誉。中国的"先锋小说家"墨白，同样以小说形式的不懈探索而驰名文坛，并同样把观照和揭示现实作为文学的重大使命。把略萨和墨白放在一起进行比较研究，将是一个非常有趣且有意义的课题。我们拟以墨白的《欲望》和略萨的《绿房子》《潘达雷昂上尉与劳军女郎》为例，对这一课题初步做些探讨。

一

《绿房子》是秘鲁文学史上最重要的长篇小说之一，对 20 世纪初到 20 世纪 60 年代秘鲁北部社会生活的变迁做出了全景式的描绘。这部作品是略萨所谓"连通管"叙事手法的一个范例，也是极为挑战读者阅读习惯和耐心的一部作品。全书由几个相对完整的故事构成，这些故事时而平行发展——伏屋占岛为王杀人越货时鲍妮法西娅正在圣玛丽亚德聂瓦镇上的传教所里接受"文明"的教化；时而交叉重合——聂威斯带拉丽达逃离伏屋的控制后进入了鲍妮法西娅的生活并促成了她与利杜马的婚事。略萨把几个故事切割、揉碎，编织进线性的叙事进程中，阅读时我们的思绪不得不在几个齐头并进的故事进程中来回切换，这种境况颇类似于阿城《棋王》中王一生同时和九人对战，必须保持极高的阅读专注度。有人用 abcde 代表五个故事，用阿拉伯数字代表故事切割后的碎片，把叙事描述成 a1b1c1d1e1、 a2b2c2d2e2、a3b3c3d3e3……这样一种编码结构。这种描述与文本构成并不契合。首先，每个故事中的碎片在文本中出现的顺序并不是按时间先后排列的，比如鲍妮法西娅被列阿德基从土著居住地掳至德聂瓦镇传教所是其故事的开端，但直到小说的"尾声"这一开端才被呈现出来。这样，文本就呈现为 a3b5c2d1e4、a4b5c4d3e8……这样更为复杂的序列。而且，在每一个故事的碎片内部，不同场景、时空也被以"蒙太奇"的手法拼贴在一起，让人眼花缭乱。事实上，评论家们做出的种种描述，无论是"连通管""古罗马廊柱"，还是"螺旋上升的多面体"，都是对这部作品的结构加以简化的结果，我们根本无法找到一个准确的喻体来展示其叙事的错综纷杂。当然，这并不意味着不可卒读，相反，当你熬过阅读之初心烦意乱的阶段，对其"编码规则"心领神会之后，就会带着破解迷宫般的成就感沉浸其中。

墨白的《欲望》由三部相对独立的长篇组成，分别是《裸奔的年代》《欲望与恐惧》和《别人的房间》。三部长篇的主人公谭渔、吴西玉和黄秋雨都是颍河镇人，他们同年同月同日生，是从小到大的好兄弟，成年后又各自通过不同的途径进入了城市，他们的关系以及精神层面上的遇合与互补构成了三部小说之间的"连通管"。就每部作品单独看，它们与《绿房子》也有貌同神合之处：都打破了传统小说的线性叙事，跳跃于不同的时空之间，使叙事呈现为一种貌似无序的碎片化状态。以《欲望与恐惧》为例，小说当下讲述的是吴西玉出车祸前短短四五天的日常生活，但通过他的回忆，勾连出几十年的时光，一个人名、一个意念、一个电话，都改变了叙事的方向，把我们带入对往事的回忆中。笔者曾在《墨白小说关键词》一书中用历史博物馆来比拟这部小说的结构："从入口通向出口的走廊其实不长，但由于我们要不断进入走廊两侧的展厅里，因而我们的感觉中这段路程很长。每一个展厅都由很多勾连回环的房间组成，我们忘情地流连其中，往往是看到出口的指示后，才意识到回到走廊中了，但很快我们又会进入下一个展厅，进入另一段过去。"①不同的是，博物馆的房间是严格按照年代

①　杨文臣：《墨白小说关键词》，中国社会科学出版社 2016 年版，第 250 页。

排列的，而小说中记忆碎片的排列则是无序的，我们不得不像阅读《绿房子》一样保持极高的专注度，避免在作者营造的叙事迷宫中走失。

必须澄清一个误解：这种碎片化的叙事只是作者的"花招"，如果把碎片按照时间和逻辑加以还原，用传统的叙事方式讲述出来，那么故事本身的意蕴和思想性不会改变。绝非如此。略萨指出，现实世界的本来面目就是复杂的、多元的，碎片化是对世界本来面目的呈现，秩序只是人为的构建。因而，传统的那种秩序井然的、佯装成对现实世界的真实描写的叙事，是对世界的简化，它把某种意识形态偷偷输送给我们，无论作者主观上多么真诚。略萨指斥说："我想这是一种恶毒的小说，因为，要是你信以为真，根据这一人为的描述来安排你的生活，那你就无法有效地改变真实的世界。"①固然，碎片化叙事最终也要被读者整合为某种秩序，要摆脱碎片状态，但如何去整合是由读者决定的，这是对"民主"的尊重。墨白同样不信任传统现实主义那种整洁有序的叙事，他接受了柏格森的现实观和历史观，"过去以其整体形式在每个瞬间都跟随着我们。我们从最初的婴儿时期所感到、想到以及意志所指向的一切，全都存在着，依靠在上面"②。也就是说，现实包含了全部的历史，深邃且浩瀚。吴西玉遭遇车祸的一瞬间，无数的身影和记忆碎片杂沓地出现在他恍惚的意识中，涂心庆、钱大用、季春雨、于天夫、七仙女、牛文藻、尹琳、洗产包的老人……我们被迫在一瞬间想起所有的事情，这些都潜在地参与了吴西玉的人格和精神的生成，这样一种复杂性是传统的现实主义叙事没有认识到也无法呈现出来的。

除了"形似"，我们也可以在《绿房子》和《欲望与恐惧》中找到一些共同的深层表达。比如空间上的二元对立，前者是丛林与沙漠，后者是农村与城市——这种空间上的二元对立也都不同程度上关联着野蛮与文明的二

---

① ［美］罗伯特·博耶斯、［美］吉尼·贝尔-维拉达：《欢喜与纯粹——略萨访谈录之二》，史国强译，《当代作家评论》2011年第1期。

② ［法］亨利·柏格森：《创造进化论》，肖聿译，译林出版社2011年版，第5页。

元对立。再比如，两部作品中都各自有一种支配社会运转和人物命运的巨大而隐秘的力量贯穿始终，前者是暴力，后者是权力。美国学者卡伦把"碎片化"和"异化"作为《绿房子》的主题："他们都像是发生在远古的一场大爆炸，每个自给自足的星球都偏离了原本注定要永远围绕转动的轨道，开始无休无止地在太空中移动，翻滚。他们谁也停不了，也抓不住一件东西或一个人，连自己都抓不住。他们都是孤儿或不得不在生命的外缘地带持续劫掠的无家可归者。他们的人生，充满了一种失败和无助的疏离感。"①这一评论也适用于《欲望与恐惧》，无论是吴西玉，还是钱大用、季春雨、于天夫等人，他们无论怎样努力，都找不到安顿生命的方式和空间，像鱼鳖虾蟹一样在被污染了的河流中漂浮，并最终逃脱不了沉沦和失败的命运。②

相比而言，《绿房子》的形式感更为突出，时间和空间的跳跃、拼接非常触目，我们不得不一次次停下来理理线索才能让阅读继续下去，这正是略萨追求的效果——以此凸显小说的叙事和时空结构；而《欲望与恐惧》中，墨白借助吴西玉的联想、回忆和意识流，把时空的切换处理得自然而圆融，使得我们的阅读非常顺畅和连贯，以至于我们往往只有在停下来回顾时才会注意到小说独特的形式。对比《潘达雷昂上尉与劳军女郎》和《别人的房间》，我们也可以发现类似的不同。二者都在叙事中使用了大量诸如书信、报告、公文、悼词等文本，且这些文本几乎构成了小说的主体。但在《潘达雷昂上尉与劳军女郎》中，这些文本和小说其他部分排列堆放在一起，其间未做任何交代和衔接，造成一种跳跃性的、极其精简的叙事效果；而《别人的房间》中，它们依次出现在刑侦队长方立言的视野中，被后

① ［美］莎拉·卡斯托·卡伦：《〈绿房子〉中的碎片化和异化》，见［秘鲁］马里奥·巴尔加斯·略萨：《绿房子》，孙家孟译，上海文艺出版社2014年版，第414~415页。

② 《红卷》中谭渔对叶秋、《黄卷》中吴西玉对钱大用，都曾用"漂浮在河流中的鱼鳖虾蟹"来形容他们的生存境况，"被污染的河流"这一意象在《欲望》中更是多次出现，隐喻荼毒、异化人性的污浊现实。

者作为破案的线索细细品读，从而被有机地镶嵌进了小说流动的叙事中。也就是说，较之略萨，墨白的作品更"迎合"我们的阅读习惯。——但即便如此，略萨的形式创新备受推崇，而比略萨要温和得多的墨白，却仍然有点出力不讨好，真是令人感慨！

二

略萨的作品在 20 世纪 70 年代末传入中国，影响了 80 年代中国作家的写作，如白烨在 2011 年欢迎略萨访华的致辞中所说，略萨"是中国作家的老师"①。视野开阔、博览群书的墨白极为关注世界文学的进程，或许他的创作也借鉴了略萨。不过，这无损于我们对墨白的评价，因为墨白并没有在大师后面亦步亦趋，他消化了吸收来的养分，形成了自己独特的文学风格。

还是以这几部作品为例。略萨运用的大致是外聚焦叙事，他注重书写人物的语言和行动，不愿进入他们的内心世界，也不愿让叙述人谈论人物和人物之间的关系。即便在《潘达雷昂上尉与劳军女郎》中有一节书写了潘达雷昂的梦境，但仍然使用了第三人称代词"他"，我们还是外在于潘达雷昂，旁观而不是进入那个荒诞的梦境。在略萨看来，人物的个性并不重要，他也"不相信有什么绝对卓越的个性"——至少在写作《绿房子》时是持这样一种信念；重要的是社会关系，人物的语言和行动都受制于其置身其中的社会关系。独裁、腐败、暴力、贫穷、两极分化、宗教欺骗、外国资本侵入和掠夺等构成了秘鲁当时黑暗混乱的社会现实，文学要"介入"现实，就要客观冷静地把这一切揭示出来。瑞典文学院的颁奖词对略萨的创作概括得非常精辟：对权力结构制图般的精确描绘和对个体抵制、反抗和失败的犀利的叙述。在铁网一般牢固无比的权力体系的宰制下，任何个体

---

① 杨玲：《"文学峰会：马里奥·巴尔加斯·略萨见面会"记录》，《作家》2011年第 19 期。

的反抗都注定要失败,《绿房子》中胡姆为族人所做的抗争失败了,并被自己的族人所抛弃;聂威斯的抗争一度取得了成功,但最终也失败了。要想改造社会,必须拆毁权力结构。对于奉"介入"为使命的文学来说,揭示社会关系比塑造社会个体更重要。略萨坦承,在《绿房子》中他完全取消了单个人物,而努力介绍集体形象——其实这一追求更极致地体现在《潘达雷昂上尉与劳军女郎》中。类型化的集体形象是他们共处其中的社会体系塑造出来的,把重心放在集体形象而非单个人物上,表明了略萨的笔锋所向——社会关系和权力结构。当然,我们不能就此否定略萨在人物塑造上取得的成功,事实上,《绿房子》中很多人物,诸如鲍妮法西娅、胡姆、阿基里诺、安塞尔莫,以及《潘达雷昂上尉与劳军女郎》中的主人公潘达雷昂上尉,都会给我们留下很深刻的印象。不过,借用墨白关于人的"房间"隐喻,① 我们可以从外面的各个角度观察略萨给我们呈现的一个个"房间",并透过窗口向里窥探,但里面的陈设和布局终究不能尽览无余。

墨白则不同,他喜欢使用内聚焦叙事,喜欢书写视角人物的感觉、情绪、记忆、意识流和内心独白。《裸奔的年代》中的谭渔和《欲望与恐惧》中的吴西玉都是孤独、焦虑的个体,他们倾诉的欲望非常强烈,常常处于一种冥想的状态,叙事于是跟随他们的思绪绵绵不断地展开。《别人的房间》中,方立言("我")始终在紧张地对黄秋雨的命案进行分析推理,在某种意义上,他的一切行动——勘察、盘问、阅读、抓捕等——不过是为了让内心的分析推理能够进行下去,外部行为附属于心理活动。不仅如此,那个无法露面的死者黄秋雨,以及他的几个情人,也都在打开心门邀我们进去,他们那些痴痴癫癫的书信真切地展示了他们的内心世界。还有,我们也不会忘了谭渔给黄秋雨写的那篇情真意切、愤世嫉俗的悼词。《潘达雷

---

① "一个漂亮而陌生的女性对于我来说都仿佛是一间我从来没有进去过的房子,望着那扇关闭着的或黄或蓝或青或紫的房门,你能知道那房间里都放些什么吗?不知道,你对此只能作一些猜想,那房间的格局,那房间的装饰,那房间的摆设……你不走进去你怎么会知道她那里面所隐藏的秘密呢?"——墨白:《欲望》,湖南文艺出版社2013年版,第175页。

昂上尉与劳军女郎》也有波奇塔写给妹妹琦琦的书信和潘达雷昂致巴西女郎的悼词，不过，前者受制于身份，后者受制于场合，二人都没有彻底敞开心扉，他们的书信和悼词只能算是外部的语言描写而不是内部的意识描写。

青睐主观叙事并不意味着墨白疏离于现实，他始终把观照现实作为文学的使命，只不过他选择了"以个人言说的方式辐射历史与现实"。在与评论家张钧的对话中，墨白提及，"现实和感觉是血肉相连的。现实仿佛是水，而感觉就是流动的雾。雾的形体是随时都在变化的，它可能会掩盖住某种事物的真相，但它的本质是不变的，无论浓或淡，它仍然是水分子"①。而且，主观现实并非次一级的现实，站在后现代主义的立场上，墨白认为不存在所谓"客观现实"。现实是我们通过话语建构出来的，而任何话语都不是中立的，都无法摆脱意识形态的纠缠。而且，我们关注现实归根结底是为了人，脱离了人的情感、体验的"客观现实"——即便有的话——是没有意义的。因而，墨白放弃了外在地展示现实，他让我们进入小说人物的心灵和精神，去体验现实带给他们的压力和屈辱，去感受他们的挣扎、迷惘和沉沦。《欲望》三部曲以及他的很多作品中，墨白都在主人公身上融入了自己真实的生命体验，他在《裸奔的年代》的后记中说"这是一部有着我的精神自传性质的小说"，又在《欲望与恐惧》的后记中说"我就是吴西玉"，而在《别人的房间》中的黄秋雨身上，墨白寄托了他的自我期许。透过小说人物的眼睛和心灵，《欲望》三部曲向我们呈现了从 20 世纪80 年代开始的近三十年的社会历史变迁，以及民族精神的蜕变，其史诗品格堪比略萨的《绿房子》。

虽然都强调文学对现实的揭示、介入和反叛，但是略萨和墨白取径各异，用现代绘画做比照的话，略萨是"立体主义"，墨白则是"表现主义"。略萨出身于中产阶级家庭，有一个天堂般的童年，之后接受了完整的中学

---

① 张钧：《以个人言说的方式辐射历史与现实——墨白访谈录》，《当代作家》1999 年第 1 期。

和大学教育，从未像普通人那样为生活所困。尽管在莱昂西奥·普拉多军校期间他过得也不怎么好，那是一个激荡着暴力、偏见、愤懑和仇恨的地方，但他本人并没有受到直接的冲击和伤害，事实上他一生始终"置身于秘鲁的暴力之外"。① 1958 年在利马的国立圣马尔科斯大学取得文学学位后，他获得了一笔丰厚的奖学金赴西班牙马德里大学深造，"生活得像一个王子一样"②，次年便获得了西班牙的雷奥波多·阿拉斯文学奖，当时他只有 23 岁。年少成名的略萨此后获奖无数，很快成为社会名流、知识精英圈子中的明星，甚至差点竞选上秘鲁总统。所以，对于秘鲁的社会生活，尤其是普通人的挣扎和痛苦，他并没有切肤的体验，他始终以一个杰出观察家的眼光外在地——也可以说是居高临下地——对社会现实进行透视，这种精英姿态也体现在了他的叙事视角的选择上。

墨白不同，他的成长伴随着饥饿、苦累和恐慌。因"四清运动"时父亲蒙冤下狱，他作为"可教子女"不仅陷入了生存困境，而且要承受巨大的精神压力。1976 年春，墨白高中没毕业就外出流浪，干过装卸、搬运、刷油漆、烧石灰、打石头等各种活计，颠沛流离，寄人篱下。1978 年他参加高考，进入淮阳师范艺术专业学习。毕业后，又回到了偏僻闭塞的家乡，在小学教美术，守着微薄的薪水待了 11 年。其间，墨白饱尝了城乡二元体制下身为农村人的自卑，以致进入城市很久以后，走在大街上他还会突然怀疑自己的城市人身份，会有不自信的感觉。③ "苦难的生活哺育了我并教育我成长，多年以来我都生活在社会的底层，至今我和那些生活在苦难中的人们，和那些无法摆脱精神苦难的普通劳动者的生活仍然息息相通，我对

---

① ［西班牙］华金·索莱尔·赛拉诺：《"写作是由于有了切身体验，尤其是那些企图解脱的反面经验"——访巴·略萨谈话录》，张永泰译，《外国文学》1998 年第 5 期。

② ［西班牙］华金·索莱尔·赛拉诺：《"写作是由于有了切身体验，尤其是那些企图解脱的反面经验"——访巴·略萨谈话录》，张永泰译，《外国文学》1998 年第 5 期。

③ 刘海燕：《有一个叫颍河镇的地方——与墨白对话》，《莽原》2006 年第 3 期。

生活在自己身边的那些人有着深刻的了解，这就决定了我写作的民间立场。"①基于这种民间立场，墨白不愿像略萨那样外在地对人以及人构成的现实指手画脚，他要进入人物的精神世界，所以他选择内聚焦的叙事，让人物去倾诉自己的屈辱、苦痛、迷惘、绝望等一切的精神遭际。在《潘达雷昂上尉与劳军女郎》中，略萨尽情展示了自己在幽默方面的才华，无论对于那些飞扬跋扈、腐败堕落的将军们，还是对于天真迂阔的潘达雷昂和可怜的"洗衣女郎"，他都能用调侃的口吻来加以谈论。而在墨白的文本中，幽默基本上是缺失的。《欲望与恐惧》中，吴西玉与杨景环之间的那段轶事，本不失为一个逗乐的好段子，但我们从中品味到的却是浓浓的苦涩。墨白的主人公大多有着一种忧郁的气质，而他也不忍去调侃那些受苦受难的生灵。

笔者绝无意于通过这样的对比厚此薄彼。墨白说得好，一个作家用什么手法，走什么路子都不太重要，重要的是，看他自己把他所建造起来的那个艺术世界推没推到极致。②略萨的成就已无需多言。墨白有没有把建造的艺术世界推向极致，笔者不敢妄言，但对于他的路子，我们的确没有给予足够的关注和相宜的评价。

① 墨白：《梦境、幻想与记忆》，河南大学出版社 2013 年版，第 415 页。
② 墨白：《我的大哥孙方友》，《时代文学》2010 年第 3 期。

五、看吧，"我们"的这个世界……

——论伯恩哈德的《声音模仿者》
与墨白的《癫狂艺术家》

托马斯·伯恩哈德(1931—1989)，奥地利著名小说家、剧作家，被公认为20世纪最伟大的德语作家之一，也是"二战"之后德语文坛风格最独特、影响力最大的作家之一，世人对他有很多称谓："阿尔卑斯山的贝克特""敌视人类的作家""以批判奥地利为职业的作家""灾难与死亡作家""夸张艺术家""故事破坏者"等。

青少年时代的坎坷不幸、法西斯教育的摧残、痛苦的磨难在伯恩哈德的心灵上留下了不可磨灭的印记，因而死亡、疾病、堕落与疯狂构成了他创作的主题。特立独行的伯恩哈德以批判的方式关注人生(生存和生存危机)和社会现实(人道与社会变革)，文字极富音乐性，以犀利的夸张、重复和幽默，将人类境遇中种种愚钝与疾病、痛苦与冷漠、习惯与禁忌推向极端，向纷乱昏暗的世界投掷出一支支光与热的火炬。代表作有诗集《在人间和地狱》(1957)《在月亮的铁蹄下》(1958)，长篇小说《寒冻》（1963）《精神错乱》（1967）《石灰窑》（1970）《维特根斯坦的侄子》（1982）《历代大师》（1985），戏剧《习惯势力》（1974）和《英雄广场》（1988）等。

　　在奥地利作家伯恩哈德的系列短篇小说集《声音模仿者》和中国作家墨白的系列短篇小说集《癫狂艺术家》中，都出现了一个很罕见的叙述者——"我们"。当然，严格地说，"我们"不能同时开口，叙述者只能是一个人，但由于说话的这一个始终不显露任何个体特征，他可以是"我们"中的任何一个，因而笔者把"我们"作为小说的叙述者。众所周知，相对于第三人称叙事，第一人称"我"更容易引发读者的移情，更容易营造出强烈的现场感。不过，第一人称也有一个劣势，那就是无论在阅读中读者怎样认同于叙述者，无论叙述者的口吻多么真诚，在阅读之后，读者都可能离开叙述者，并以"主观性"为由对其加以拒绝。相比之下，第三人称叙事却较少招来"主观性"的指责，尽管本质上并无不同——无论哪种人称的叙事，都是作家的构建，都无法摆脱主观性的缠绕。从这个角度来说，伯恩哈德和墨白以"我们"的名义讲述故事，① 既赢得了第一人称的那种现场感，又避开了"主观性"的指责，无疑是一种相当高明的策略。

　　当然，二人选择"我们"作为叙述者，意图不仅于此。因为集体身份的限制，叙述者的讲述只能"止于表面"②，既不能在个体好奇心的推动下对事件深入追索，也不能对事件和人物展开长篇大论。不过，伯恩哈德和墨白却巧妙地利用止于表面的讲述，把人们司空见惯的世界撕开一个缺口，面对这个缺口我们如临深渊，一股森冷之气瞬间袭遍全身……我们恍若从

　　① 虽然两部集子都各有一些作品，叙述者没有亮出"我们"的身份，但这些作品与其他作品叙述者的声音是一致的，一篇篇连续读下来，在读者的阅读感受中，"我们"就不断地从一篇迁转到下一篇，成为整部集子共同的叙述者。

　　② 戴维·洛奇把"止于表面"视为小说艺术手法之一，认为"文本拒绝评议故事人物或情节，拒绝给读者提供明确的指引以供衡量角色时思考——许多读者会颇受这类文本的困扰；可是，这毫无疑问也是故事的力量所在，是它吸引人的特点"（[英]戴维·洛奇：《小说的艺术》，卢丽安译，上海译文出版社2010年版，第141页）。

一个做了很久的迷梦中惊醒！再环顾四周，看到的是影子一般到处游走的人们，醉生梦死、麻木不仁又自以为是、执迷不悟。这就是我们的世界！

一

"声音模仿者"成功地模仿了许多著名人物的讲话，"我们"要求他模仿下自己的声音，他却回答说办不到。两位哥廷根大学教授登上高山之巅，先后用观景望远镜眺望美景，一位被美景征服，另一位却在发出一声刺耳的大叫后倒地而亡。

这是伯恩哈德在《声音模仿者》和《美丽景色》中分别讲述的故事。模仿自己的声音是最简单不过的事情，无需任何技法，把声音发出来就行了，但"声音模仿者"说办不到，因为他根本没有自己的声音。这个世界上，触目皆是"声音模仿者"，人云亦六，毫无思想。代表权威人物的两位大学教授是"声音模仿者们"模仿的对象，面对同一个世界，他们看到了截然不同的景观。——在后现代主义的多元性话语几成陈词滥调的今天，这个故事的象征意味不难揣明。不过，睹世伤情的那位死去了，这个世界是什么样子的，人们只能接受年纪更大、学问更高因而也更具权威性的那位教授的说法：美轮美奂，歌舞升平！

死去的即便不死，也会被送进疯人院。《断言》中的那个奥格斯堡人就因为坚持歌德去世前说出的最后一句话是颇为消沉的"就这么多了"而不是鼓舞人心的"更多的光"，惹恼了公众，被送进疯人院。将其送进疯人院的那位医生还受到了当局表彰，荣获法兰克福市歌德纪念章。说真话或持异见者被迫害放逐，而维护谎言或权威观念者却被视为英雄。《放弃》中的音乐家、画家和自然科学家倒是没有被送进疯人院，他们三个选择了自杀，"因为这个世界不再拥有与他们以及他们的艺术和科学相适应的接受器官和接受能力了"。《不谙世情》中的天才艺术家同样因为没有人能读懂他的东西而投湖自尽，"在死者的尸体被打捞出来之后，当地报纸关于这位未受到赏识的人发表了一则简短的消息，着重指出他不谙世情"。

人们的接受和理解能力何以会退化？"世情"何以会变成这样？人们何以如此抵触"离经叛道"，无论他们自己认同的"道"是否合理？最重要的一个原因是专制权力的规训。《比萨和威尼斯》中，两位市长预谋调换下地标建筑，将比萨斜塔迁到威尼斯，将威尼斯钟楼迁到比萨。他们没有成功，预谋泄露后被双双送进疯人院。"意大利当局这件事办得干净利落，秘而不宣。"变革现有秩序是绝不允许的，不仅变革行动会遭到无情的镇压（"干净利落"），变革思想也不允许流传（"秘而不宣"）。《归来》中的那位叛逆的艺术家也被送进了疯人院，他热爱的故乡用仇恨和诽谤迎接他的归来。相比之下，《难以设想》中的剧作家要幸运得多，不仅得到了认可，作品还在被认为是当时最好的一家剧院上演——作者特别强调，被认为最好并不等于确实是最好。可让人意想不到的是，剧作家在看过演出后，竟然难以设想地控告剧院经理，要求交还他的剧作，同时还要求观众把看到的一切退还给他。法院没有审理他这种难以设想的控告，直接把他送进了疯人院。而我们知道，剧作家之所以提出这种控告，是因为他的作品已被"最好的剧院"涂改得面目全非。

又是疯人院！这不禁让我们想起米歇尔·福柯在《疯癫与文明》中阐发的命题：疯狂是权力话语和医学话语合谋对异己话语进行压制的产物。《没有心灵》中医生只对身体感兴趣，某学者因所谓古怪异常被送进了医院，做完身体检查后，他问医生："那么心灵呢？"医生马上回答：闭嘴！小说就此结束，可以想象，这位重视心灵的学者也终将被送进疯人院。

权力对人的规训不止发生在医院中，它无处不在。《九百九十八次》讲述了一个高级中学学生在弗洛里茨多尔夫桥上走了九百九十八次后昏倒在地，原因是上学路上被"对学校的恐惧"所控制。我们不知道他在学校里经历了怎样的心灵洗礼，但我们能确定的是，在学校之外他也不能获得解脱。昏倒后他没有被送往医院，而是被送到弗洛里茨多尔夫尖形广场的警察值勤处——"尖形"是权力监控一切的空间象征。

放逐了思想者，清除了思想杂音，扼杀了心灵和自由，世界就变成了一个秩序井然的世界，也是一个不可理喻的世界。在这个世界上，人不重要，重要的是秩序。《邮局》讲述了一个生活中很普通的事件，"我们"的母亲去世后数年里，邮局仍然继续将写着她姓名和地址的信件投递给她，邮局没有注意到她的去世。我们似乎没有理由去指责邮局，他们的职责是投递信件，客户的生死与他们无关。我们都有自己的职业，都像邮局一样行使职责，把他人当作管理或服务的对象，这个世界也因而像机器一样有条不紊地运转。可是，谁来关注人本身？生命关怀和人文关怀该如何安放？《决定》中的官员在城市遭受地震后下令，用机器把那座完全坍塌的饭店推平，而不是清除瓦砾搜救幸存者。由于被埋的几百人的叫喊声实在不能让人心安，他进一步指示封锁饭店所在地段直至喊叫声消失。这位官员的做法是为了给国家节约高额的搜救费用以及将来赡养伤者的巨大开支，从大局角度来看不失为忠于职责，自然也得到了国家的肯定，仕途升迁指日可待！《议会里的发问》中，面对中小学生自杀率比上年增加一倍的问题，萨尔茨堡州议会的一位议员关注的是两年间自杀地点的变化：去年孩子们多跳河或跳下山岗，而今年一个工人家庭的孩子从华丽的洪堡平台上跳下。这是否表明工人阶级已经上升到有产阶级？他的答案是肯定的。在他看来，一个城市被评价得越是美丽，自杀率就越高。所以，一切都很好！

死亡都能成为进步的证据，还有什么能阻止对这个世界做出至高的评价？在权力话语营造的尽善尽美的幻象下，苦难不是消失了，而是越来越多，只不过人们失去了感受和言说苦难的能力。《两张纸条》中的图书馆员和猎手自杀了，他们留下纸条宣称不能再忍受人们遭受的不幸。可以想见，在"声音模仿者们"眼中，他们不是怪人，就是发疯了。

二

墨白非常欣赏现代主义文学，对卡夫卡有着极高的评价，作为先锋小说家，他的很多作品中也不乏现代主义技法。但在《癫狂艺术家》中，他回归了写实风格。因为，伯恩哈德借助于夸张、变形等手法讲述的罪恶、苦难和荒诞，就真实地在我们这片土地上上演过，单单讲述出来就足以震骇人心了。隐而不察之物，需要艺术的照鉴；而对于本就血腥残酷的历史和现实，艺术的介入反而有可能导致弱化。

《首长》讲述了一次邂逅。在锡铁山以南40公里处的万丈盐桥上，"我们"见到了寻找出走妻子的首长一行。健谈的警卫员告诉"我们"，首长的妻子是个貌美如花的高中生，以女兵的名义被征召到了边疆，后嫁给大自己几十岁的首长做妻子，结婚那天她就疯了，之后多次出走。

> 在我们的卡车沿着光滑如镜的万丈盐桥离开时，我们又朝正在消失的海市蜃楼看了一眼。我们知道，在那美丽虚幻的景象下面，就是广阔的受风沙侵蚀的盐湖。

行走在大漠深处的"我们"不期闯入了历史的深处，否则我们可能永远无从得知"海市蜃楼"伪饰下的历史是什么样子。

"我们"是谁？在不同的故事中，"我们"的身份各有不同，《按摩师》中"我们"是盲人按摩师，《追捕者》中"我们"是刑侦队员，《流放地》中"我们"是勘测队员，还有一些篇章中"我们"似乎是带有采风意向的游客……不过，"我们"的声音却是一致的："我们"总是结识到某些奇怪的人和事，然后引出一段不为人知的历史，让"我们"悚栗不已，并沉陷在深深的怀疑和思索中。就对历史的认知而言，"我们"曾和芸芸众生一样，被历史的假象所蒙蔽——即便听说过一些事情，也如同听到一个遥远的童话，无介于怀并抛之脑后。但"我们"又不同于芸芸众生，因为"我们"总是能邂逅到真实的历史。

伯恩哈德在《国王陵墓》中讲述了这样一个意味深长的故事：二战以来的某个时间，因为一个克拉考人在瓦维尔山国王陵墓听到从波兰末代国王的石棺里传出了国王颂歌，越来越多的人前来参观陵墓并像他一样倾听国王颂歌。当局逮捕了这个男子，并封闭了瓦维尔山，对每个上过山的人严格审查。现在瓦维尔山上的国王陵墓早就重新开放了，没有人还记得上述这段往事。国王颂歌的影射意味，我们在此姑且不论。曾经当局试图抹除真相、封锁历史，不惜诉诸暴力，现在解禁了，没有了暴力的震慑，可人们却失去了追索真相的兴趣，历史已被遗忘——或许正是由于人们如此善于遗忘，当局才重新开放了国王陵墓。和被迫缄口相比，主动遗忘更可怕！事实上，历史并未走远，也是无法被抹除的。所以，在墨白的小说中，"我们"总能与历史不期而遇。甚至可以说，历史一直在发出声音——就像《护士》中那位女士的讲述每天都在进行，只是，以保洁员和年轻情侣为代表的庸众群氓们对此听而不闻，他们已变成伯恩哈德笔下的佩拉斯特人。——在《佩拉斯特》中，"我们"想知道佩拉斯特那些破败的宫殿属于谁，历史对此没有记载，而被问到的人总是笑笑便转身离去。原来，佩拉斯特已经没有了正常人，他们都是由国家定期供给"食品"的精神癫狂者。

有人会不耐烦，何必纠缠于过去？为了不变成佩拉斯特人，我们必须铭记历史。长期匍匐于权力之下造成的奴性，依然根深蒂固地盘踞在我们的人格中。《纪念碑》的故事背景是1994年发生在克拉玛依的那场大火。"孩子们，不要动，让领导们先走！"这句耻辱的话出自一位女领导之口，她喊出这句话时是否清楚地意识到她是领导中的一员，或者说，她喊话是为了作为领导的自己活命还是为了她的领导活命，我们不得而知，没有相关报道。但我们可以想象，这句话也完全有可能从一位会场工作人员或普通教师口中喊出来。工作和生活中的一切场合，发言、拍照、宴会、坐车等，我们都是"让领导先……"，这几乎成了我们的下意识，即便有时领导不是我们的领导，我们也会"让领导先……"。如果没有无处不在的、深入骨髓的对权力的膜拜，那么可能会有夺路而逃者，但不会有女领导那般极致丑陋的表演。我们并没有真正从那个丧失精神自我的年代走出来。"我们"的老师奔走多年最终没有达成心愿，旨在警世的纪念碑最终没有树立起来，甚至"我们"用原盐浇筑的那座暂时的纪念碑也因当局不予批准而无处安放，没有与世人照面便很快融化了。

到了第二年的十二月八日，那座雪白的纪念碑已经变得千疮百孔，我们老师雕刻在底层上的那些浮雕已经面目全非。

或许，比纪念碑融化得更快的，是人们对这件事遗忘的速度。——这就是我们的世界！

<h2 style="text-align:center">三</h2>

责之愈切，爱之愈深。无论伯恩哈德还是墨白，都没有放弃对世界、对人性的信念。伯恩哈德的《在女人沟》是《声音模仿者》中少有的"温暖"的篇章："我们"在奥拉赫河谷碰到了一个沉默的男子，后者在聊天时直截了当地告诉"我们"他在寻觅一个妻子，"我们"于是恶作剧地怂恿他半夜三更去一个叫女人沟的不见阳光的地方，那里住着一个完全残疾、酷爱动物的老女人。让我们意外的是，那男子一去不回，十年后出来和那位女人在教堂里成了亲，然后又回到沟里住了十年没有露面，据说他们生活得很幸福。

墨白的《癫狂艺术家》中也有"温暖"的故事，并与伯恩哈德相仿，他把故事空间安放在了遥远的西域。在那里，麦吉侬一生都在唱着十二木卡姆寻找情人阿依古丽的歌，后者15岁时跟随父亲去遥远的麦加朝觐一去不回，麦吉侬因而成为人们心中忠于爱情的偶像（《寻找歌手》）；在那里，有位老人几十年来执着地用坎土镘在叶尔羌河畔的胡杨林中挖掘，他在寻找因河水漫溢而失去了标记的妻子的坟茔，他答应过那位薄命的上海女子，要把她带回老家去，他要兑现自己的诺言（《胡杨林》）；在那里，沙吾尔·芒力克老人活得笃正坚忍，死得从容安详（《葬礼》）；在那里，银匠父子一生都在流浪，跋山涉水寻找亲人，备受当地人尊重。

笔者之所以给"温暖"加上引号，是因为可以感受到伯恩哈德和墨白讲述上述故事时的忧伤，即便前者摆出不动声色的姿态。墨白在《胡杨林》的结尾写道：

我们站在叶尔羌河畔，注视着倒映在河水里的胡杨树，那被河水摇曳着的金黄色，使我们突然萌生了一种遥远的孤独。

之所以孤独，是因为胡杨林之外，大漠之外，美好的人性已不复存在。正如席勒所说，在一个污浊纷乱的时代，诗要追慕自然、表现理想，不能不是感伤的。① 这也是墨白和伯恩哈德的故事空间设置的深意所在。相比伯恩哈德，墨白要温和一些。伯恩哈德的"我们"多扮演《在女人沟》中的角色，以反面形象参与到故事中；而墨白的"我们"，则多作为有良知的见证者出现，吁请读者和"我们"一起思考、前行。

> 在戈壁的深处，在这黄昏来临的夜晚，我们感受到了生命与灵魂的歌唱，麦吉侬，在你那混合了热血和泪水时而悲壮高昂时而低迷婉转的歌声里，终于让我们找回了前往的方向。(《寻找歌手》)

是的，只要我们勇于反思历史、省察自身，只要我们找回前行的方向，这个世界就还有希望。

---

① ［德］席勒：《审美教育书简》，张玉能译，译林出版社 2009 年版，第 165~166 页。

六、现代人的生存寓言

——论卡夫卡的《城堡》与墨白的《讨债者》

弗兰兹·卡夫卡（1883—1924），20世纪初叶最重要的德语作家，与乔伊斯、布鲁斯特等同为现代文学的奠基人。卡夫卡出生在一个犹太商人的家庭，父亲对他十分严厉。在短暂的41年的生涯中，除去在他34岁那年身患肺病之外，富戏剧性和令人惊愕的就是他的三次订婚和三次解除婚约。

作为犹太人，卡夫卡接受的是德意志教育，是奥匈帝国的臣民；犹太民族、斯拉夫民族、德意志民族的成分混杂于一身，这就使他成了一个多重的无归属感的人，成了一个永远流浪的犹太人，成了一个没有祖国的人。无归属感、陌生感、孤独感、恐惧感便构成了他的文学表达的主题。他运用变形荒诞的形象和象征直觉的手法，来表现那些被充满敌意的社会环境所包围的孤立、绝望、不知姓名的小人物——他们深受帝国官僚体制的挤压，内心充满孤独、恐惧、迷惘与不安，生活在支离破碎的情节里——并从中折射出帝国末季的社会矛盾及众生世相，使自己的长篇《城堡》《诉讼》及中篇小说《变形记》成为那个时代的典范之作，为他赢得了世界范围的不朽声誉。除外，卡夫卡一生中还写了大量的幻想故事、隐喻性寓言、杂感性随笔、哲理性箴言，并留下大量的书信、日记。

伟大的作家都是超越时空的，卡夫卡尤为显著。另一位伟大作家博尔赫斯这样评价卡夫卡："最初我认为卡夫卡是文坛前所未有、独一无二的；多看了他的作品之后，我觉得在不同的国家、不同的时代的文学作品中辨出了他的声音，或者说，他的习惯。"①在名为《卡夫卡及其先驱者》的这篇文章中，博尔赫斯关注的是卡夫卡文学中的悖论，卡夫卡认为悖论是人类永恒的存在境遇，之前的文学也有零星表现，而卡夫卡让我们明确意识到了这一点。更让笔者感到亲切的是西蒙·德·波伏娃的评价，"我们还不完全明白，我们为什么感觉到他的作品是对我们个人的关怀。福克纳，以及所有其他的作家，给我们讲的都是遥远的故事；卡夫卡给我们讲的却是我们自己的事。他给我们揭示了我们自己的问题，面对着一个没有上帝的世界，我们的得救已危在旦夕"②。随着现代性的全球性蔓延，曾经让卡夫卡感到困惑和忧心的问题，也具有了世界性，卡夫卡的声音因而在世界文学中不断产生回响。墨白的《讨债者》就是一部中国版、缩微版的《城堡》，读过这两部作品的读者一眼就能辨认出来：同样大雪纷飞的故事情境，同样寒酸卑微的主人公，同样在一个冷漠残酷的地方四处碰壁，同样最终未能达成目的且都落了个惨淡的下场。不过，《讨债者》绝非《城堡》的摹本，二者在人物形象、艺术风格上都有差异，而这些差异也折射出了不同的社会文化语境。

---

① ［阿根廷］豪尔赫·路易斯·博尔赫斯：《探讨别集》，王永年、黄锦炎等译，上海译文出版社 2015 年版，第 148 页。

② 转引自曾艳兵：《卡夫卡〈城堡〉研究述评》，《外国语言文学》2005 年第 4 期，第 275 页。

一

《城堡》是卡夫卡的最后一部小说，也是最能代表其艺术风格的压轴之作。关于"城堡"的象征意义，众说纷纭，诸如"上帝恩宠的象征"（马克斯·布洛德）、"上帝死亡后的世界"（考夫曼）、"权力的象征"（叶廷芳）、"坚执的灵魂"（残雪），等等。虽然每一种观点都有其合理性和存在的权利，但笔者坚持认为，官僚政治是城堡诸多寓意中最显明、最稳靠的一种。小说第七章中，主人公 K 说得很清楚，"……我的生存处在危险关头，受到可耻的官僚政治的威胁"①。其实，在这个时间点上，城堡虽然拒绝了他，但并没有和他发生直接交涉，他只是在村子里尤其是客栈和村长家里感受到了冷漠和敌意，但这一切都源于城堡，村子里的官僚政治是城堡的延伸和组成部分，对此，K 心知肚明。

城堡并不遥远，它就耸立在眼前，但 K 始终无从进入，这一情节也为人们津津乐道。通行的解释是，象征了权力的森然可怖与神秘不可接近：K 处在城堡权力的覆盖之下，一举一动都受到监视和控制，但却始终无法进入城堡内部，去探悉裁夺其生死存亡的权力是如何组织和运作的。权力是人类社会的产物，是旨在维护民众自身利益的创设之物，它源于民众且属于民众，但却衍变成了民众的异己力量，民众不得不匍匐于自己创造的异己力量之下，不知所以且无能为力，这就是荒诞！不过，《城堡》拥有阐释的多重可能性，从另一个角度说，村子是城堡的延伸和组成部分，城堡内外并无区别，二者景观上的一致向我们暗示了这一点，"当他走进城堡的时候，不禁大失所望。原来它不过是一座形状寒碜的市镇而已，一堆乱七八糟的村舍，如果说有什么值得称道的地方，那么，唯一的优点就是它们都是石头建筑，可是石灰早已剥落殆尽，石头也似乎正在风化销蚀。雾

---

① ［奥］卡夫卡：《审判 城堡》，钱满素、汤永宽译，中国书籍出版社 2006 年版，第 232 页。

时间 K 想起了他家乡的村镇"①。城堡在村子里的代理人——村长、教师以及克拉姆的乡村秘书摩麦斯——都严格按照规定和规矩行事，做派想来与城堡中人无异。可能的不同是，K 在村子里行动是自由的，基本没有受到暴力干涉——当然，我们不能确定是否存在这种不同，因为视角人物 K 始终没有进入城堡。不过，这种所谓自由毫无意义，在视异见如洪水猛兽的奴性环境中，K 不可能有任何作为。

西方马克思主义思想家路易·阿尔都塞的标志性贡献是其提出的"意识形态国家机器"理论（简称 AIE）。与镇压性国家机器"运用暴力"发挥功能不同，意识形态国家机器"运用意识形态"发挥功能，"任何一个阶级如果不在掌握政权的同时对意识形态国家机器并在这套机器中行使其领导权的话，那么它的政权就不会持久"②。换言之，意识形态国家机器是统治阶级维护既有秩序、扼杀思想、阻碍变革的强大力量。早于阿尔都塞半个世纪，《城堡》就用文学的形式完美地表达了上述思想，它向我们展示了，当意识形态国家机器有效运转时，一种统治可以牢固到什么样的程度。K 所在的那个村子根本不需要警察，因为每个人都自觉维护城堡的法令，当陌生人 K 出现在面前时，他们唯一的想法是把他从自己家门口赶走。无条件地顺从城堡，不仅是人们的行为准则，还是人们的道德准则，乃至精神信仰。对客栈老板娘来说，被克拉姆召唤做情妇乃是无上的光荣，被抛弃也不应有任何怨言，甚至，"我没有伤心的权利"。村人与她和声同气，因为和克拉姆扯上这么点关系，原客栈老板放心地把客栈交给了她。和老板娘相比，弗丽达身上的奴性要少得多，她离开克拉姆和 K 走到一起，这一举动令 K 受到村人的一致攻击，认为 K 毁掉了一个姑娘的幸福。事实也是如此，弗丽达"跟 K 在一起生活了短短几天，就已经断送了她的那种美丽"，因为"她的不可思议的诱惑力是因为她接近了克拉姆才有的"。在那样一个

① ［奥］卡夫卡：《审判 城堡》，钱满素、汤永宽译，中国书籍出版社 2006 年版，第 162 页。

② ［法］阿尔都塞：《哲学与政治——阿尔都塞读本》，陈越编译，吉林人民出版社 2003 年版，第 338 页。

对权力顶礼膜拜的环境中，唯有接近权力，个体才能有自信和生气，很快弗丽达便离开 K 回到了原来的生活轨道中。荒诞到极致的还有巴纳巴斯一家人的经历，因为美丽、超俗的阿玛丽亚拒绝了城堡官员索尔蒂尼极端粗野、下流的要求，就受到了村人一致的鄙视和排斥，以致连生计都难以维持。奥尔珈认为一切都是城堡操纵的，不一定符合事实，就像小说开始时 K 在村子里处处碰壁，并非奉城堡的指令，那时城堡尚不知道他的到来。在村子里，人们只有义务的概念，没有权利的概念，当然，也没有质疑的概念——来自城堡的一切都是合理的、神圣的，无论多么荒唐、多么无耻，质疑便是犯罪，便是道德败坏。

K 是一个怎样的形象？研究者们通常把他看作一个普普通通的小人物，为了生存权苦苦挣扎，他的性格无足轻重也无需探讨，符号化的命名是最有力的佐证。笔者以为，并非如此！一般来说，符号化命名是"反个性化"写作的策略和征象，不过，这并不适用于《城堡》。K 虽然身份低微，但绝不普通，他不像村人们那样对当局毕恭毕敬、诚惶诚恐，他在小说开头就对村人们说，"我可不是像你们这样胆小的人，即使对伯爵那样的人，我也敢表达我的意见"。他的确也是这样做的，城堡已明确表示任何时候都不允许他进入城堡，他仍想尽一切办法寻找进入城堡的途径，这本身就是犯禁的；在老板娘、教师、村长、摩麦斯这些村子的头面人物，乃至布吉尔、艾朗格这些从城堡来的"大人物们"面前，他也从未流露出任何胆怯和自卑。K 不仅是个勇士，还是一个思想者，一个反叛者——或者说是革命者。他很快就明白了自己的对手是无比强大的官僚政治，明白了村人们的奴性有多么深重，但他仍不屈服，仍不放弃。他既不搭理教师要他配合写会谈纪要的命令，也不理会地位更高的摩麦斯要他接受审查的命令，"干嘛我要让人家审查，干嘛我要对这种作弄或是官方的忽发奇想屈服呢？"按照村长的说法，聘 K 担任土地测量员是组织机构运转的一个纰漏，是官方绝不会承认的一个纰漏，所以，城堡才没有驱逐他，但也绝不会如他所愿给他职务，因为根本不需要土地测量员，当然，也不会允许他这样一个外乡来的多余人进入连村长都不曾进入的城堡。依此逻辑，小说开始就暗示了结尾。① K 并非不明白这一点，村子也不是没留给他生存的空间，他可以当学校看门人，可以接受奥尔珈或佩披的爱情，只要低头，活路总会有的。然而，他不愿苟且度日，坚持要进入城堡为自己寻一个说法。因为 K 所遭受的一切，被监视、被羞辱、被拒绝……都是符合当局的精神的，要给他一个说法，当局将不得不全面否定自己。试图让当局全面否定自己，这不就是革命吗？

K 痛恨他人对权贵的卑躬屈膝，但并不自以为是地清高，他敏锐地察觉到权力也在自己的心灵中投下了阴影并为之深深不安：

> 他自己也说不清楚，为什么一提到克拉姆，他就觉得不像提到城堡里其他的人那样感到行动自由，想到万一在旅馆里让克拉姆瞧见了，虽然他并不像旅馆老板那么害怕，可是总不免使他有点不安，就仿佛是轻率地伤害了一个他理应感激的人的感情似的；但同时，又使他感到生气，因为他已经从这种不安的心情里认识到由于自己的身份降低到一个卑下的阶层以后所产生的这些明显的后果，这正是他所害怕的，而且他知道，尽管这些后果是这样的明显，自己目前所处的地位却连反抗都不可能。②

K 很清楚，自己不可能反抗当局，但他仍害怕失去反抗的意识，展现了一个思想者的深刻和一个革命者的坚执，令人肃然起敬。他也很灵活，努力了解城堡组织机构运作的方式，寻找漏洞和时机，试图通过任何可能成功的常规和非常规的途径进入城堡。但一切努力都是枉然，官僚政治固若金

---

① 《城堡》是一部未完成的作品，据有关资料说，K 在临死前终于接到城堡当局的传谕：K 虽然缺乏在村中居住的合法依据，但考虑到某些原因，允许他在村中工作与居住。参见陈建华主编：《插图本外国文学史》，高等教育出版社 2002 年版，第 194~195 页。

② ［奥］卡夫卡：《审判 城堡》，钱满素、汤永宽译，中国书籍出版社 2006 年版，第 184 页。

汤，耗尽了 K 的精力和耐心，他逐渐懈怠下来，在布吉尔这样的局内人大谈体制运作的时候——这是了解城堡最好的机会——他居然睡着了。当然，即便他抓住并思量布吉尔每一句话，也不会有什么不同！反抗是徒劳的，一切皆无意义！

二

和《城堡》一样，《讨债者》也取消了对主人公的命名，不同的是，后者倒真的是出于一种"反个性化"的写作策略。如刘军所说，"《讨债者》中的人物命名无一例外地朝向某种模糊性，所有登场的人皆无固定的姓名，老黄、摆渡者、制服男等等，或者出自身份职业，或者出自年龄性别，他们看上去面目不清，但通过细节的勾勒，墨白确立了他们各自的行动逻辑。在反个性化的叙事策略上，《讨债者》显得更为清晰"①。《城堡》和《讨债者》都具有寓言的性质，相比之下，前者更显而易见，其时空的不确定性、人物的漫画化、情节的荒诞性等，都喻示了这一点。而《讨债者》则不然，就人物和情节描写来看，写实气息很浓，如果所有的人物都冠以确切的姓名，那么小说基本就可以贴上现实主义的标签了，寓言的色彩将消退殆尽。

讨债者这个文学形象是有原型的。墨白在一篇随笔中谈到，2003 年 10 月他陪一位在芝加哥大学任教的旅美华人到老家颍河镇，做关于中国农村政治经济状况的社会调查，后者是一位人类社会学家。他们就见到了很多人，其中，"一个是我的小说《讨债者》里那个没有露面的个体户老板的原型，他整天到外地跑着去要账。他现在流落他乡，听我父亲说，他很少回来。人们知道他回来了，就会到他家里去要账。他以前做皮革生意，欠了人家十几万的货款。他不敢睡在家里，偶尔睡在家里，一听到外边有动

---

① 刘军：《墨白小说〈讨债者〉与卡夫卡小说〈城堡〉叙事艺术之比较——兼论墨白中篇小说的艺术探索》，《郑州大学学报》(哲学社会科学版)2018 年第 2 期。

静，就会起身翻墙而逃。那天他对我说，他现在上海某个企业做推销员。据我的经验，他说的话就像我写的小说一样，十有八九是虚构的"①。讨债者和那个没有露面的个体化老板老黄可以互换，在讨债者面前老黄是欠债者，到了外面老黄又成了讨债者。当然，有无原型，和创作出来的人物和故事的类型并无必然关系，笔者扯出这段"闲话"是想解释墨白创作的一个重要特点：虽然墨白以先锋小说家名世，且对现代主义、后现代主义文学浸淫深厚，但是墨白的创作在向抽象、超蹈、玄奥层面的挺进上远无法和其他先锋小说家相比。非不能也，乃不为也。底层出身、历尽艰辛的墨白始终不能忘怀底层民众的苦难，并始终和底层民众保持着密切的联系，所以他不愿让故事和人物虚化到脱离具体情境。

和 K 相比，讨债者才是真正地卑微。前者要维护做人的尊严和权利，要挑战官僚政治，而后者只想讨回维系一家人生计的欠款，哪个也不敢招惹；K 敢于和任何人分庭抗礼，讨债者对所有人都陪着小心；K 想要反抗，讨债者只想苟活。显然，讨债者的生存境遇更为残酷，K 虽反抗未果，但至少获得了生存权，得到了在村里居住的许可，而讨债者却冻毙于荒野，像一条无家可归的野狗。生存尚且不能，何谈思想和反抗！两相对比，生存环境的差异一目了然。

如前所论，K 虽然没有进入城堡，但在寻求进入的过程中，他已然对城堡有了相当的了解；讨债者则相反，虽然一次次出入颍河镇，但对这个地方并不了解：

讨债者努力地回忆着他前几次来颍河镇的情景，但那些已失的往事和经验不但没有帮助他，反而使讨债者越来越感到视线上和心理上的迷乱。②

这个胡同的方位却和他记忆里的正好相反。这种情况的出现使讨

---

① 墨白：《颍河镇地图》，见杨文臣编著：《墨白研究》，河南大学出版社 2015年版，第 4 页。

② 墨白：《光荣院》，文化发展出版社 2016 年版，第 169 页。

债者感到心里难受。……在这个大雪纷飞的日子里，讨债者在迷失了
方向之后，又失去了对时间的观念。①

　　在讨债者以往的记忆里，老黄家附近并没有饭庄和这样一个开饭
庄的女人。②

在一部篇幅不长的小说中，"迷失"以如此高的频率被讲述，显然是具有隐
喻意义的——颍河镇不是讨债者记忆中的样子，这个世界也不是我们看到
的样子，它裹在重重伪装之下，玄奥莫测，机心暗藏，我们这些小人物无
法穿透它的神秘，但我们却要在这个世界上行走，要受到它的摆置。老黄
的行踪始终是个谜，那些穿制服者究竟什么来头，时而冷淡时而热情的王
院长到底打的什么算盘，讨债者都一无所知。就是这些人，分别用剥夺、
暴力和欺骗把讨债者推向了绝境。如果说，老黄的欠债不还代表了资本的
无情和道德的沦丧，穿制服者对讨债者施暴代表了行政机关的专横跋扈，
那么王院长的口蜜腹剑则代表了知识阶层的人格扭曲和社会之于生命关怀
的缺失。这就是讨债者的生存环境。

　　小说的开头意味深长：

　　讨债者怀着阴郁的心情接近颍河的时候，那场蓄谋已久的大雪已
经下得纷纷扬扬。③

长期地准备、谋划，布置迷宫和陷阱，以达到不可告人的目的，我们称为
"蓄谋已久"。用这个词来形容大雪，寓指讨债者的死亡不是一个偶然事
件，而是他无法逃脱的结局。"弥漫的飘雪使他看不清天空的颜色"，大雪
导致了讨债者的迷失。前文我们已谈到，空间的迷失是一种隐喻，是在这
个诡谲险诈的世界上讨债者四顾茫然、不知所处的隐喻。既然空间的迷失

　　①　墨白：《光荣院》，文化发展出版社 2016 年版，第 172 页。
　　②　墨白：《光荣院》，文化发展出版社 2016 年版，第 175 页。
　　③　墨白：《光荣院》，文化发展出版社 2016 年版，第 165 页。

是"蓄谋已久"的，那么，讨债者陷入进退无门的境地，低三下四却连遭伤害，以及最终冻毙荒野，也是被设计好的。是谁设计了这一切？当然不是哪一个人，而是他置身于其中的社会。

七、从孤独到绝望

——论赫拉巴尔的《过于喧嚣的孤独》与墨白的《局部麻醉》

博胡米尔·赫拉巴尔(1914—1997)，20 世纪捷克的伟大作家。

赫拉巴尔出身贫寒，自出生就失去了父亲，生活在捷克一个名叫宁城的小城里，从小就日复一日、年复一年地到酒馆里听生活困苦的人们倾诉心声。他一生中从事过许多不同的职业：公证处抄写员、仓库管理员、火车调度员、士兵、推销员等。35 岁那年他来到首都布拉格，住进了破旧的贫民区一个由废弃车间改成的大杂院里，使用公共厕所和澡堂，连洗漱用水也要提着水桶到院外去打。这期间，他做过废纸回收站的打包工、剧院的布景工，更多的年头是要到二十公里外的一家钢铁厂去劳动。他在这里接触到了炼钢工人和技术人员，还有教授、工厂主、学者、小业主、银行经理、企业家、政治家、律师、普通人和囚犯。在 49 岁那年，他正式出版了第一本小说集《底层的珍珠》，从此一发而不可收，获得奖项三十多个。赫拉巴尔一生创作实绩丰厚，身后结集的合集多达 19 卷，在捷克畅销不衰。他的作品多数被改编为话剧和电影，根据同名小说《严密监视的列车》改编的电影获得奥斯卡外语片奖，根据小说《售屋广告：我已不愿居住的房子》改编的电影《失翼灵雀》获得柏林影展影片金熊奖。赫拉巴尔成为 20 世纪捷克文坛继《好兵帅克》的作者哈谢克之后又一位文学大师。

《过于喧嚣的孤独》是赫拉巴尔的重要代表作，酝酿二十年，三易其稿。正如作者自己所说，"我为它而活着，并为写它推迟了我的死亡"。

一个废纸回收站的打包工，守着一台破旧的压力机打了 35 年的包之后，选择倒在压力机里，把自己打进纸包；一个艺术精湛的外科医生，无数次在手术台上拯救了病人的生命之后，选择躺在手术台上，把麻醉剂注入自己的血管。——以上分别是赫拉巴尔的《过于喧嚣的孤独》和墨白的《局部麻醉》中的情节。不仅在情节上，而且在思想表达上，两部作品也有共通之处，诸如书写高贵的主人公不流于世的孤独，控诉残酷的世界之于人性和思想的戕害，等等。当然，出于历史文化语境和创作个性的不同，二者在思想表达、人物塑造等方面也有一些富有意味的差异，值得我们展开深入的追问和思考。

一

《过于喧嚣的孤独》通篇是废纸打包工汉嘉（"我"）的独白，汉嘉是一个"巴比代尔"式的人物，① 是赫拉巴尔本人的化身，苦中作乐，滔滔不绝。我们不能否认，汉嘉是真诚的，他无意于欺骗任何人，不过，"巴比代尔"人物语言的一个特点是惯于运用黑色幽默，把痛苦隐藏在欢笑里，

---

① 关于"巴比代尔"，请参阅刘星灿：《赫拉巴尔和他的作品》，见[捷克]博胡米尔·赫拉巴尔：《过于喧嚣的孤独》，杨乐云译，北京十月文艺出版社 2017 年版，第 158~162 页。

把荒诞隐藏在平静里，如果我们照字面义去理解汉嘉的某些表达，就会产生误读。比如，有人认为小说的主题是如何享受孤独，如何做到目睹世间的丑恶残酷而漠然处之，便是一种误读；有人认为汉嘉在耶稣和老子中选择后者，借此宣扬一种"曳尾涂中"、自我完善的生活态度，也是一种误读。笔者以为，赫拉巴尔用生命完成的这部作品，从头到尾都在批判和控诉，批判和控诉那些摧毁人类思想、文化的愚蠢暴行，批判和控诉那个惨无人道、黑白颠倒、肆意践踏生命和自由的污浊的世道。只不过，他没有捶胸顿足，声色俱厉，而是要把一切平静地——甚至以"爱情故事"的名义——讲述出来。赫拉巴尔决不"宽容"，对于反人类的行为和力量，任何宽容都是对作家神圣使命的背叛。

汉嘉处理废纸，也处理很多珍贵的书籍和绘画——它们来到这里，或者因为世人有眼如盲，或者是作为专制政治愚民政策的牺牲品。爱书如命的汉嘉痛心不已，在他看来毁掉这些书籍与杀人无异。早年他曾为此涕泗横流，但慢慢地开始习以为常。

> 那时候我已在内心找到力量，使我们目睹不幸而漠然处之，克制自己的感情，那时候我已经懂得目睹破坏和不幸的景象有多么美。①

这是反话。破坏和不幸，永远不可能是美的，除非你是一个法西斯，丧失了人性。汉嘉这句话，形似轻脱，其实沉痛无比，其表达效果恰如辛弃疾那句脍炙人口的"欲说还休。欲说还休，却道天凉好个秋"。汉嘉把打包的工作做得极富仪式感和艺术感，他在每个包的中心放上一本名著，并在包的四周裹上一幅名画的复制品，用这种方式与名著、名画告别。既然总会有人处理掉这些书籍，那就用自己的方式让它们"体面"地离开，如果因不忍而离职，它们就会落入俗人之手，下场更为悲惨。——小说最后，汉嘉

---

① ［捷克］博胡米尔·赫拉巴尔：《过于喧嚣的孤独》，杨乐云译，北京十月文艺出版社 2017 年版，第 34 页。

参观布勃内的巨型压力机，看到面无表情的工人们像在饲养场揪活鸡内脏那样把一本本书撕开，愤怒而无奈地慨叹"这份工作没有人性"！当他知道自己将被两个那样的工人取代之后，无法忍受进而把自己像一本书那样打进了纸包。

汉嘉在内心找到的所谓"力量"，他麻痹自己以便从事这种类似"屠杀婴儿"的活计的借口，是他反复念叨的"天道不仁慈"：

> 天道不仁慈，一个有头脑的人因而也不仁慈，并非他不想仁慈，而是这样做违背常情。①

下水道的两个鼠族，在进行着你死我活的"最后的战争"，它将以一片欢呼结束，但存活下来的胜利一方很快会分裂成两个对立的阵营，战争便重新开始。人类也是如此，永无休止地争斗，制造毁灭和不幸。这就是天道！谁想与之对抗，就是违背常情，而且也徒劳无益。不过，汉嘉并非真的赞同与世浮沉，因为在他眼中天道并不重要，并不是人们的行为标准，"天道不仁慈，但或许有什么东西比这天道更为可贵，那就是同情和爱"②。想想一无所求却被盖世太保带走的茨冈小姑娘，想想美丽纯洁却因极荒诞的理由背负一生污名的曼倩卡，想想那些孕育着光辉的思想却和汉嘉一样在地下室干活的千千万万的人……去他的天道！天道不仁慈——这句话不是客观的陈述，而是对这个世界发出的激愤无比的控诉！

汉嘉说，他不孤独，他只是独自一人而已，独自生活在稠密的思想中。的确如此，超越了生存环境，又有历代先贤做伴，汉嘉并不孤独，他在那间肮脏霉烂的地下室里得到了自我完善。但正如"过于喧嚣的孤独"这一标题所表明的，汉嘉又是孤独的，一种熙熙浊世之上"吾谁与归"的孤

---

① ［捷克］博胡米尔·赫拉巴尔：《过于喧嚣的孤独》，杨乐云译，北京十月文艺出版社 2017 年版，第 24 页。

② ［捷克］博胡米尔·赫拉巴尔：《过于喧嚣的孤独》，杨乐云译，北京十月文艺出版社 2017 年版，第 92 页。

独。收藏，阅读，归根结底是"希望有一天我们读过的书将会使我们的生活有质的改变"。然而，35 年了，当局对思想的扼杀，民众对权威的崇拜，一切都没有改变，一切"都是在向前迈进之后又向后回归"。新一代的打包工和汉嘉相比境遇大大改善，他们甚至可以去希腊度假，但他们想必对亚里士多德和柏拉图一无所知。机器是没有人性、没有思想的，可他们现在像机器一样工作。

> 他们若无其事地干着活儿，继续把书的封皮撕去，扯下书瓤，把惊恐万状、吓得毛发倒竖的书页扔到移动着的传送带上，他们无动于衷，若无其事。①

人们如何对待书籍，就会如何对待思想。一个时代对待思想的态度，是衡量这个时代文明程度的标尺。固然，天道从来就不仁慈，过去并不是什么理想时代，它留在汉嘉记忆中的是一次次的毁灭和不幸，但至少，还有汉嘉这样的人在用自己的方式抵抗，有抵抗就有希望。而新的时代，新的工作方式，新的思维方式，粉碎了一切抵抗，也粉碎了一切希望。失去工作，对汉嘉来说，并不只意味着失去了饭碗，他可以找到新的生计，可以找到其他渠道维持阅读，他无法接受的，是失去了抵抗的方式，是眼看着书籍被残暴对待而无能为力。哀莫大于心死，面对一个践踏思想、没有希望的时代，汉嘉只有决然离去。

二

视书籍为废纸，视思想为垃圾，审视一个世界之于思想的态度，可能没有比废纸回收站更好的场所了；而要叩问生命的本质和意义，审视一种

---

① ［捷克］博胡米尔·赫拉巴尔：《过于喧嚣的孤独》，杨乐云译，北京十月文艺出版社 2017 年版，第 100 页。

文化之于生命的关怀或扭曲，医院则是最合适的场所，这里交织着新生与死亡、希望与绝望，是现代社会中最能扯动人的神经的地方。《局部麻醉》的主人公白帆是一名医术精湛的外科医生，立志疗救生命、解除痛苦，却发现在这个冷漠、病态的世界上，他无能为力，非但拯救不了别人，甚至拯救不了自己。

和汉嘉相比，白帆的状况貌似好一些，有家庭，有体面的工作，有颍河镇人的尊敬。但事实上，白帆的生存环境之恶劣更甚于汉嘉。汉嘉拥有自由，他早就摆脱了名利的枷锁，独与天地圣贤相往来，世俗的评高论低、飞短流长对他没有任何干扰。唯一让他不爽的，是主任的指责、吆喝、咒骂。但这并非经常发生，而且他也可以逃避，溜出去和当淘沟工的两个科学院院士聊天。白帆则不然，在家里他任凭妻子柳鹅摆布，在医院则慑于黄院长的淫威而战战兢兢。还有那个邻居袁屠户，不仅侵犯他的家庭，还侵犯他的尊严。柳鹅、黄院长和袁屠户，分别代表了性、权力、金钱三种势力，他们压迫着他，让他感到窒息、恐惧并逐渐走向绝望。在汉嘉的生活中，尚有人带给他些许温情和安慰，比如那两个收废品的茨冈女人，期待从他手里得到一些珍稀图书的知识分子，以及和他一样蜷伏在地下室里的为数甚众的科学家们。而在白帆的生活中，这种温情几乎不存在，生活重压下日渐苍老、疾病缠身的母亲已无可能再分担他的痛苦，而对于那个年轻护士的脉脉柔情，他没有胆量也没有力量承受。白帆是孤独的，与他生活的这个地方格格不入，在他眼中这里的人就和这里的植物一样——"到处充满灰尘"。

白帆并非言过其实，病态文化之于生命的扭曲和戕害一再上演。那个阴茎充血的老人，在白帆看来单纯是一种病，是意外撞到了兴奋神经的结果，但"四号病室的门口，就此再也没有断过围观的人"。尽管没做任何错事，老人还是陷入深深的羞愧和自责中，不做任何申辩，把自己吊死在医院的树杈上，引来了一群哈哈大笑、面目不清的围观者。更令人悲哀的是黄院长，他和那群麻木的看客一样缺乏对于生命的尊重，即使面对的是自己的老娘。母亲怀孕难产，他脑子里只有如何封锁消息保住颜面，对身陷险境的母亲没有一点关切。那个年过六十的老女人不停地嚎叫，我要生，我要生……这是那个肮脏纷乱的世界发出的唯一的崇高的声音，是对于生命无条件的爱和呼唤。但院长却感到耻辱和仇恨。

> 白帆在做这一切的时候，感触到了院长从背后射过来的复杂的目光，那片丛生的杂草，使他感到了耻辱。白帆想，你不应该用这样的目光看着你的出生之门，实际我们每一个人都是来自这里。可是，多年以后，当我们长大成人重新来面对自己的出生地的时候，为什么要用一种羞耻和仇恨的目光来对待她呢？她错在哪里？她错就错在把我们生在这个人世上。①

人们窥视和传播别人的隐私从中取乐，不仅不感到羞耻，而且满怀道德优越感。但他们从不把那种道德的尺度施于自身，对于自己干着的疯狂而丑陋的勾当，不会有丝毫不安。

白帆和汉嘉一样，对各自生活于其中的世界有着清醒的认识。但他是个医生，不是思想家，没有汉嘉那样强大的精神力量，而且，他置身于社会关系的织网中，也不可能像汉嘉那样遗世独立、横而不流，所以，他选择了逆来顺受。被黄院长利用和耍弄，他不反抗；黄院长患了脑出血，他不仅没有幸灾乐祸，而且全心全意地进行治疗和看护。不过，退一步未必会带来海阔天空，世界之恶不会因为你的宽容退让而减弱分毫，它只会得寸进尺、变本加厉。被白帆医好后的黄院长权力欲一如既往，而且性格变得非常暴躁；得了腿痛病以致行走不便的柳鹅，性欲依然可怕地强烈；因患上性病被阉割后的袁屠户，依然每天制造出各种噪音让白帆头痛不已……当白帆在金钱、权力和性的步步紧逼下对人性、对世界丧失了最后的信念时，他变成了一个"冰冷如铁"的人：

---

① 墨白：《重访锦城》，长江文艺出版社 2000 年版，第 163 页。

现在，外科大夫走在大街上，他冰冷的目光能剥去在他面前行走的任何一个人的衣服，那些他熟悉的男人和女人。院长、麻醉师、袁屠户、年轻的女器械护士等等，那些人一旦走进他的视线，他就能把他们肢解。在他的眼里，那些人一会儿是一架骨头在行走，一会儿是一身肌肉在行走……现在，他像机械师熟悉机器的每一个零件一样熟悉人体了。当一个人躺在手术台上，他看到的不再是一个人，而是一台机器。①

或许，这是一个外科医生必备的"素质"。然而，这是一个非人的世界，人们像动物一样被本能驱使着生存，吸收、排泄、生殖，制造出无边的噪音，灵魂无处存放。在白帆眼中，一切都是那样的灰暗、喧嚣，没有任何生命色彩，他终于崩溃了，将麻醉剂注入自己的血管。白帆的崩溃是注定了的，柳鹅的痛苦的嗥叫只是一个触媒。

三

汉嘉和白帆都是高贵的个体，都生活在一个喧嚣纷乱的世界上，都经历了从孤独到绝望的心路历程，他们的悲剧也都是对于摧残思想和生命的丑恶世界的激烈控诉。真正的思想和文学总是不谋而合，赫拉巴尔和墨白还用几乎相同的方式对权力意识展开了批判。

赫拉巴尔主要的批判标靶是政治，对于劳动人民，他总是满怀深情。他说，"最大的英雄是那个每天上班过着平凡、一般生活的普通人，是我在钢铁厂和其他工作地点认识的人"，"他们一刻也没有失去生活，没有失去对生活的幻想，而我对他们深深地鞠躬，因为他们常常在笑和哭……"②在《过于喧嚣的孤独》中，赫拉巴尔赞美吃苦耐劳、善良单纯的茨冈人：

① 墨白：《重访锦城》，长江文艺出版社 2000 年版，第 194~195 页。
② 转引自刘星灿：《赫拉巴尔和他的作品》，见 [捷克] 博胡米尔·赫拉巴尔：《过于喧嚣的孤独》，杨乐云译，北京十月文艺出版社 2017 年版，第 154~155 页。

　　我喜欢他们，因为他们总是把妻子和孩子带在工地附近，他们会突然间想念孩子……同孩子玩使他们焕发活力，不是筋骨上的活力，是心灵中的。这些茨冈人非常敏感，让人联想到圣母抱着小耶稣的那张美丽的南波西米亚圣母像。有时他们看着你，看得你手脚发冷，他们那双眼睛，那样大的眼睛，蕴含着智慧，反映出久已被遗忘了的某种文化。①

赫拉巴尔的严峻在于，他并不因此而收起批判的利刃。他残酷地指出，等待这些茨冈人的，是屠宰场，是坟墓，因为天道不仁慈，不会因他们单纯善良而施予拯救，能拯救我们的唯有思想，但思想和书籍一块被当作垃圾处理掉了。没有思想的烛照，我们无法判断身在何处，等待我们的又是什么？那些茨冈人，在一个做了民警的同胞面前表现出来的膜拜，远超同胞之谊的限度：

　　……他们一个个都满脸惊喜地看得出神，为这个茨冈人的成就感到骄傲。后来，换岗的时间到了，茨冈人同一个来接班的民警换了勤，回到自己人中间，接受大家对他的祝贺和赞扬。突然，那两个茨冈女人跪了下来，我看见那两条青绿色和光滑的红颜色的裙子垂到地面上，她俩用裙子擦他的值班皮靴，茨冈人微笑着，他无法掩饰内心的喜悦，最后忍不住爽朗地笑了起来，而且郑重其事地同所有的茨冈男人一一亲吻，两个茨冈女人则跪在地上用裙子给他擦皮靴。②

茨冈人的心灵，并不像他们的眼睛那样清澈，权力意识已在那里投下了浓

————————

　　①　［捷克］博胡米尔·赫拉巴尔：《过于喧嚣的孤独》，杨乐云译，北京十月文艺出版社 2017 年版，第 69 页。
　　②　［捷克］博胡米尔·赫拉巴尔：《过于喧嚣的孤独》，杨乐云译，北京十月文艺出版社 2017 年版，第 65 页。

重的阴影。对权力顶礼膜拜，必然成为权力的猎物。那个茨冈警察，已经对同胞现出傲慢之态，心安理得地接受女人跪在地上为他擦皮靴的行为，他的权力欲也在同胞的尊崇、跪拜下迅速膨胀，他的同胞们日后将不得不变本加厉地匍匐在他的脚下……

赫拉巴尔喜欢茨冈人，墨白喜欢自己笔下的主人公白帆，而且，二者都选择对喜欢的人痛下针砭，所谓爱之愈深、责之愈切！对于白帆的逆来顺受，墨白直截了当地斥之为"奴性"：

> 在院长昏迷的时候，他突然有一种失去方向和依靠的感觉，面对杂乱无章的医院，他有些迷茫。他在心里这样想，没有领导真不中，没人管也真不中。外科大夫深深地为没有人来管自己而感到恐慌。在家里，是妻子来管他，就连做爱这样的家务事，也取决于妻子的心情。那个庸俗透顶的女人用最庸俗的手法消解了他自由思考的能力，他成了她的某种器官快活的工具，这就最大限度地导致了外科大夫的奴性。她的行为，使这个丧失了性功能的瘦小的男人意识到，他就是某种工具，只有这样，他才不至于失去那个使他一到天黑就感到恐惧的家。在外部生活里，外科大夫把这种奴性深刻地表现出来。在医院里，他像畏惧黑夜一样畏惧权势。①

压迫并不可怕，因为会激起反抗，进而解除压迫；可怕的是奴性，它渴望被压迫，"没有领导真不中，没人管也真不中"。奴性一旦形成，个体的自由、人格、尊严，社会的平等、进步、解放，都将成为泡影。白帆完全符合美国精神分析学家卡伦·荷妮描述的"受虐型人格"——"个体压抑了自己所有的要求，压抑了对他人的批评，心甘情愿地受他人的虐待而不自卫，而且愿意不加区别地帮助他人。"②弗洛姆则把这种人格叫做"极权人

---

① 墨白：《重访锦城》，长江文艺出版社2000年版，第191页。
② ［美］卡伦·荷妮：《我们时代的病态人格》，陈收译，国际文化出版公司2001年版，第62页。

格"，"他的实体存在感觉，要依他与权威双栖共存的情形而定；若被权威抛弃，则等于被抛入真空，面临虚无的恐怖"①。对于以"权威"面目出现的柳鹅和黄院长，白帆既反抗又屈从，沉陷在无尽的痛苦之中，而这也注定了他的悲剧结局。

相比之下，《过于喧嚣的孤独》中，亮色更多一些，承受孤独的清醒者除了汉嘉，还有许多和他一样蜗居在地下室里的知识分子、科学家，有这样的人存在，思想就不会湮灭，即便所有的书都被毁掉。"当一切思想都只记载在人的脑海中时必定格外美好，那时倘若有人要把书籍送进压力机，他就只得放入人的脑袋，然而即使这样也无济于事，因为真实的思想来自外界，犹如容器里的面条，人只是随身携带着它而已。"②在《局部麻醉》中，承受孤独的只有白帆，他没有同行者，到处都是病态的、麻木的、沾满灰尘的灵魂——而且，就连白帆，人格也不健全。汉嘉以殉道者的姿态昂首离开，"我依旧为自己感到自豪"，"我像塞内加一样，像苏格拉底一样，我选择了倒在我的压力机里"。而白帆选择自戕只是因为不堪忍受生之苦痛，不堪忍受世界的喧嚣对于他的折磨，没有尊严和骄傲可言。如果说，"殉道"即"弘道"，汉嘉的选择表明他对无道的世界仍存有希望，他仍爱着这个喧嚣、荒诞又不乏热度的世界，直到弥留之际他的意识里还在闪现关于世界的记忆碎片；那么，白帆之死，则散发着绝望和虚无的气息，"外科大夫在手术台上躺了下来，外部肮脏和纷乱的世界在他的感觉里慢慢地退了出去，如那群南去的大雁一样，在辽阔的天空里越飞越远"③。

① ［美］埃里希·弗洛姆：《自我的追寻》，孙石译，上海译文出版社 2013 年版，第 126 页。

② ［捷克］博胡米尔·赫拉巴尔：《过于喧嚣的孤独》，杨乐云译，北京十月文艺出版社 2017 年版，第 22 页。

③ ［捷克］博胡米尔·赫拉巴尔：《过于喧嚣的孤独》，杨乐云译，北京十月文艺出版社 2017 年版，第 199 页。

八、"多余人"与"局外人"

——论墨白的《欲望》与加缪的《局外人》

阿尔贝·加缪(1913—1960),法国声名卓著的小说家、散文家和剧作家,"存在主义"文学、"荒诞哲学"的代表人物。1957年因"热情而冷静地阐明了当代向人类良知提出的种种问题"而获诺贝尔文学奖。

加缪出生于阿尔及利亚的蒙多维,父亲在1914年大战时阵亡后,他随母亲移居阿尔及尔贫民区的外祖母家,生活极为艰难。加缪由做佣人的母亲抚养长大,从小就在贫民区里尝尽了生活艰辛。在后来的小说、戏剧、随笔和论著中,他深刻地揭示出人在异己的世界中的孤独,个人与自身的日益异化,以及罪恶和死亡的不可避免,但他在揭示世界的荒诞的同时却并不绝望和颓丧,他主张要在荒诞中奋起反抗,在绝望中坚持真理和正义,他为世人指出了一条自由人道主义道路。他直面惨淡人生的勇气、"知其不可而为之"的大无畏精神使他在第二次世界大战之后的法国、欧洲并最终在全世界成为他那一代人的代言人和下一代人的精神导师。其主要作品有《局外人》《鼠疫》《西西弗的神话》等。

　　"多余人"概念来自 19 世纪俄国现实主义文学大师们，"局外人"则是
20 世纪法国存在主义文学、"荒诞哲学"的代表人物阿尔贝·加缪之于世界
文学的卓越贡献。从个体与社会的关系上看，"局外人"与"多余人"几乎是
同义词，他们都与社会呈疏离乃至对抗的关系，拒绝社会的同时也被社会
拒绝；而且，尽管"不求上进""不堪造就"，但他们都非平庸宵小之辈，他
们的怀疑、反叛、思考乃至玩世不恭的姿态本身就具有重要的思想和社会
意义，杜勃罗留波夫把"多余人"称为启蒙家、宣传家，① 高尔基认为他们
是"比实践者和行动者更有用处的人物"②，这些评价同样适用于"局外
人"，默尔索堪称当代人存在的导师，他让我们看到了世界是如何地荒谬，
而我们自己又是如何地蒙昧昏聩。有人指出，加缪笔下的"局外人"默尔索
是"多余人"的不同版本。③ 笔者深以为然。

　　当然，受限于各自的语境，"多余人"与"局外人"还是存在着很重要的
差别。前者的思想前提是人文主义、启蒙主义传统，而后者则是存在主义
和后现代主义；"多余人"相信有一种更为理想的社会和文化秩序，有的甚
至为此构想了变革现实的方案，尽管他们无力将其变成现实，而"局外人"
从根本上否定了世界存在意义，也没有什么变革世界的方案；进而言之，
"多余人"表达的是具体的社会历史批判，而"局外人"承载的则是一种哲学
的、超验的思考与省察。墨白的《欲望》三部曲，塑造了两个极其成功的
"多余人"——而不是"局外人"——形象，他们是《红卷》主人公谭渔和《蓝
卷》主人公吴西玉。这多少有点耐人寻味，按照思想史逻辑，"局外人"应

---

　　① ［俄］杜勃罗留波夫：《杜勃罗留波夫选集》，辛未艾译，上海译文出版社 1983
年版，第 265 页。

　　② ［苏］高尔基编：《俄国文学史》，缪灵珠译，上海译文出版社 1957 年版，第
305 页。

　　③ 王福和：《世纪病患者的心路历程——从"多余人"到"局外人"》，《外国文学
研究》2002 年第 2 期。

该出现在"多余人"之后，而《欲望》的创作却晚于《局外人》半个多世纪。——这正构成了我们对两部作品展开对比研究的契机。

——

《局外人》的叙事很清楚，主人公默尔索一时冲动杀了人，接受惩罚理所当然，但荒谬的是，审讯并不关注他在怎样的情境下杀了人，而是抓住他在母亲去世后的一系列有违常情的表现大做文章，把他描绘成一个没有人性的恶魔，最终判处他死刑。简言之，他不是因为杀了人而是因为不流于俗的举止言行被判处了死刑。大家谈论他本人比谈论他的罪行多，但没人愿意听马松、萨拉玛诺这些对他有利的证人的话，更重要的是，没人关心他的想法，也没给他开口说话的机会。"看起来就像是我与这件事无关，他们在处理这宗案子的时候完全把我撇到了一边。我的命运被他们决定，但是他们却完全不征求我的意见。"①在关于"我"的审判中，"我"受到排斥，成了局外人。当然，"我"也在疏离于这个世界，自我放逐为局外人。对待情感、工作、死亡，"我"都是一副不以为意的态度，对于神甫要施与"我"的临终关怀，"我"也毫无兴趣——没人能够理解"我"，"我"一直是与这个世界格格不入的局外人。

关于这部作品，国内评论者们关注得最多的是，对于一个冷漠、虚伪、荒诞的世界的批判。笔者以为，毫无疑问这一维度是存在的，但之于这部作品并不太重要。我们在现象学的意义上反观自己的阅读体验，应该会同意：默尔索生活于其中的世界是一个让人无奈的、略带苦涩的世界，而不是一个反人性的、罪恶昭彰的世界。换言之，具体的社会文化批判——尤其是政治、制度层面上的批判——虽然存在，但很淡薄。那些构成默尔索对立面的事物，尽管是作品攻击的目标，但并非没有一点现实合

---

①　[法]加缪：《局外人 鼠疫》，杨广科、赵天霓、陈属玉译，凤凰出版社2011年版，第65页。

理性，或者说，虽然有不合理之处，但很难废除或用一种更好的设计取而代之。比如，默尔索杀了人，就应该受到惩罚，在任何一种社会中，被太阳晒得迷失了心智都不可能也不应该成为他无罪的理由，虽然我们应该倾听、理解甚至认同他对当时情境的解释。比如，被作者大加调侃的庭审制度，虽然在小说中扭曲了事实，但是，它现在仍是国际司法界公认的最为合理的一种制度，最能察究罪恶且充分保护嫌疑人权益的一种制度。再比如，将默尔索映照得十恶不赦的社会习俗，母亲去世时应该哭泣，守丧期间不应该看喜剧电影，不应该抽烟、喝牛奶咖啡、发生性关系等，都是虚伪的吗，都是要予以否定的吗？还有宗教，确是虚无缥缈，可我们真的应该因此而废黜它吗？固然，默尔索是真诚的、真实的，但把默尔索的存在方式推而广之，这个世界就会有一种更理想的秩序吗？人与人之间就能更好地理解、沟通吗？恐怕未必。

不仅默尔索生活于其中的世界是荒谬的，而且世界从来就是荒谬的。加缪在《西西弗的神话》中指出，"这个世界本身不是有理性的，这就是全部的事实。但是荒谬的是无理性与唤起人类心底共鸣的那种对明确的疯狂追逐之间的碰撞。荒谬不仅在于世界也在于人类"[1]。换言之，世界本身是无意义、无秩序的，但人类自诞生之初就执着地要赋予世界以意义和秩序，知识、文化都服务于这一目的。当人们某一天突然从知识和文化营造的幻觉中走出来，发现熟悉的世界原来如此晦涩、陌生的时候，荒诞感便产生了——这正是我们今天面临的语境。在另一处他诗意地提及，"在所有美的中心都存在着非人性的东西，这些山脉、天空的柔软还有这些树木的轮廓，就在此刻失掉了我们为它们披上的虚幻外衣，因而变得比失乐园更加触不可及。世界原始的敌视通过千年劫难展现在我们眼前。有那么一秒，我们不能理解它了，因为几个世纪以来，我们对它的理解就仅限于我们事先赋予它的映像和设计，因为之后我们就缺少了利用诡计的能力。世

---

① [法]阿尔贝·加缪：《西西弗的神话》，刘琼歌译，光明日报出版社 2009 年版，第 20 页。

界回避着我们，因为它又变回了它的本来面目，它在距离我们不远的地方转身走开了。……世界的晦涩和陌生是荒谬的"①。

人类行为的对与错、当与不当，都是参照某个确定的意义判定的。没有意义，就没有限制，所以，"没有什么不妥""怎么样都行"成了默尔索的口头禅。可是，默尔索意识到了世界的无意义，但周围的人还沉浸在幻觉之中不愿醒来。于是，在他们眼中，默尔索就成了一个异类，不可理喻；而在默尔索眼中，世事则荒诞无比。在没有默尔索的世界里，荒诞是不存在的，因为没有人能发现人们崇奉的那套行为模式（即文化）的反人类性。显然，那样的世界并不就是一个更好的世界，就像罪恶并不因为没有抨击的声音就不存在一样，往往相反，一个能够产生和包容异见、质疑的社会较之万口一词、没有杂音的社会要更加开明。如此理解，默尔索的世界当然不是一个理想的世界，但也不是一个多么坏的世界，《局外人》讲述的故事和情境只是世界之固有的荒诞的象征。荒诞是永恒存在的，过去、现在存在，将来也会存在。因为即便我们认可世界无意义，也不可能放弃承载着意义和秩序的文化，否则一切规则、秩序和交流都将荡然无存，人类也将陷入难以承受的虚无之中。我们能做的，不是放弃"对明确的疯狂追逐"，放弃意义和秩序，而是在构建意义和秩序的同时留有余地，避免成为它们的牺牲品。不过，这种分寸很难把握。加缪在小说中用一个细节隐喻了这一点，"进退两难，没有出路"②。

所以，加缪并不试图通过社会变革来消除荒诞，写作《局外人》时的他是一个鼓吹个人选择和反抗的存在主义哲学家，而不是一个追求变革和进步的社会学家。默尔索与世界格格不入，但从未想过改变世界，他没有对于明天的希望，因为"希望"恰恰是对世界、对自身的背叛，"对另一种'值得'的生活的希望，或者是那些活着的人的欺骗，都不是为了生活本身，

① ［法］阿尔贝·加缪：《西西弗的神话》，刘琼歌译，光明日报出版社 2009 年版，第 14 页。

② ［法］加缪：《局外人 鼠疫》，杨广科、赵天霓、陈属玉译，凤凰出版社 2011 年版，第 14 页。

而是为了将要改变它、提高它、赋予它意义并背叛它的伟大理想"①。如何才算是"为了生活本身"而不是"背叛它"？默尔索给出的答案是：不受任何"意义"和"秩序"的束缚，顺从自己的当下感受，做最真实的自己。他从不掩盖自己对世事无所谓的态度，尽管会引发人们的不解和反感；他喜欢玛丽的身体，但不愿为此敷衍对方一句"爱你"；他想活下去——这是一种本能，但并不后悔杀了人，因为一切都是自然发生的，他从未勉强自己。"我以前是正确的，我现在仍然是正确的，我以后也会永远正确。""我认为我曾经幸福过，现在也是幸福的，将来也会幸福的。"②默尔索照亮了我们的存在，和他相比，我们很多时候活得简直如同行尸走肉。

"局外人"的意义正在于此，他是永恒的他者。如前所论，文化不会消失，作为文化的解毒剂的"局外人"就不会消失。在思想而非法律的意义上，默尔索不应该被处死。如果有未来，那么默尔索肯定不愿成为"局内人"，那是对自由的背叛；我们也不可能都成为默尔索，那样的话世界将因价值体系的崩解和有效交流的丧失而陷入瘫痪。——我们如此谈论默尔索，也可以如此谈论后现代主义。

二

"局外人"和"多余人"都是边缘人，都对社会持疏离、批判乃至对抗的姿态。不同的是，"局外人"是默尔索为之自豪的选择；而在《欲望》中，"多余人"是谭渔和吴西玉苦苦挣扎却无以摆脱的身份和境遇。默尔索是英雄，而谭渔和吴西玉是受害者。

谭渔和吴西玉都是颍河镇最优秀的子弟。在不断加剧的城乡二元对立格局中，作为广大农村缩影的颍河镇日益破败凋敝，物质上的匮乏，精神

① ［法］阿尔贝·加缪：《西西弗的神话》，刘琼歌译，光明日报出版社 2009 年版，第 8 页。

② ［法］加缪：《局外人 鼠疫》，杨广科、赵天霓、陈属玉译，凤凰出版社 2011 年版，第 79、80 页。

上的委顿，迫使谭渔和吴西玉从故园逃离到了城市。这种逃离很难说是一种背叛，因为，他们想要活得有尊严，想要摆脱粗鄙的人生，想要实现个人的价值，是无可非议的，而这一切只有进入城市才有可能。谭渔靠着写作上的成就调到了锦城文联，却发现自己并没有真正进入城市：

> ……后来有一天我突然明白这是一种暗示，这个暗示在我来到这所城市后的第一天就如谜团一样切入了我的思想，他明白这城市本身就是一座巨大的迷宫，他知道他没法走通这个迷宫，我一个文弱书生一个从乡间赶来的农民的后代，在这座迷宫里最终将被折磨得筋疲力尽。①

谭渔不是没有能力在城市中搏杀出一片天地，他可以和汪洋一起搞大学生爱情诗大奖赛赚取钞票，他也可以像二郎那样与三圣、范导之流周旋把自己转型成时髦的电视人，但他不愿放弃自己的尊严，不愿放弃纯粹的文学追求，这就注定了他要在城市那残酷的生存法则之前碰得头破血流。从锦城到郑州再到北京，谭渔在每个地方停留的时间越来越短，不断地为自己的"不成熟"付出代价，最终被逐出了城市。他的经历也谕示了：城市越大越繁华，也就越容不下精神的存在。回归家园？也不可能。直接的原因是，他抛弃妻子，已无颜面对家乡父老。而深层的原因则是，农村也已不再是精神和灵魂的安顿之所，那种纯洁的、牧歌般的田园只能留在记忆和文学中了——

> 儿子，爸爸在许多篇小说里都写到过这条颍河和那个镇子，写过那里的商船和白帆，可是现在不行了，儿子，那里现在已经不通航了，河里的水又黑又臭，那里已经没有白帆了，我的儿子，一切都是

---

① 墨白：《欲望》，湖南文艺出版社 2013 年版，第 111 页。

那样的暗淡无色，河道里流着酱油一样的河水……①

在《红卷》的结尾，谭渔像条野狗一样无家可归，无论从生存还是从精神的层面上，他都成了不折不扣的"多余人"。

相比谭渔，吴西玉的处境似乎好得多。他学过绘画，发表过诗歌，算得上是才华横溢。仕途也很顺利，因为岳父的关系，他从一个中学教师，调到锦城任团委副书记，再到任省城某著名大学的校团委副书记、陈州挂职副县长，可谓官路亨通。但在光鲜的外表后，是无法向外人言说的尴尬和苦楚。在家里，他是妻子宣泄对男人和性的仇恨的工具，整天像犯人一样遭受花样翻新的审问和羞辱，没有一丁点温暖，牛文藻冷漠且无处不在的目光已经渗透进了他的骨髓。所谓的事业和家庭一样值得怀疑，原来的大学校团委副书记的位置已被人接替，回来的可能性不大，而现在的挂职副县长只是个摆设，没有任何具体事务。或许会有人眼红他这种免费开着桑塔纳无所事事到处游荡的生活，但吴西玉感觉自己成了一个"多余人"，"我现在只是一个空壳"，"我成了一个在无边的大海里流浪的漂流瓶，我无处可归"。

在生存的层面上吴西玉比谭渔更深地进入了城市内部，但在精神的层面上他同样保持着对于城市的疏离和批判，这是他得以跻身"多余人"行列的资格：

城市的楼房就是一片又一片没有枝叶的树林吗？我们人类就是没有翅膀的鸟吗？是谁把人关进那些由他们自己编织的鸟笼里去的呢？②

如果街道真的是一道河床，那么，我们人类不就是那些被污染的河水吗？对城市，对城市里的人我越来越感到没有兴趣，这些肮脏的河流从来没有给我留下过清洁的记忆，一回到这座城市里我就开始思

---

① 墨白：《欲望》，湖南文艺出版社2013年版，第158页。
② 墨白：《欲望》，湖南文艺出版社2013年版，第168页。

念我曾经拥有过的寂静的乡村生活。①

不过，和谭渔一样，颍河镇是一个只能在经过漂洗的记忆中缅怀但无法回归的地方。

中国当代文学中，乡土情怀被反复书写，已近于俗滥，在很多作家的叹息中，我们能够感受到一种风格化的、时髦而庸俗的感伤情调，一种躲躲闪闪的、身为城里人的优越感。墨白不同，他深入人物的灵魂深处，向我们呈现了城乡二元对立带给人的沉重的精神创伤。

我们过去常常说，贫穷困厄是成长的助力，是坚毅性格的磨刀石，许多杰出人物都为自己的农村出身和经历而自豪。墨白告诉我们，在不平等的城乡二元对立格局形成以来，农村出身和贫穷带给人的是无法挣脱的心理阴影和性格扭曲，即便你以成功者的姿态进入了城市。谭渔永远记得那个刻骨铭心的上午，他作为一个业余作者去锦城文联改稿，寒酸的他"像一个讨饭叫花子立在灰暗的楼道里"，"浑身发抖"，"他被雨水浸湿的布鞋发出扑哒扑哒的响声，那声音在灰暗的楼道里像一只蝙蝠盲目地飞翔着"。面对城市女孩的打量和并无多少恶意的笑声，"他无地自容"。之后很多年他的感觉里都"弥荡着忧愁凄楚的秋雨"。直到他成了那间编辑部办公室的主人，那场落了多年的秋雨才戛然而止。然而，深入骨髓的自卑并未就此散去：

　　　　那片生长着绿色也生长着黄色的土地总像一个极大的背影使他无法摆脱，他隐隐地闻到了从自己身上所散发出来的臭蒜气……②

顶着副县长光环的吴西玉也是如此：

---

①　墨白：《欲望》，湖南文艺出版社 2013 年版，第 176 页。
②　墨白：《欲望》，湖南文艺出版社 2013 年版，第 3 页。

尽管现在在舞厅里我也能和那些酒肉朋友卡拉一下《拉兹之歌》，可是我仍然强烈地感受到我与某个社会阶层的距离。①

对于城市，他们爱恨交织。二十年前，因为羡慕而模仿杨景环的普通话发音，吴西玉挨了一巴掌，屈辱和仇恨从此深埋在他的心底，"就兴他们城里人说'笔'，不兴我们乡下人说'笔'呀！"仇恨的种子，无论哪一种，都不会结出美好的果实。二十年后，当他以进入杨景环的身体的方式象征性地完成了对城市的复仇时，并没有什么成就感：

> 我看到那颗仇恨的种子在黑暗之中开花长高，果子结得像俺爹种的倭瓜一样大，那倭瓜在阳光下放着金子般的光芒，硕大无比！那金色的光芒照花了我的眼睛，使我迷失了方向，在我的眼里，到处都是雨水，雨声四处响起，在幻觉里，我看到一个无家可归的孩子在茫茫无际的雨水里奔走，我知道那个孩子就是我。②

与其说城市没有接纳谭渔和吴西玉，不如说是他们"拒绝"了城市。放不下的自卑以及由此衍生的仇恨和征服心态，事先就在他们和城市之间划下一道深深的沟壑。除此之外，他们对城市也深感失望。在他们的想象中，城市是当年仙女般美丽优雅的赵静、田达和杨景环，是整洁、丰富、高贵和浪漫。当他们走进城市，才发现完全不是那么回事。谭渔被小慧那口淡蓝色的牙齿像子弹一样击中，为此梦绕魂牵，最后揭开的谜底却是，"小时候吃了太多的四环素"。这是一个有着多重意味的象征：想象中的事物无比美好，本质却是那样的乏味甚至不堪。谭渔的所谓爱情，他无比憧憬的城市，都是如此。还有杨景环的裸体，也是城市真实图景的象征，"……这就是一个女人全部的秘密吗，二十多年来我一心想报复的女人就

---

① 墨白：《欲望》，湖南文艺出版社2013年版，第188页。
② 墨白：《欲望》，湖南文艺出版社2013年版，第324页。

是这个样子吗？她的肉体是那样的丑陋!"吴西玉从杨景环的房间仓皇逃离，一如在精神上对污浊而躁乱的城市的厌弃。

悖论出现了。像谭渔和吴西玉这样艰难地从农村和贫穷中挣脱出来的优秀个体，往往背负着无法摆脱的精神重负，很难自我塑造出一种开朗、平和、自信、豁达的理想性格，他们自卑(有时表现为自大)、敏感而偏执，难以与自己、与环境达成和解。对于这种现象的成因，对于不公正的政治、经济体制推动形成的城乡二元格局，墨白进行了辛辣的揭露和批判；对于苦苦挣扎的个体，墨白给予了深深的理解和同情。然而，恰恰是这些人，这些带有精神创伤又没有泯灭良知和理想的由乡入城的知识分子，更能对现代都市文明采取一种疏离和批判的姿态，更能洞彻现代人精神的空虚和苍白。叶秋算是谭渔的知音，她欣赏谭渔，对谭渔小说的评论非常准确。但谭渔的思想和情感对她来说只是一个"景观"，她无法真正进入谭渔的世界。而对于都市文明，"在春风里行走"的叶秋也不可能像"在灰色的天空中艰难地飞翔"的谭渔那样，在创巨痛深的体验之余展开冷峻的思考。同样，是吴西玉而不是田达或杨景环说出了那句"我们都是些没有灵魂的人"的箴言。也就是说，正是因为谭渔们在乡村和城市的夹缝中苦苦挣扎，他们的生命存在才成为我们这个时代最有价值的标本，才深刻和全面地折射出了我们当下的生存状态和精神图景。

三

加缪笔下的"局外人"映照出了世界的荒诞，而墨白笔下的"多余人"折射出了社会的不公。加缪向个体发出吁请，鼓吹存在主义的自由选择，而墨白将批判的锋刃对准社会，呼唤社会变革和进步。

"局外人"是永恒的他者，"多余人"又该往何处去？在《欲望》的第三部《蓝卷》中，墨白塑造了一个作为谭渔、吴西玉前行方向的理想人物——黄秋雨。作为同一天在颍河镇出生的兄弟，黄秋雨和谭渔、吴西玉一样，游离于城乡之间。但笔者不愿把他也放在"多余人"之列，这倒不是因为他担任锦城师院艺术系主任、锦城画院院长，有着非同一般的社会影响。谭渔、吴西玉的焦虑和痛苦主要限于个体的层面，而黄秋雨超越了他们，在忍受个体生命中的苦痛的同时还把深邃的目光投向历史、现实和未来，扛起了整个民族的苦难。看看关于《手的十种语言》的那些文字，我们就会认同谭渔对他的评价——"他就是人间苦难的见证者和经历者"。黄秋雨是痛苦的，脑瘤就是由那些巨大的痛苦凝结而成。谭渔在《哭秋雨》中写道：

> 其实你的性格、你的思想、你的生活习惯是和这个社会格格不入的。在这个看重金钱、看重权势的社会里，在这个世风日下的社会里，你仍然坚持着那些从乡村里带来的习性，就注定了你该遭受的孤独和悲哀。……秋雨兄，你的身体太单薄了，你所坚守的你那间画室，难道就能改变社会的冷酷和贫乏吗？秋雨兄，你太傻了，或许这不是我们要待的地方。面对仿佛一夜间崛起的城市，面对被污染的空气和流水，我只能对你说，秋雨兄，回到你的乡村里去吧。①

因为黄秋雨在小说中从未正面出场，我们不知道他是否像谭渔那样满腹怨尤地把乡村看成自己身后无法摆脱的阴影。应该不会。因为一个超越了小我的人，一个以单薄的身体对抗社会的冷酷和贫乏的人，一个在精神上独立而强大的人，不会再为自己的出身而介怀，就像不会为金钱和权势而介怀一样。或许，如谭渔所说，黄秋雨是"孤独和悲哀"的，但他的"孤独和悲哀"不是因为自己不被城市接纳和认可，而是因为这个世界的污浊和丑陋。

在《蓝卷》中出现的谭渔，不再为能否得到城市的认可而焦虑了。他没有退回农村，也没有向城市屈服，"这不是我们要待的地方"和"回到你的乡村去"不过是心痛和愤激之言。我们看到，面对刑警队长方立言审讯式的盘问，他傲骨铮铮：

---

① 墨白：《欲望》，湖南文艺出版社 2013 年版，第 537 页。

我是不愿意接受你和我谈话的语气，你应该明白，你是在向我了
解情况，而不是审讯。我知道，你们可能已经习惯了这种说话的方
式，但是，如果是一个人持着强势态度面对另一个人说话，我是不能
接受的。我这样说，你可能不愿意接受，但事实就是这样。①

这是对权力的挑战，是对平等的伸张、对尊严的守护。这与《红卷》中面对
王主席的官僚做派时满腔气愤但却表现得唯唯诺诺的谭渔判若两人。当接
受了"孤独和悲哀"的命运，不再企求被谁接纳和认可时，谭渔就超越"多
余人"的层次。他的独立、不羁乃至铁青的面孔，都有着黄秋雨的影子。

对于黄秋雨这样的殉道者，我们应该心存感激。对于谭渔和吴西玉，
亦是如此，他们的挣扎、迷惘、痛苦折射出时代的痼疾，让我们看到我们
生活在一个什么样的世界中。但无论我们如何对他们进行肯定，一个产生
"多余人"的时代总是悲哀的。为了我们的世界更美好，为了告别"多余
人"，让我们走进《欲望》，走进谭渔们的精神世界，和他们一起痛苦、思
考、忏悔和救赎。

---

① 墨白：《欲望》，湖南文艺出版社 2013 年版，第 525 页。

九、"自由"与"自我放逐"

——论福尔斯的《法国中尉的女人》
与墨白的《尖叫的碎片》

约翰·福尔斯(1926—2005),英国后现代主义小说家。出生于英国埃塞克斯郡,毕业于牛津大学。作为一个存在主义者,福尔斯在他的作品中讲述人在一个荒诞、丑恶、冷酷的世界中为获取存在和自由而陷入的焦虑、彷徨和痛苦,对自由和独立的追求在他的作品中表现得极其鲜明。

福尔斯生前出版多部小说、剧本、诗集,还从事翻译工作,他的第一部小说《收藏家》发表于1963年,一出版即大获成功,成为当年畅销书。1969年发表的作品《法国中尉的女人》荣获银笔奖和 W. H. 史密斯文学奖,并由英国著名剧作家、诺贝尔文学奖得主哈罗德·品特改编成同名电影,成为影坛的经典佳作,至今仍被诸多评论家和读者津津乐道。《巫术师》也是福尔斯的代表作,该作品不但被选为20世纪百大英文小说经典,也是英美各大学英语系20世纪英国小说课程的必读作品。

英国作家约翰·福尔斯的名作《法国中尉的女人》与墨白的中篇《尖叫的碎片》，大致都可以归入"元小说"之列。关于前者，国内学界的相关言说已经多到俗滥，① 而关于后者，笔者也在专著《墨白小说关键词》的"元小说"词条中做了较为详尽的介绍。毋庸讳言，任何稍有鉴赏力的读者，只要读过这两部作品，都能发现二者在形式上的相似之处。不过，笔者相信，对二者展开对比研究仍然是件有意义的事情——当然，这种研究决不能局限于简单的形式上的对照。

一

关于《法国中尉的女人》的元小说特征，研究者们已经谈论了很多，诸如叙述者总是不停地现身，并煞有介事地变换了三种不同的身份出现，诸如叙述者会在一些章节中坦言自己是在虚构一个故事，并喋喋不休地谈论小说创作原则，诸如叙述者给故事安排了四个结局，等等。不过，将其作为元小说而大谈特谈的研究者们大多忽略了，元小说通常被唤作"后现代主义元小说"，与后现代主义款曲相通，但《法国中尉的女人》所体现的文学精神并不是后现代主义的——约翰·福尔斯是一个存在主义者，而存在主义属于现代主义。② 如果说，元小说是通过对传统小说形式的戏仿达到对其进行颠覆的目的，那么，《法国中尉的女人》则多少有点反其道而行之，使用了元小说的形式，但在一定程度上却暗暗通向了对传统小说所追求的、饱受后现代主义质疑和奚落的"真实性"的辩护。

作为一位 20 世纪的作家，约翰·福尔斯非常成功地重建了维多利亚时代的社会情境。从人物的衣着、谈吐、性情，到自然景观、社会关系、文化氛围等，无不召唤我们"穿越"回到那个步调雍容又生机勃勃的年代中

① 参见王冰、邵慧：《英国小说家约翰·福尔斯国内研究述评》，《沈阳建筑大学学报》(社会科学版)2014 年第 2 期。

② 关于存在主义应归属于现代主义还是后现代主义，请参阅刘志友：《萨特与存在主义文学是后现代主义吗？》，《天津师范大学学报》(社会科学版)2010 年第 1 期。

去，即便作者一再提醒我们小说是虚构的，即便作者宣称他也不了解笔下的人物。笔者以为，这并不仅仅是"戏仿"，不仅仅是为后面关于虚构的言论作铺垫。在小说的每一章前面，作者都从18世纪的文学、哲学或社会学著作中抽取出的一些句子作为题记，除了形成互文、暗示出各自所在章的故事内容，这些题记还有一个很重要的作用，那就是作者要借此表明：传统连接着过去与现在，如果我们正视传统并用功甚深的话，那么重建过去是有可能的。

当然，用文学重建过去，绝非毫厘不爽地复制历史。福尔斯在小说第13章说：

> 我们希望创造出尽可能真实的世界，但不是现实生活中的那个世界，也不是过去的现实生活中曾经存在的那个世界。这就是我们无法制定计划的原因。我们知道世界是一个有机体，不是一部机器。我们还知道，一个真诚创造出来的世界应该是独立于其创造者之外的；一个预先计划好的世界(一个充分展现其计划性的世界)是一个僵死的世界。只有当我们的人物和事件开始不听我们的指挥的时候，他们才开始有了生命。①

这段话想必读者都不会感到陌生。很多作家，包括现实主义作家，都饶有兴致地谈论过，小说人物有自己的生命，有时候他会挣脱作者的控制，按照自己的性格和意愿行事，作家必须予以顺从。几乎任何一本文学理论教材都会给我们提供这种案例，旨在说明人物塑造必须遵循真实性原则。众所周知，真实性是典型人物和典型环境——现实主义文论最重要的一对范畴——的首要特征。虽然现实主义作家不会在小说中谈论这种话题，而福尔斯这样做了，但是在人物性格的塑造上，他和现实主义作家所追求的并

---

① ［英］约翰·福尔斯：《法国中尉的女人》，陈安全译，百花文艺出版社2017年版，第95页。

没有太大不同。"一个人物不是'真实的'就是'想象的'？如果你这样想，虚伪的读者，我只能一笑了之。"①这句话确确凿凿地表明，在福尔斯看来，真实和想象(虚构)并不矛盾；而典范的后现代主义者则倾向于将二者对立起来，极力凸显文本的建构性质，试图将真实性范畴彻底抹掉。

除了元小说的形式，《法国中尉的女人》让我们印象深刻的，恐怕就是小说塑造的那一个个血肉丰满的人物形象：乖戾狂虐的贵族遗孀波尔坦尼太太和她阴鸷险诈的管家费尔利太太，矫情浅薄的富家小姐欧内斯蒂娜和她霸道贪婪的商人父亲弗里曼先生，稍嫌迂阔但富有人文情怀的没落贵族查尔斯，以及为改变自己的底层处境不择手段而又良知未泯的仆人萨姆，所有这些人物的性格和他们的出身完美匹配，堪称"典型性格"的范例。当然，还有小说的女主人公萨拉，她身上所展现的灵魂的深度令人震撼。

萨拉是个谜一样的人物。和对其他人物——诸如查尔斯、欧内斯蒂娜、萨姆等——的塑造不同，叙述者很少正面对萨拉进行心理描写和分析。叙述者经常表示，自己不知道她在想什么。不过，如果你相信他的话，以为他并不了解自己的女主人公，那就太幼稚了。或许，出于对人物的尊重，叙述者不愿意把自己的想法强加给她，不愿意时时刻刻窥视着她的一举一动，但这不妨碍叙述者进入她的心灵之中。就像在现实生活中，我们会暗暗把某个我们打交道并不多的人视为知己或同道，我们觉得我们了解他；相反，对于天天见面的同事甚至恋人，我们却会时常感觉到陌生。小说的第20、21章，萨拉和查尔斯约会，告诉对方，自己完全是主动委身于法国中尉瓦盖讷，不是因为爱，不是因为欲望，也不是对嫁给瓦盖讷心存幻想，而是：

　　我那样做是为了把自己永远变成另一个人。我那样做是为了让人

---

　　①　[英]约翰·福尔斯：《法国中尉的女人》，陈安全译，百花文艺出版社2017年版，第96页。

们指着我说，那就是法国中尉的妓女——是的，让他们把这个字眼说出来吧。让他们知道我过去受苦，现在仍在受苦，和大地上每个城镇每个村庄里的其他人一样受苦。我不可能和那个男人结婚，于是我嫁给了耻辱。①

萨拉出身底层，却"不幸"受过高等教育，且又对世事有着非凡洞察力，这使得她特别敏感于阶级分化带给她的屈辱和痛苦。相比出身带来的不公，更让她无法忍受的是没有人关注这种不公，没有人知道她的痛苦，她也无从发出自己的声音，于是，她选择用极端的方式来表达自己绝望的抗议，做"一个被抛弃的人"。抛弃她的，并不是法国中尉，而是不公平的社会。贵族出身的查尔斯当然很难理解这种感情，他以为萨拉只是在表达被男人抛弃的怨恨：

"我亲爱的伍德拉夫小姐，如果被我这个性别中的道德败坏者欺骗过的每一个女人都跟你一样，恐怕全国到处都是被抛弃的人了。"

"已经到处都是了。"

"不至于吧，别说得太玄乎了。"

"的确到处都是，只是他们不敢承认罢了。"②

瓦盖讷只是一个道具，利用这个道具萨拉把自己变成了"一个被抛弃的人"。萨拉也并没有真的委身于瓦盖讷，在她心中后者可能根本没有任何的重要性。对于萨拉，"法国中尉的女人"可谓名不符实。借助这个身份，萨拉自我隔离于世界，或者说，抛弃了世界，以控诉、反击世界对她的抛弃。当查尔斯建议她离开莱姆镇时，她说，"假如我离开这里，我就离开

---

① [英]约翰·福尔斯：《法国中尉的女人》，陈安全译，百花文艺出版社 2017 年版，第 176 页。

② [英]约翰·福尔斯：《法国中尉的女人》，陈安全译，百花文艺出版社 2017 年版，第 181 页。

了我的耻辱。那我就完了"。萨拉把自己认同为一个殉难者，一座象征了底层苦难的纪念碑，她决不妥协，无论是否为人理解，那是她的存在方式，她的骄傲。萨拉的故事仅属于她自己，但她的形象并不孤立，名闻遐迩的《阁楼上的疯女人》一书中有不少她的同类。在博学多闻的格罗根医生眼中，萨拉是疯狂的，但真正疯狂的，是那个要把她送进疯人院、毫无公正和廉耻可言的世界。

萨拉的形象是真实的，因为我们可以理解她，我们相信她是真实的。维多利亚时代已经成了过去，但畸形的社会结构依然存在，很多人仍然处在萨拉式的生存境遇中，承受着她承受过的屈辱和痛苦。比如，作家墨白就和萨拉声气相投，"我饱尝了由长期的城乡二元对立所构成的人格不平等而引起的精神歧视，我深刻地体会了由精神蜕变所产生的痛苦"①。而控诉不平等的城乡二元对立体制带给底层民众的屈辱和苦痛，也是墨白文学创作的一个主旋律。如果你读过墨白，那么相信你也能读懂萨拉。

和《法国中尉的女人》一样，《尖叫的碎片》使用了元小说的形式，但并没有放弃文学的真实性品格。《法国中尉的女人》使用的是做了一定限制的零聚焦叙事，而《尖叫的碎片》严格地使用内聚焦叙事，相比而言，后者中的人物形象更具有模糊性和不确定性。"我"不知道当年雪青为什么离开"我"，不知道江嫄又为什么从"我"的生活中消失，小柯的死、张东风的死、给"我"送机票的朋友遭遇车祸，所有的内幕"我"都不知道，就像《法国中尉的女人》的叙述者不知道萨拉在想什么。不过，"我"依然认为，"我"能理解雪青。小说写道："我不知道雪青为什么喊叫——是因为小柯吗？不，我并不那样认为。""我"并非真的不理解雪青的喊叫，因为困扰她的也在困扰着"我"，以及任何其他尚未完全麻木的灵魂。"我"只是无法说出喊叫的具体原因和内容。我也相信，尽管没见过蒙克，但雪青能够读懂蒙克：

---

① 杨文臣编：《墨白研究》，河南大学出版社 2015 年版，第 8 页。

　　我不知道雪青在看到这幅《呐喊》时，会有怎样的理解和感受，但我相信，雪青肯定读懂了蒙克。因为她和蒙克的童年，有着太多相似的地方。①

其实，“我”也能读懂蒙克，因为蒙克用绘画呈现的那种生命的焦虑正困扰着“我”。《尖叫的碎片》没有像现实主义小说那样完整、清晰地给我们讲述故事，但却揭示了现代人的存在的真实。形式上，《尖叫的碎片》是后现代主义的，但文学精神却是现代主义的。——这一表述也适用于《法国中尉的女人》。

二

　　虽然同样尊重人物自身的性格逻辑，也塑造出了一批堪称典型的人物形象，但是福尔斯毕竟不是现实主义者。他们之间最大的区别在于：现实主义者强调必然性，即讲述人物在特定情境下必然会采取的行动，人物无法选择自己的命运，因为性格决定了一切；而福尔斯并不这样认为，他尊重人物的自由，给予他们选择权。“只有当我们的人物和事件开始不听我们的指挥的时候，他们才开始有了生命。”——福尔斯借叙述者之口说出的这句话，还有不同于现实主义者的另外一层含义：人物不应该受我们观念中的所谓必然性的束缚，他们可以自由选择自己的前途和命运。存在主义哲学家让-保罗·萨特认为，“如果存在确实先于本质，人就永远不能参照一个已知的或特定的人性来解释自己的行动，换言之，决定论是没有的——人是自由的。人即自由”②。福尔斯的小说创作贯彻的正是这一理念，“关于上帝的完美定义只有一个：允许别人享有自由。我必须遵循这

——————————

　　①　墨白：《尖叫的碎片》，《山花》2009 年第 9 期。
　　②　[法]让-保罗·萨特：《存在主义是一种人道主义》，周煦良、汤永宽译，上海译文出版社 2005 年版，第 11 页。

个定义"①。于是，在《法国中尉的女人》中，查尔斯拥有两次选择权：一次选择抛弃萨拉，回到欧内斯蒂娜身边，走上岳父弗里曼先生为他规定好的，也是按照达尔文的"适者生存"法则应该选择的道路；一次是选择冒天下之大不韪，和萨拉在一起，结果成了自由而孤独的流浪者。面对深爱自己、苦苦追寻的查尔斯，萨拉也拥有两次选择的机会：一次是选择世人眼中的"圆满"，和查尔斯在一起；一次是选择拒绝，保持自己的独立。

相比现代主义讲述必然发生的事，福尔斯的这种处理更"真实"。现实生活中，拥有同样的出身、学识和性情的个体，会走上不同的人生道路，因为偶然性因素在人生关键时刻的选择中起着很大的作用。对于现实中的查尔斯们和萨拉们，这几种结局都会存在。不过，福尔斯显然没有同等看待人物的选择，因为有的看似自由的选择并不能体现自由精神。

对于查尔斯的第一种选择，福尔斯不满意，因为他选择了屈从于社会的游戏规则：

> 他知道命运将带她进入商业世界，促使他去讨欧内斯蒂娜的欢心，因为她想取悦于她的父亲，他自己也欠了他不少人情……此时他们已进入农村，他注视着周围的一切，觉得自己好像是慢慢地被吸进一根巨大的管子里去。②
>
> 他觉得自己的故事已经快要结尾了，而他并不喜欢这个结尾。③

第二种选择，结局虽是苦涩的，但查尔斯却拥有了自由，福尔斯赞赏

---

① ［英］约翰·福尔斯：《法国中尉的女人》，陈安全译，百花文艺出版社 2017 年版，第 96 页。

② ［英］约翰·福尔斯：《法国中尉的女人》，陈安全译，百花文艺出版社 2017 年版，第 341 页。

③ ［英］约翰·福尔斯：《法国中尉的女人》，陈安全译，百花文艺出版社 2017 年版，第 349 页。

有加：

> 他虽然成了一个流浪者，但是他毕竟与众不同，无论他所做的决
> 定结果证明是愚蠢的还是聪明的，能做到这样的人毕竟很少。……不
> 管他的命运多苦，总比他拒绝接受的命运要高尚。①

如此，查尔斯所能拥有的自由，就只剩下了自我放逐，即与社会保持距
离。一旦选择屈从或与社会和解，自由就丧失了。福尔斯说得很清楚：
"自由很大程度上体现在萨拉身上，体现在他假想的与萨拉共同的流亡之
中。"②流亡即自我放逐。

萨拉也是如此。她的第一种选择无可厚非，接受为了她放弃一切的查
尔斯，共同抚养他们的女儿拉莱格，这是我们喜闻乐见的"灰姑娘"的结
局。但福尔斯显然更欣赏她的第二种选择——拒绝查尔斯。这一选择不近
人情，但正是因为不近人情，萨拉才得以保持"叛逆者"的身份。接受查尔
斯，进入婚姻，获得世人孜孜以求的幸福，萨拉就成了一个野心家，一个
心机很深的人，之前的一切姿态和行为就不再是自由意志的决定，而是出
于功利性目的，是为改变自己的社会地位而做的伪装。要拒绝被"收编"，
拒绝与社会和解，萨拉就要拒绝查尔斯，也就是说，继续自我放逐。

自由意味着自我放逐，墨白的创作也表达了同样的思想。著名评论家
何向阳用"行旅"一词来概括墨白的创作，指出墨白的主人公总是处在行走
之途中，总是一再执拗地上路，那不倦的出发与行走本身成为与使梦破灭
的现实的一种对抗。③ 读到《法国中尉的女人》第 58 章——这一章中孤独
忧郁、依赖旅行而生存的查尔斯到处漂泊——时，墨白小说中的人物出现

---

① ［英］约翰·福尔斯：《法国中尉的女人》，陈安全译，百花文艺出版社 2017
年版，第 440 页。

② ［英］约翰·福尔斯：《法国中尉的女人》，陈安全译，百花文艺出版社 2017
年版，第 440 页。

③ 何向阳：《墨白：梦游者永在旅途》，《小说评论》1998 年第 1 期。

在我的脑海中，与查尔斯重叠起来：《航行与梦想》中的萧城、《孤独者》中的孤独者、《民间使者》中的"我"和"父亲"……福尔斯不是一个乐观主义者，他没有给"逃亡者们"指出一个美好的前景。小说最后说：

> 不管城市生活多么无情，多么匮乏、空虚、无望，都应该忍受下去。总有一天，生活之河会重新奔流，最终注入深不可测的、带有咸味的、遥远的大海。①

巧合的是，《航行与梦想》中，墨白在同样的意义上使用过"大海"的隐喻，也表达了同样的沧桑、悲壮之感：

> 蓝村对萧城说，让我们的生命充满忧郁吧，让我们离开沙漠去寻找大海吧，大海才是我们不死的精神！可是呢，大海又是那样地充满着苦涩。人谁也逃脱不了这苦涩的海水对其肉体和精神的浸泡……②

或许，这就是追求自由必须付出的代价，是逃亡者们无可摆脱的宿命。

对于福尔斯为萨拉安排的结局，一些批评家并不满意。林奇认为，萨拉最后在画家们中间找到生存的空间和自由，只不过是边缘人融入社会、成为享受舒适的社会人的过程，是一种非常平庸的社会化的过程。③ 也就是说，和嫁给查尔斯并没有质的不同。笔者也持同样的观点，福尔斯对于萨拉的这种安排带有一点传奇色彩，并不真实。或者是他太钟爱萨拉了，不忍让她继续受苦；或者，是他付出了真实性的代价，借以鼓吹自己的萨特式哲学观——追求自由能够使我们过上一种创造性的、理想的生活。这

---

① [英]约翰·福尔斯：《法国中尉的女人》，陈安全译，百花文艺出版社2017年版，第480页。
② 墨白：《爱情的面孔》，花山文艺出版社2000年版，第111页。
③ 参见潘家云：《如何存在——论约翰·福尔斯对存在的领悟与刻画》，《外国文学》2013年第2期。

样一来，小说的批判锋芒被削弱了不少。

反观《尖叫的碎片》，墨白就严峻得多，雪青用精神分裂的方式放逐了自己，"我"也是如此：

> ……我憎恨地想，把干净的墓地留给你自己吧，我要到北极去。在北极午夜的阳光下，那里的荒芜与寂静，你是无法想象得到的。①

小说这样结尾时，"我"已经处在精神崩溃的边缘——荒芜、寂静的北极，可以看作精神病患者精神空间的一种隐喻。这个喧嚣的、荒诞的世界上，在"看不到星光的城市里"，"像一片没根的草叶在街道的河流里漂流"的"我"不可能像萨拉那样找到一个避难所，唯有自我放逐为一个精神分裂患者，才能避开无边无际的纷扰、焦虑，才能拥有自由。大致是在同样的意义上，精神分析大师拉康宣称疯狂有它的高贵之处，"它是自由最忠实的同伴，它像影子一样追随着自由的运动。……没有疯狂我们不仅不能理解人；并且，如果人身上没有疯狂作为自由的限界而带着，人就不成其为人"②。自由本应是我们与生俱来的权利，如果只有自我放逐到疯狂那里才能拥有自由，那真是世界的悲哀。和福尔斯不同，墨白不认同萨特那种乐观的存在主义，不认同萨特对个体的"自由选择"的推重，在他看来，只有持续地推动社会的变革和进步，个体才能拥有越来越多的自由选择——这也是他赋予自己的文学使命。

---

① 墨白：《尖叫的碎片》，《山花》2009 年第 9 期。
② [法]拉康：《拉康选集》，褚孝泉译，上海三联书店 2000 年版，第 182 页。

十、空间和时间：作为小说的结构原则

——论西蒙的《弗兰德公路》和墨白的 《映在镜子里的时光》

克洛德·西蒙(1913—2005)，法国新小说派作家，1985年获诺贝尔文学奖，评委会给出的评语是——"以诗和画的创造性，深入表现了人类长期置身其中的处境"。

克洛德·西蒙出生于原法属殖民地马达加斯加岛，在他不到一岁的时候，出身行伍的父亲在一次战役中阵亡。未满11岁那年，母亲故世，随后由祖母抚养并迁往巴黎。1936年西蒙参加西班牙内战。第二次世界大战爆发时，他应征入伍，在战争中曾因头部受重伤，被德军俘虏，从俘虏营中逃出后，他回到法国参加地下抵抗运动。战争的经历对他的小说创作产生了重大影响。

现实生活中西蒙虽然沉默寡言、不善社交、甘于寂寞，但却热心当代社会问题，比如对大国军备竞赛的担忧、呼吁尽快解决逼迫儿童卖淫的犯罪问题。针对类似种种社会现状，西蒙表示，任何方式的言行都比保持沉默有益。西蒙虽然是"新小说派"

主要代表作家中唯一没有发表过系统创作理论的作家，但他却以自己的作品赢得了新小说派"主要柱石"的称誉。西蒙一生中共创作 20 多部小说，代表作有《弗兰德公路》和《农事诗》。

克劳德·西蒙的长篇代表作《弗兰德公路》，与墨白的长篇《映在镜子里的时光》（又名《寻找外景地》），都是讲述的"在路上"的故事：前者以 1940 年春法军在法国北部弗兰德地区被德军击溃后慌乱撤退为背景，讲述了幸存下来的三个骑兵及其队长在溃逃路上的遭遇、见闻和意识活动；后者讲述了以浪子和丁南为首的剧组前往颍河镇为即将投入拍摄的电视剧寻找外景地时的一系列离奇遭遇。除此之外，两部作品还有一些显而易见的共同之处，比如都打破了传统小说的封闭性，呈开放性和发散性，没有总括、收束全篇的结尾；都重视意识流和幻觉，自由地处理时间和空间；都在大叙事中嵌套了小叙事……不过，如果我们把它们归为同类，就大谬不然了，二者貌合而神异，艺术理念完全不同。对《弗兰德公路》和《映在镜子里的时光》进行比较研究，是一件很有意义的事，有助我们廓清当代关于文学的使命和未来的一些争议。

一

用一个词来形容《弗兰德公路》的阅读感受，那就是"难以卒读"。笔者很诧异，何以看过的那么多篇评论，竟没有一个人做出这种评价！读这本书，绝不会给人带来愉悦，相反，那是一种折磨——笔者相信，无论对于普通读者还是专业评论者都是如此。

通常，小说晦涩难懂是因为深奥，《弗兰德公路》并不深奥，它没有在文本中编织重重密码让你去破解，甚至，它没有严格意义上的情节。① 法

---

① 传统小说理论中，情节是不可或缺的，人物的塑造、思想的表达，都离不开情节的安排。没有情节，就没有思想的表达，当然，就更谈不上思想的深奥或浅显了。

军被击溃了，就是被击溃了，为什么会被击溃，小说无意探讨；骑兵队长德·雷谢克行若无事地在战火中缓缓骑行，自我暴露在敌人枪口下，"使自己被干掉"，他为何寻死，是因为自己的骑兵队的覆没，还是因为他过去雇佣的骑师、现在的士兵依格莱兹亚给他戴了绿帽子？还有，另一个雷谢克——骑兵队长雷谢克的先祖——也于战败后选择自杀，原因是什么？佐治和布吕姆在逃亡途中一直谈论上述话题，但没有最终答案，小说也没有给出暗示。没有答案，不是因为答案深隐难寻，也不是刻意留白让读者驰骋想象力，而是因为：在作者看来，死了就是死了，死亡原因无足轻重，不过是佐治和布吕姆聊以消遣的谈资而已。战后佐治回到家乡经营种植园，后听说队长年轻性感的妻子科里娜改嫁到了图卢兹，就前往寻找并与她上了床。痴迷于精神分析的笔者一度试图解释佐治的行为，围绕欲望、伦理、创伤等范畴大费周章、绞尽脑汁，幸而很快就醒悟并放弃了：作者只想呈现一个世界，他无意介入，也无意解释，所以，他没有提供任何或明或暗的线索供我们去解释文本。我们要解读文本并不存在的"隐意"，要为此寻找并不存在的线索——习惯了这种阅读模式的我们相信作者一定把它藏在了哪里——自然难于登天，故觉文本艰涩无比。

《弗兰德公路》打破了时间顺序的限制，自由地将不同时空的场景穿插在一起。对于今天的读者来说，这种形式已经屡见不鲜。通常，我们会按照时间先后重新排列小说诸片段，理清情节的发展及其内在逻辑，进而向小说的主旨挺进。可是，对《弗兰德公路》进行时间秩序的重建之后却会发现，我们的期望在一定程度上落空了，因为那些小说场景之间没有连续性，也没有逻辑关系。作者用大量的现在分词来连接不同的场景，一方面表明这些发生在过去的场景一旦进入回忆就成了当下的意识现实，另一方面则意在取消时间结构，代之以空间结构，如法国"新小说"的旗手罗伯-格里耶所说，"时间在其时序中被切断了。它再也不流动了。它再也不造就什么了"①。所有的场景都用现在时来描述，而不断被创造出来的现在时，"永远也不堆积起来构成一个过去时——构成一个传统意义上的'故事'"②。讲述有情节、有意味的故事，是传统小说的根本追求，借此小说得以展开对世界的阐释。取消了"故事"，也就取消了对世界进行阐释的可能。

拒绝阐释，正是西蒙的创作立场。罗伯-格里耶指出，"世界既不是有意义的，也不是荒诞的。它存在着，仅此而已"③。他号召小说家们抛弃传统意义上的情节，摆脱对于"意义""本质""深度""超越"和"介入"的痴迷，专注于描绘、呈现世界的"在场"。阐释和介入世界的热情引发了无休无止的纷争，人们为了把"真正的现实"据为己有而彼此攻讦，但谁也没有手握真理，唯有摆脱表达的欲望，致力于描绘和呈现，才"不但不会欺骗读者，使他们在某一种所谓的生存意义上上当，反而会帮助他们看得更明白"④。西蒙作为"新小说"的主将之一，用自己的创作佐证了罗伯-格里耶的上述理念。在《弗兰德公路》关于不同时期场景的精准描绘中，我们看不到叙述者的议论和抒情，没有愤怒，没有批判，没有控诉，没有反思，没有对昔日和平时期的缅怀，也没有对结束战争的渴盼和憧憬。作者唯一的兴趣是把一幅幅"高清画面"次第呈现给我们，除此之外，他什么也不说，什么也不想说。

没有哪部小说的语言像《弗兰德公路》一样让笔者感到备受折磨。迂回曲折的长句；频繁插入括号打断阅读进程，括号之中有时还有括号；大量地使用不完整的句子，不加任何提示地在不同人物的语言之间或不同时空

---

① ［法］阿兰·罗伯-格里耶：《为了一种新小说》，余中先译，湖南文艺出版社2011 年版，第 182 页。

② ［法］阿兰·罗伯-格里耶：《为了一种新小说》，余中先译，湖南文艺出版社2011 年版，第 183 页。

③ ［法］阿兰·罗伯-格里耶：《为了一种新小说》，余中先译，湖南文艺出版社2011 年版，第 22 页。

④ ［法］阿兰·罗伯-格里耶：《为了一种新小说》，余中先译，湖南文艺出版社2011 年版，第 165 页。

的场景之间进行切换；动辄几页不分段，让人的神经长时段保持在紧张状态从而疲惫不堪……西蒙解释说，这样是为了忠实于意识的真实——人的意识中各种感觉、记忆就是纷至沓来、相互渗透的，逗号、句号和分段往往会把内心现实中没有分开的事物给切断。这种解释并不让人信服，我们反观下自己的意识就会发现，涌现在意识之流中的事物决不像西蒙描绘的那样精确，相反，它们更像印象主义绘画那样朦胧。笔者依此断定，尽管一切都是通过佐治战后与科里娜夜宿时所引发的回忆、想象呈现出来的，但这部小说并不能算是一部意识流小说，西蒙只是借用了意识流的形式把一个个画面串联起来。关于小说的语言，还是罗伯-格里耶说得通透："形式和体积上的精确、细巧和细节越是积累，物体就越是丢失它的深度……一种毫无奥秘的浑浊：就像一块背景画布后面那样，在这些表面后面没有任何东西，没有内在，没有秘密，没有私下的想法。"①西蒙使用那种重重限定和修饰的、近于论文体的、带有学究气的繁复语言，正是为了达到这样一种效果——避开主观性的"玷污"，精确呈现世界本来的样子。

　　取消了时间结构，《弗兰德公路》就成了一个我们永远走不出的噩梦。一切仿佛都处于运动之中，但却已经在这运动中凝固住了，"四位骑兵和五匹梦游似的马，不是在前进而是举起脚又原地放下，实际上在公路上并没有移动"②。分崩离析、糜烂不堪的世界，形容枯槁、麻木不仁的人们，随处可见的死亡，无休无止的枪炮声和爆炸声……小说从头至尾都在给我们呈现这些东西，一切都在重复，都被定格，这就是战争，就是世界末日。读完整本书，和仅读三分之一相比，不会给你新的收获。唯一的不同是：你受折磨的时间更长。受折磨的时间越长，你对于战争的憎恨就会越强烈，这本书的意旨正在于此，它就是写给愿意去经受这种折磨的读者看的，直面战争、反思战争绝不是什么轻松愉悦的事情。

---

　　① ［法］阿兰·罗伯-格里耶：《为了一种新小说》，余中先译，湖南文艺出版社2011年版，第95页。

　　② ［法］克洛德·西蒙：《弗兰德公路》，林秀清译，上海译文出版社2015年版，第231页。

当然，小说中也有一些非战争的场面，比如赛马，比如农庄的黄昏，比如佐治和科里娜的性爱，等等。不过，它们和战争场面一样折磨我们。赛马中没有激情，农庄的黄昏中没有静谧祥和，性爱场面也没有一点情欲的撩人气息……西蒙刻意采用的那种论文式迂回繁复的语言、不吝笔墨的对于细节的精雕细镂，不仅如罗伯-格里耶所说"使物体失去了它的深度"，而且传递给我们一种对于世界的倦怠、悲观乃至绝望的态度。这就如同，一个一板一眼地按章程办事的机关工作人员，很可能是一个对工作失去了热情的人，无喜无悲，无动于心。如果说罗伯-格里耶重视对世界的描绘和呈现是出于其理论逻辑，那么西蒙则是因为亲身经历了战争的残酷而对世界失去了信心，至少在写《弗兰德公路》时是这样。他笔下的雷谢克始终一副毫无表情、心不在焉的样子，无论在战前的赛马场上还是在弗兰德公路那纷飞的战火中；西蒙也用同样的笔触描绘所有的场景，无论战前、战中还是战后，一切没有什么不同，没有什么可让人欣赏、流连、激动的。一个用这种态度面对世界的人，无疑是非常悲哀的，而把人变得如此虚无的，是罪恶的战争！

所谓虚无并非笔者的臆想，西蒙借佐治和布吕姆之口说：

> ……精神的粪便污水排泄系统，它不停地为那聚集如山的垃圾堆提供更多的东西。在这些公众垃圾中占上座的是与橡树叶色的法国军帽、警察的手镣铐有同样资格的我们那些思想家的睡衣、烟斗和拖鞋。……①

如此"诋毁"思想，很像致力于消解一切的后现代主义者们。这并非巧合，第二次世界大战本就是后现代主义产生的背景，而后现代主义又是"新小说"的理论支撑。西蒙和他的《弗兰德公路》让我们看到了二战、后现代主

---

① ［法］克洛德·西蒙：《弗兰德公路》，林秀清译，上海译文出版社 2015 年版，第 140 页。

义和"新小说"三者之间的关系。佐治的老父在信中为莱比锡图书馆被炸毁而悲伤，佐治是这样回复的：

　　……如果这无可替代的图书馆成千上万的书籍中所含有的东西完全不能阻止像毁灭它的轰炸那样的事发生，我不大看得出在燃烧弹下这些成千上万书籍的毁灭和显然没有一点用场的文章的销毁对人类有什么损失。根据我们在这儿比那莱比锡著名图书馆全部书籍更需要的东西，最有效的物品组成的详细清单看来，这些东西是袜子、内裤、毛织物、肥皂、香烟、香肠、巧克力、糖、罐头食品……①

二

　　与《弗兰德公路》不同，《映在镜子里的时光》是一部关于时间的小说，空间很大程度上是时间的象征。浪子、丁南领衔的摄制组一行人从城市去往颍河镇的旅行，也是从当下向过去的一次回溯。他们越接近颍河镇，就越深入历史的腹地，小说《风车》和《雨中的墓园》中的人和事陆续出现在现实中。及至导演浪子死亡，现实终被历史渗透，恢复了应有的沉重。浪子死后，剧组再去颍河镇已无必要，而且完全不合世情，但他们还是踏上了旅途，去打捞、廓清那段扑朔迷离的历史。

　　之所以要继续踏上旅途，之所以要不懈地对历史展开追问，是因为历史并没有走远，它始终伴随着我们，参与到当下现实的组建中。换言之，时间(历史)是流动的、连续的，而不是像《弗兰德公路》所喻示的那样，是静止的、凝固的。小说开头，丁南就对夏岚谈到了自己对时间的认识：

　　现实存在于一瞬之间，我给你打个比方吧，比如刚才我们一群人

———————————

　　① [法]克洛德·西蒙：《弗兰德公路》，林秀清译，上海译文出版社2015年版，第169页。

走进这家餐馆的过程就已经是历史了，就已经成为我们的记忆了。①

"现实存在于一瞬之间"，这个作者借丁南之口表达出来的、丁南本人并未完全参透和言说的命题，是我们进入小说的关键。从某种意义上说，整部小说都是这个命题的注脚。我们谈论现实的时候，一般是把它当成一个客观的、确定的事实，我们称为"客观现实"，运用的是"现实是怎么样的"的句式。只有在相对静止的意义上，这种谈论才能展开，现实才是一个确定的既成之物，它不同于已经流逝的过去，也不同于尚未到来的未来。然而，这种意义上的现实不过是一种错觉、一种机械思维方式的产物。"现实存在于一瞬之间"，宣告了静止意义上的现实并不存在，因为这个"一瞬"是无法测量的，在我们谈论的同时它就已经消逝而成为过去。换句话说，现实是持续生成的，是过去向当下的延伸，根本无法在其与过去之间划定一个明确的界线。"从某种意义上说，回忆就是我们的现实。"②

这似乎没有多少新意，现实当然只有联系过去才能得到理解，我们不是一直在通过因果关系搭建起二者之间的桥梁吗？并非如此。通过因果关系构建起来的时间序列其实对时间做了一种空间化处理，它把意识状态分割成一个个彼此相连但互不渗透的片段，排列在可测量的时间轴线之上，给它们以先后次序和因果关系，从而获得对当下和自我的明确观念。柏格森告诉我们，这样的时间被当成了意识状态散布于其中的"纯一媒介"，是空间观念侵入的结果。真实的时间是一种绵延，是不可测量的，每一瞬间都彼此渗透。"绵延是过去的持续发展，它逐步地侵蚀着未来，而当它前进时，其自身也在膨胀……过去以其整体形式在每个瞬间都跟随着我们。我们从最初的婴儿时期所感到、想到以及意志所指向的一切，全都存在

①　墨白：《映在镜子里的时光》，群众出版社 2004 年版，第 1 页。
②　墨白：《梦境、幻想与记忆——墨白自选集》，河南大学出版社 2013 年版，第482 页。

着，依靠在上面。"①丁南对白静说：

> 我们说中华民族有五千年的文明史，可是这么长的时间在哪里？
> 就在我们这说话之间。②

我们的过去始终和我们在一起。如同博尔赫斯笔下的"阿莱夫"，每一个瞬间都无比丰富，包含着我们全部的情感和意念。所有的过去都蛰伏在心灵之中，随时会进入意识构成我们的心理"现实"：

> 你知道颍河镇在哪？其实她就藏在我的骨头缝里，你这一句话她
> 就从我的身体里跳出来了。他妈的颍河镇现在就像一个人，像一所房
> 子，一条街道，一条水渠，一口池塘，一条河流，一棵小草，一棵杨
> 树，或者一片就要收割的庄稼这样具体……③

过去、回忆也在绵延中不停地成长，到小说结尾时，颍河镇在丁南的意识中已失去这种具体性，那个曾无比熟悉的地方变得神秘而陌生，他的心中充满了迷茫。

既然时间是一种动态的"绵延"，既然过去也在膨胀、在发展，那么，就没有哪一种历史文本能够完美地摹写历史，因为历史文本总是基于流俗的时间观编写出来的，是根据因果关系构建起来的时间序列，而且一旦完成就将过去给固定化了。也就是说，绝对的历史是不可能的。在林中的墓园里，丁南和守园老人谈起1958年的挖池塘的事件，说自己在书本(《风车》)里看过，老人说：

---

① ［法］亨利·柏格森：《创造进化论》，肖聿译，译林出版社2011年版，第5页。
② 墨白：《映在镜子里的时光》，群众出版社2004年版，第2~3页。
③ 墨白：《映在镜子里的时光》，群众出版社2004年版，第10页。

　　书上？书上会有？书上会有扒房子？书上会有合大伙？书上会有
饿死人？我不信。①

　　老人不相信书本上的历史，是在并不了解书本的前提下通过想象得出的结
论，但却道出了一个真理。历史编写受到太多外在因素的制约，编写者的
立场和视角受专业书写的种种限制，等等，这些都会使历史极大地偏离事
实。即便历史上记载了"扒房子""合大伙"和"饿死人"，但那些高度概括、
严整规范的文字和数字没有血泪，没有感情，不会对读者情感带来冲击。
而对老人来说，历史是林子里的32座坟墓，是生前被奴役、死后尸骨无处
掩埋的爹娘，历史就存活在她的生命中。

　　书本上的历史不可靠，个人的回忆也不可靠。在守园老人的记忆里，
"右派分子"老田和他的儿子老田显然被弄混了；《雨中的墓园》中的三个神
秘人物对多年前的群体死亡事件给出了不同的解释，也在消解历史的个人
化表述的真实性。文学中的历史呢？同样不可靠。守园老人和过世的"右
派分子"老田告诉丁南，有很多人在挖池塘时因伤寒悲惨地死去，可是《风
车》中记载了挖池塘时大批民众罹患伤寒的情况，但没有涉及伤寒死亡事
件。《雨中的墓园》倒是写了伤寒死亡事件，而且小说中墓园的地貌和丁
南、夏岚置身其中的林中墓地是一致的，不过，这些人是在修水渠而不是
挖池塘时死去的。一切都似是而非，对不上号。丁南在《雨中的墓园》《风
车》和现实的探访中穿梭，试图复原那段历史的真实，始终未能如愿。结
束了《风车》的阅读之后，他感慨道：

　　什么历史？历史其实是某些人的眼睛，是某些人的好恶而已！历
史是个屁……资产阶级的屁，美国的屁，日本的屁，意大利的屁，太
平洋的屁，你想放它他就响，你不想放它他就不响！是不是，浪子，

---

　　① 墨白：《映在镜子里的时光》，群众出版社2004年版，第142页。

够哲学的吧？哼哼！①

还有那个疯了的田伟林，也是一个意味深长的隐喻。这位故交从小说开始就在丁南的回忆中出现，丁南怀疑他就是《雨中的墓园》和《风车》的作者方舟。进入渠首后丁南一直找他，却见不到他，等见到了他已变成疯子。田伟林的真实面目是什么样子？他是方舟吗？丁南记忆中的田伟林是真实的他吗？这一切变得扑朔迷离、无从得知，宛如一段残破的历史。

"现实存在于一瞬之间"，"回忆就是我们的现实"，当回忆、历史失去了可靠性，现实感也就被摧毁。一切充满了不确定性，变得令人怀疑。这是小说的旨趣所在吗？后现代主义者们正是从这种怀疑走向了虚无，他们不相信既有的历史叙事，也不再致力于构建一种历史叙事取而代之，"任何重建一种外在的编年时间的企图，迟早会导致一系列的矛盾，导致走入一条死胡同"②。于是，他们或者通过"元小说"对历史进行颠覆、消解、调侃；或者，发展一种"新小说"，抹掉历史，注目现在，"现实将不再不停地位于他处，而就在此处和现在，毫无任何的暧昧。世界不再在一个隐藏的意义中找到它的证明，不管它是什么样的意义，世界的存在将只体现在它具体的、坚实的、物质的在场中；在我们所见的一切（我们凭借我们的感官所发现的一切）之外，从此再也没有任何东西"③。

墨白并没有因为历史叙事的主观性、虚构性而放弃历史。在插入《风车》文本的地方他设置了这样的小标题："多年前发生的一些荒唐而真实的故事。"《雨中的墓园》的三种死亡叙事，守园老人和"右派分子"老田关于伤寒死亡事件的讲述，尽管相互之间存在冲突，但无不令人震悚。墨白用元小说的方式解构历史叙事，而在解构的过程中又悖论地把这些历史叙事

①　墨白：《映在镜子里的时光》，群众出版社 2004 年版，第 268 页。
②　[法]阿兰·罗伯-格里耶：《为了一种新小说》，余中先译，湖南文艺出版社 2011 年版，第 181 页。
③　[法]阿兰·罗伯-格里耶：《为了一种新小说》，余中先译，湖南文艺出版社 2011 年版，第 46 页。

变成了无法抹去的存在。

这之间并不矛盾。历史本身无比复杂，各种理性和非理性的动机、公开的和隐秘的力量以及偶然性因素搅混在一块，即使身在其中，人们也无法窥见其全貌，理清其脉络。对于丁南他们来说，浪子、小罗的死和田伟林的疯将成为永不能破解的谜。历史一旦成为过去，其真相更加难以追索，我们只能捡拾起一些碎片加以连缀，勾画出和真实历史相去甚远的简略图。然而，这并不意味着我们可以放弃历史。虽然和宏大的历史叙事一样，个人化的历史叙事也不能通达绝对真实，但这种带着个人体温的历史是活生生的，真实地参与了个体的情感、人格和世界观的构建。追问历史是为了体认现实，那么还有什么样的历史比这种活在我们生命中的历史更值得我们关注呢？如果我们真正接受了绵延的时间观，就会意识到并不存在凝固了的历史，不存在所谓的绝对真实，因为活的、变化的事物就不是绝对的。历史是活的，不断地向当下生成。

三

如前所论，《弗兰德公路》是一部伟大的小说，它把读者置于一个平面的、中断的、不断重复的世界中，置于战争带来的一个永远也走不出的噩梦中。同时，它也是一部完全体现"新小说"艺术理念的作品，无论在结构还是语言上。不过，《弗兰德公路》的成功并不意味着"新小说"艺术理念就是正确的，更不意味着"新小说"就是未来文学的发展方向。

即便我们可以抹掉过去，但我们不能不憧憬明天，不能面对现实的种种残缺甚至罪恶而无动于衷。罗伯-格里耶说："我们不再相信由陈旧的神圣秩序，随后又由十九世纪的理性主义秩序带给人的任何凝固的、现成的意义，但是，我们会把我们的整个希望转给人：只有人创造的形式，才能带给世界以意义。"①"今日艺术向读者和观众建议的，是一种在现在的世

---

① ［法］阿兰·罗伯-格里耶：《为了一种新小说》，余中先译，湖南文艺出版社2011年版，第166页。

界中的生活方式，是对明天世界的永恒创造的参加方式。"①然而，只要承认今天和明天存在连续性，只要承认存在希望(明天)并应该为之努力，就无法抹掉过去，因为今天和明天，在明天就变成了昨天和今天。抹掉过去的所谓创造是无法想象的，不过是没有根基的空中楼阁。"新小说"本身就有自己的历史，是之于过去一些文学形式——都追求对"深度"、"秩序"的揭示并自命真实甚至真理——的矫枉过正，它也会随着时间的推移暴露出自己的局限性。说到底，只要我们承认流动的、绵延的时间是生命和世界的基本维度，将时间凝固、将历史抹掉、专注于精确描绘世界的"新小说"就不可能成为文学的主流。恰如墨白所说："时间不但是哲学的核心问题，同时也是现代小说叙事的核心问题。"②

---

① ［法］阿兰·罗伯-格里耶：《为了一种新小说》，余中先译，湖南文艺出版社2011年版，第196页。
② 墨白：《梦境、幻想与记忆——墨白自选集》，河南大学出版社2013年版，第478页。

十一、历史从未远离

——论墨白的《来访的陌生人》与 品钦的《拍卖第四十九批》

托马斯·品钦(1937—)，美国后现代主义文学的代表作家。1937年出生于美国长岛，曾于美国海军服役两年，1957年毕业于康奈尔大学，后在波音公司担任技术专家，1960年起开始着手创作第一部长篇小说《V.》。他的作品以神秘的荒诞文学与当代科学的交叉结合为特色，包含着丰富的意旨、风格和主题，涉及历史、自然科学和数学等不同领域。他曾获得过美国全国图书奖，但拒绝领奖。

品钦是一个特立独行、颇具传奇色彩的人物，对自己的个人生活讳莫如深，成名后深居简出。多年来，品钦公开的照片止步于大学时代的档案，这使外界对他的私生活同对他的作品一样充满好奇和无奈。品钦家族最早的美国祖先威廉·品钦于1630年由英国移民至美国马萨诸塞海湾殖民地，其后该家族有一系列的人在美国发迹，复杂的家庭背景和祖先的业绩为品钦的小说创作提供了丰富的素材，其主要作品有《V.》《拍卖第四十九批》《万有引力之虹》《葡萄园》等。

历史是托马斯·品钦小说创作的一个重要维度，理查德·波利亚评价说，"品钦的读者最终总是惊奇地发现，他们读的根本不是小说，而是历史"①。肖恩·史密斯称品钦为"一位锐意创新的深邃的历史小说家"，"虽然他在风格和技巧上与卢卡奇所推崇的古典历史小说家的写实主义迥然有别，但其全部作品的主题却是对现代社会巨大变革的关注"②。上述评价同样适用于墨白，他把"记忆-历史"视为现代小说叙事的核心问题，被诗人蓝蓝称为"受雇于记忆的人"③，他书写历史也是为了观照当下，"我们从集体记忆里回溯历史的目的，就是为了观照我们生存的现实，观照我们自身的存在"④。品钦的《拍卖第四十九批》和墨白的《来访的陌生人》都是具有悬疑色彩的长篇小说，谜底都是历史，而且，不仅讲述历史的方式相近，历史观也有相通之处。

一

《来访的陌生人》讲述的是寻找旧书主人陈平的故事。陈平是某公司老总孙铭多年前失散的恋人，后者在逛旧书摊时发现了属于陈平的《而已集》，涌出了寻找陈平的强烈愿望，并委托给了一家私人侦探社性质的事务所。不过周旋于妻子和两个情人之间的他并不想泄露自己的隐私，因而对事务所的人保留了很多信息。可是，随着寻找的展开，一次次人为设计

---

① 转引自王建平：《历史话语的裂隙——〈拍卖第四十九批〉与品钦的"政治美学"》，《外国文学评论》2010年第1期。

② 转引自王建平：《历史话语的裂隙——〈拍卖第四十九批〉与品钦的"政治美学"》，《外国文学评论》2010年第1期。

③ 蓝蓝：《受雇于记忆的人》，见刘海燕编：《墨白研究》，大象出版社2013年版，第343页。

④ 墨白：《梦境、幻想与记忆——墨白自选集》，河南大学出版社2013年版，第486页。

的"巧合"把他的隐私都给抖搂出来，令他焦头烂额。与此同时，幕后人冯少田开始浮出水面，他是孙铭的同乡，后来又是战友、下属，他前妻苏南方是孙铭的情人，对于孙铭，他是既妒又恨。意外收到陈平派人送来的《而已集》后，冯少田决定好好利用这本书，整垮孙铭。他那堪称天衣无缝的计划也基本达到了目的，孙铭身边的女人一个个离开——情人小梅不知所踪，苏南方自杀，孙铭的妻子杨玉也愤然离家。就在两人即将短兵相接的时候，冯少田的叔叔冯前生和孙铭的父亲孙恒德相继死去，有一个乘坐轮椅的残疾人曾秘密出现在两个人的死亡现场，她就是陈平。多年之前，孙恒德出于不可告人的险恶用心诬告陈平父母，后者在"群专指挥部"中不堪忍受冯前生的凌辱双双自杀，之后，孙恒德居然禽兽不如地玷污了沉浸在恐惧和丧亲之痛中的少女陈平……历史露出了无比狰狞的一面，让人如临深渊般地战栗、眩晕！

这种历史不会出现在教科书中，后者专注于构建历史的必然性、逻辑性并以此为依托证明历史进程的合理性，即便不回避或掩盖事实，那种高度概括的、所谓客观的叙事也滤掉了历史的体温和气息，将其转换成了冷冰冰的、毫无生气的数字和概念。更重要的是，那种线性的宏大叙事将历史变成了和当下毫无关系的过去，但事实恰恰相反，历史从来不曾远离，它始终伴随着我们。

小说中陈平没有正面出场，她是过去的象征，对陈平的寻找把人们带进了噩梦般的过去。其实，陈平就在孙铭他们生活的这个城市，就在他们身边，也在他们心中。冯前生和孙恒德也还活着，他们并没有和那场政治运动一起被封存在教科书中，他们就活在我们身边。那个冯前生，寄身在我们忽略的肮脏、隐蔽的角落里，怀着对过去的贪恋和对当下的仇恨，像一个不散的阴魂，伺机反攻倒算。孙恒德因为有个有钱的儿子，成了受人尊敬的老太爷，那副丑恶的嘴脸已没有多少人记得，他就要成功"洗白"了！这样说，不是不宽容犯过错的人，更不是意欲将他们除之而后快，两个风烛残年的老头活多久都无关紧要，但对于他们代表的那种丑陋且顽固的人格我们不能掉以轻心。墨白说："我们是一个太善于忘记的民族。因为善于忘记，我们失去了太多的自尊。"①我们和孙铭一样，沉溺在物质和欲望之中，忘了我们来自何处，更有甚者，将那段残酷的岁月浪漫化，温情脉脉地予以凭吊！其实，过去的并未完全过去，如柏格森所说，真实的时间是一种"绵延"，"绵延是过去的持续发展……过去以其整体形式在每个瞬间都跟随着我们"②。在冯少田身上，我们清晰地看到了过去是如何作用于当下的。

冯少田是一个彻头彻尾的反派，家庭破碎，事业失败，他不反省自己何以混得如此潦倒，反而整天怨诽满腹，处心积虑想整垮孙铭。不过，他倒不是一个贪财之徒，他瞧不起自己的叔叔冯前生，"钱，为了钱你什么都能干是不是？为了钱人家叫你学狗叫你也叫是不是？……别说你没钱，就是有钱你那也不算翻身，你是土财主，你精神上压根就没有解放，什么叫精神你知道吗？我们都是一些没有灵魂的人你知道吗？我们都是一些糊涂虫，糊糊涂涂地活一辈子，到死也不知道自己是谁，你说，你要钱还有什么用？就像猪狗一样的活着吗？……"③如果抛开语境，这些话可能会深得我们赞许。但冯少田寻求"解放"的方式是，夺走孙铭的女人。这倒也不是出于生理欲望，那样的话冯前生的做法更"合理"——有钱就有女人。冯少田做出这种选择的驱动力，是过去形成并一直积压在心底的创伤、自卑和屈辱。他出身底层，父亲是挑大粪的，而孙铭的父亲是国家干部：

> ……那个时候我的手伸出来和人家的一比就像两个人种，她的手是那样的白，还散发着香气，可我的手呢？是那样的肮脏，手上到处都是冻裂的血口子，我怎么能和她站在一起？我感到自卑，那自卑像一块大石头一直压在我的心上，压得我抬不起头来。可是孙铭却和她

---

①　墨白：《汉语叙事的多种可能性》，见杨文臣编：《墨白研究》，河南大学出版社 2015 年版，第 8 页。

②　[法]亨利·柏格森：《创造进化论》，肖聿译，译林出版社 2011 年版，第 5 页。

③　墨白：《来访的陌生人》，河南文艺出版社 2003 年版，第 150 页。

住在一个院子里，他们一块儿上学，放学一块儿回家，我跟在人家屁股后面远远地看着他们，这不公平！①

真是触目惊心！如此，我们就理解了，何以冯少田总是用怨毒的眼光看世界。他成年后进入了城市，并一度和城市女孩苏南方结成夫妻，但他并没有从过去的阴影中挣脱出来，或许，这也是苏南方离开他的原因之一？小说没有交代，我们不得而知。不仅冯少田、冯前生是生活在过去的人，我们每个人之所以是现在的样子，都是个人全部历史的产物。唯有不断对历史进行追溯，我们才能更好地理解当下。

二

和《来访的陌生人》一样，《拍卖第四十九批》也是从当下走入历史，并且走入的也是一段被遮蔽、被遗忘但仍然"活着"的历史。家庭主妇奥迪帕意外得知自己被指定为加利福尼亚州房地产巨头皮尔斯的遗嘱执行人，后者过去曾与她有过一段男女关系。在清理皮尔斯纠缠不清的账目的过程中，她发现皮尔斯留下的邮票中隐藏着一种她从未见过的弱音符号，接下来她陆续在不同的地方见到这种符号，一切表明似乎有一个"WASTE"地下通信系统存在，这个系统又和"特里斯特罗"有着神秘的联系。而且，奥迪帕隐约感觉到皮尔斯指定她为遗嘱执行人的用意似乎也与此相关。于是，她像一个侦探那样，查阅资料、观看戏剧、拜访各色人物……过程并不顺利，她拜访过的人以不同的方式死去，查阅过资料的书店被付之一炬。但经过不懈努力，她终于把凌乱的信息整理成了一个有着很多空白的模糊叙事。

16 世纪中期，新教贵族奥兰治统治了低地国家(指西欧的荷兰、比利时、卢森堡三国)，并指派奥黑恩的领主欣卡特担任邮政大局长。这时，特里斯特罗登场了，他声称自己是欣卡特的堂弟、奥黑恩的真实领主，他

---

① 墨白：《来访的陌生人》，河南文艺出版社 2003 年版，第 151 页。

要夺回被欣卡特篡夺的权力，之后多次刺杀堂兄未果。有人说特里斯特罗只是个疯子或骗子，但无论如何，这是个很有能力的人。然而，欣卡特并没有真正执掌权力，不久就下台了，被欣卡特取代的前邮政大局长重掌大权。特里斯特罗于是将仇恨转向新的邮政大局长，认为对方取代了自己——欣卡特的位置本来是他的。他称自己为"被剥夺了权力的人"，建立了自己的通信系统，并为他的追随者设计了一套黑衣，象征在他们的流放中唯一真正属于他们的东西：黑夜。不久，他又设计了那个弱音的邮政号角，并开始沿着居于垄断地位的图尔恩和塔克西斯邮政系统的邮政线路秘密地展开阻挠、恐吓和掠夺活动。在后来的岁月里，特里斯特罗逐渐演变成一个地下帝国，并和世俗帝国一样在内部展开复杂的权力争斗，它的身影隐约出现在各个重大历史事件中，但始终未能改变自己的地下状态。19世纪中期，特里斯特罗陷入困境，它的成员们流亡到美国，迫于当局压力，他们改变了活动的方式，不再进行暴力对抗，转而采用看上去合法但并不完全一样的邮票，"给对抗戴上效忠的假面具"。"WASTE"的意思即为：我们等待沉默的特里斯特罗帝国。

《来访的陌生人》中，关于陈平，我们知之甚少。她的腿怎么断的？家庭和工作状况如何？她是一直在等待时机复仇，还是因为孙铭带走小梅而临时起意？冯少田的行动是否全在她的意料之中？这些我们一无所知。《拍卖第四十九批》中，奥迪帕对特里斯特罗也始终如雾里看花。特里斯特罗其人到底是被流放的贵族，还是假借贵族之名发展自己的野心家，抑或是个反抗暴政的英雄？现在的特里斯特罗帝国到底是一个黑社会性质的组织，还是代表正义、抵抗、革命的民间地下组织？"WASTE"到底是怎样运作的？皮尔斯和她接触到的那些形形色色的人物在何种程度上参与到了特里斯特罗的事业中？这些奥迪帕都不知道。但有一点是确定的，和从未出场的陈平一样，那个裹在重重迷雾中的特里斯特罗参与、改变了包括奥迪帕在内的很多人的生活，它的存在是无可否认的。——官方媒体和历史叙事将它封杀在公共视野之外，或许同时也在使用极其隐蔽的手段进行镇压，都没有改变这一事实。精神分析学家弗洛伊德有句格言，被压抑者终将回归。特里斯特罗帝国一直活着，它只是因为被镇压而改变了活动方式；我们也没有彻底告别陈平象征的那段历史，它可能蛰伏在社会生活的各个隐蔽的角落。

<h2 style="text-align:center">三</h2>

《拍卖第四十九批》最显著的审美特征是：眩晕。这种审美眩晕一方面来自层出不穷的咒语、谜语、双关、戏仿、象征，一方面则来自其反映的世界本体的光怪陆离、波诡云谲。奥迪帕生活在一个极度物质化的世界中，整部小说从头至尾没有一处清幽空旷的所在，到处堆满了源源不断地生产出来的工业制品，以及以同样速度和规模转化成的工业垃圾。这是一个富足的世界，也是一个贫困的世界，想象力无处安放，存在的深度被填平。人们发射出同样的频谱，毫无个性，每个人都是所有人；性不再受抑制，如同商品一样唾手可得，但爱情也随之失去了吸引力。在这样一个世界上，你哪里都可以去，又似乎哪里都去不了，因为到处都一样，你"无处可逃"。聪敏的奥迪帕意识到了自己的处境，她就像超现实主义绘画《绣地幔》中的三个少女一样，被囚禁在塔楼里面，外面是无尽的虚空。

> 她这样一个被囚禁的少女有充足的时间思考，很快便意识到她的塔，它的高度和结构，就像她的自我一样，只是偶然的：真正将她拘于此地的是那匿名的恶毒的魔法，它从外面毫无道理地侵袭她……如果那种塔无处不在，而来解救的骑士又不是它的魔法的对手，那还能如何呢？①

前情人皮尔斯没有把她从塔里解救出来，她的丈夫马乔也没有，她一直在

---

① ［美］托马斯·品钦：《拍卖第四十九批》，叶华年译，译林出版社 2014 年版，第 13 页。

塔里过着"与世隔绝"的生活——她只是漂浮在世界给予她的表象中，没有进入世界的内部。直到她发现了特里斯特罗，她才真正开始了解世界并进入世界。

当然，如前所说，关于特里斯特罗，奥迪帕付出相当的努力后，也只模糊地看到了它的轮廓，而且，她还不确定自己看到的是不是幻象，"在明显的事物后面有另一种模式的意义，或什么也没有。或者是奥迪帕在一个真正的妄想狂的极乐轨道上运转，或者是真有一个特里斯特罗"。那么，她的努力是否还有意义？她是否还应该继续下去？事实上，她自己也怀疑，追根究底或许只是一种虚妄，线索一再中断，且每每被引进岔道。世界如此地暧昧复杂，没有人能一窥它的全貌，没有人能摆脱自己的局限性，关于世界的一切言说，都是文本，都存在虚构——后现代主义者们如是说。按照这种立场，奥迪帕就是在构建一个叙事，而不是发现真实的历史和现实。但，正如小说中那个发疯的精神病医师希拉里乌斯所说："珍惜幻想吧！除了它你们还有什么？……无论它是什么，珍爱它，因为如果你们失去了它，你就会变得同其他人一样。你将不再存在。"是的，如果不想成为意识形态流水线批量生产出来的商品，如果想拥有自由的精神和灵魂，我们就要执着地向历史和现实发问，尽管不会得到完美无缺的答案，但我们所做的一切，会成为后人的遗产，成为他们的路标。奥迪帕也终于悟到了这一点：

> ……她在铁轨之间站了一分钟，抬起头，仿佛在嗅闻空气似的。她开始意识到她所站的坚硬的串在一起的存在——知道仿佛如空中为她闪现的地图所表明的那样，这些轨道会继续向前接上其他的、其他的轨道，知道它们给她四周伟大的夜晚镶上了花边，使之深沉和真实。①

---

① [美]托马斯·品钦：《拍卖第四十九批》，叶华年译，译林出版社 2014 年版，第 158 页。

小说最后，她"怀着发现自己再也没有什么可以失去时所具有的勇气"，参加拍卖会，等待第四十九批拍卖品——皮尔斯留下的带有弱音器符号的"伪造邮票"——的那个神秘竞拍人。特里斯特罗的秘密，皮尔斯把这一切留给她的用意，会随着这个人的出现而解开吗？恐怕未必。但那并不重要，重要的是，她从塔里出来了，囚禁她的魔法失效了，她被解放了。"解放"的意义不是从一个塔里进入另一个塔里，而是拥有无限的空间可以漫游。

墨白和品钦一样，认同后现代主义历史观，认为历史没有绝对的真实，关于历史的言说总是打着言说者的烙印，但反对后现代主义者们由此走向虚无，主张持续地对历史展开追问，"正是这种带有个人体温的对历史的回溯，才构成了我们人类迤逦而生动的精神世界"①。《来访的陌生人》中，侦探社的人知情是最少的，他们不知道孙恒德的死因，不知道后者和冯前生过去的罪恶，而且，按照剧情，他们将永远无从知道。但对于瑛子——侦探社临时成员，小说视角人物之一——来说，这段经历仍然意义重大，她和奥迪帕一样，开始明白这个世界还有不为人知、深不可测的另一面：

> 我真的没想到在这家医院的后面还隐藏着这么多的房子和树木，许多年来这些房子和树木对于我来说仿佛不存在似的，现在它们突然出现在我的面前使我感到我的闭塞和孤陋寡闻，这使我的神思有些恍然。②

空间是时间的隐喻。特里斯特罗的出现对于奥迪帕来说，是她挣脱被囚禁于其中的塔楼的一个机会；对于"在大学里已经读了三年枯燥无味的法律，真是腻透了"的瑛子来说，孙铭的来访则是她的一个机会，

---

① 墨白：《梦境、幻想与记忆——墨白自选集》，河南大学出版社 2013 年版，第485 页。

② 墨白：《来访的陌生人》，河南文艺出版社 2003 年版，第 32 页。

> ……那个时候我还没有意识到这个突然出现的陌生人会给我们一个意外的机会。那个即将到来的，充满神秘、充满玄机的事件给我的这段暑假生活涂上了一层桃红一样的色彩。当然这是后话。①

有没有找到陈平，能不能解开特里斯特罗的秘密，并不重要。重要的是，因为寻找，她们获得了自由，存在也获得了意义。——按照伽达默尔的说法，存在即理解，而被关在塔楼之中，理解是不会发生的。

---

① 　墨白：《来访的陌生人》，河南文艺出版社 2003 年版，第 2 页。

十二、叙事的限度与可能

——论纳博科夫的《塞巴斯蒂安·奈特的真实生活》与墨白的《尖叫的碎片》

弗拉基米尔·纳博科夫(1899—1977),20世纪公认的杰出小说家和文体家。纳博科夫出生于俄国圣彼得堡一个显赫的贵族家庭,在孩提时就能使用俄语、英语、法语三种语言。布尔什维克革命期间,纳博科夫随家人于1919年流亡德国,在剑桥三一学院攻读法国文学和俄罗斯文学后,他开始了在柏林和巴黎十八年的文学生涯。1940年,纳博科夫移居美国,在韦尔斯利学院、斯坦福大学、康奈尔大学和哈佛大学执教,以小说家、诗人、批评家和翻译家身份享誉文坛。

纳博科夫1955年用英语所写的《洛丽塔》,给他带来了世界性的声誉。他还用英语写出了《普宁》《微暗的火》《阿达》《说吧,记忆》等杰作,用俄文创作了同样优秀的《防守》和《天赋》。除了创作,他在翻译领域也颇有建树,译作包括《爱丽丝梦游仙境》(英译俄)、《尤金·奥涅金》(俄译英)。在昆虫学、象棋等领域，纳博科夫也有所贡献。

叙事是我们认知世界的方式，在某种意义上，历史、现实都寄身于叙事之中。历史自不待言，它本身就是我们关于过去的叙事；现实亦是如此，一旦我们对它展开言说，叙事就发生了。我们可以想象独立于叙事之外的、绝对的历史或现实，但那只是无比空洞的概念，没有任何意义。

对叙事的理解很大程度上决定了我们对于历史和现实的认知。过去，尽管我们也承认某些类型的叙事——比如非写实的文学叙事——不可靠，但对于叙事本身我们还是无比信赖的，相信它可以把世界的真实样子呈现给我们。但20世纪以来，我们开始普遍地质疑一切叙事，无论是文学叙事还是关于历史和现实的叙事。作为"对过去的消遣"的历史元小说应运而生，它拆除了历史和文学之间的界限，通过自我指涉和拆解揭示了二者的建构性质，"历史和文学本身无法存在。是我们构建了它们，将其作为我们理解的客休"①。然而，如果叙事不可靠，不能把我们引向真实，那么它的存在还有意义吗？这是否意味着我们将无可选择地陷入不可知论的泥沼？美国作家纳博科夫的长篇《塞巴斯蒂安·奈特的真实生活》和中国作家墨白的中篇《尖叫的碎片》对此做了精妙的解说：尽管叙事有其限度，无法绝对地复写历史和现实，但它仍为我们敞开了另外的可能性，助我们抵达存在的澄明之境。

一

《塞巴斯蒂安·奈特的真实生活》声称是作家塞巴斯蒂安·奈特同父异母的弟弟 V.——小说中的叙述者"我"——在哥哥死后调查、草就的结果。V. 与哥哥接触不多，尤其是成年后，只短暂地见过他几次。哥哥去世后，其生前的秘书古德曼出版了《塞巴斯蒂安·奈特的悲剧》并因之名利双收。但在 V. 看来，那是本不负责任的粗制滥造之作，充斥着歪曲、虚浮之辞。

---

① ［加］琳达·哈琴：《后现代主义诗学：历史·理论·小说》，李杨、李锋译，南京大学出版社 2009 年版，第 150 页。

于是，V. 决心通过大量的调查，还原哥哥真实的人生。

V. 对古德曼的诸多"指控"中最令人印象深刻的是，古德曼武断地把一些时髦概念强加在塞巴斯蒂安身上，根本没有进入后者的生活世界和内心世界。

> 我一直不明白为什么有些人那么热衷于和别人分享他们的精密计时器般的概念。对古德曼先生来说，"战后的动荡""战后一代人"是开启每一道门的神奇词汇。①

通过"贴标签"的做法，古德曼抹掉了塞巴斯蒂安个体生命的独特性，将其变成了时代的符号，削足适履地塞入了关于时代的宏大叙事中。——对我们来说，古德曼不是一个陌生人，我们了解到的历史大多经过了编写者类似的操作，是被意识形态篡改的假冒品。V. 决心把哥哥生活中的点点滴滴挖掘出来，把这些片段与他内心对哥哥性格的了解熔铸为一体，写出一部真实的传记。然而，V. 却沮丧地发现，根本不可能从别人的口中了解他的过去，一切都被谈论者的记忆和偏见涂改得面目全非。围绕对哥哥的作品的解读和披沙沥金淘出的几个可靠的片段，V. 勉强构建起了自己认同的哥哥的形象——一个沉静、内敛、深刻却不谙世务的艺术家。最后，V. 要去寻找哥哥迷恋的、间接导致其英年早逝的女人尼娜·列奔诺伊，为了她，哥哥轻率地抛弃了理想而忠诚的情人克莱尔·毕晓普。弄清他取此舍彼的原因在 V. 看来是打开哥哥心门的一把密匙，也将给他撰写的这部传记盖上穹顶。但讽刺的是，历经波折终于如愿后 V. 却发现，尼娜只是个心肠很硬的情场老手，他之前构建的塞巴斯蒂安根本不会爱上这样一个荡妇！尽管 V. 不愿承认，但这事实上宣告了他的失败：真实的传记是不可能的！已逝过去是不可复现的！

---

① ［美］弗拉基米尔·纳博科夫：《塞巴斯蒂安·奈特的真实生活》，谷启楠译，上海译文出版社 2010 年版，第 62 页。

布莱恩·博伊德提出了一种非常有趣的读法。他说，如果我们阅读够细致的话，会发现塞巴斯蒂安的小说在某种程度上预示了 V. 的调查，或者说调查在某种程度上重演了那些小说的内容。塞巴斯蒂安和 V. 到底是什么关系？塞巴斯蒂安最后的作品是一本虚构的传记，而现在这本名叫《塞巴斯蒂安·奈特的真实生活》的戏拟性传记无论在语气还是创新策略上都与塞巴斯蒂安自己的作品形成对应，它们都是用英语写的，俄语"塞巴斯蒂安"（Sevastian）与英语"塞巴斯蒂安"（Sebastian）的区别只在一个字母"V"。博伊德由此推出了这样的结论：塞巴斯蒂安可能虚构了 V. 和他关于塞巴斯蒂安·奈特的全部调查活动。塞巴斯蒂安的第一部作品也支持这样的推论，那部作品写到人们调查一起凶杀案，尸体却失踪了，一个嫌疑犯最后脱下面具，说他就是那个人们以为死掉的人。① V. 是"死掉的"塞巴斯蒂安的另一个身份吗？

如此，不仅塞巴斯蒂安的面孔始终不清，V. 的身份也变得可疑起来。于是我们看到，古德曼的叙事不真实，V. 关于塞巴斯蒂安的叙事不真实，甚至 V. 以无比真诚的语气语调讲述的调查故事也不可靠！纳博科夫在这部迷宫般小说中精心设计了各种相互连通的暗道——博伊德称为"活门板"，每条路径似乎都是通的，但都不能把我们引向出口，或许就没有出口，我们只能在不同的路径间往复穿梭。由此我们不难联想到后现代主义的信条：历史和现实本身无比地暧昧和复杂，任何叙事都是有限的；没有最终的真相，只有另外的真相。

二

《尖叫的碎片》的主体是"我"关于雪青的小说草稿，其中穿插了"我"和小女友江嫄在咖啡馆关于这些草稿的谈话，最后小说交代了和江嫄在咖

---

① ［新西兰］布莱恩·博伊德：《纳博科夫传·俄罗斯时期（下）》，刘佳林译，广西师范大学出版社 2009 年版，第 637~639 页。

啡馆分手后"我"身心交瘁的生存状态。"我"声称雪青是和"我"在颍河镇一起长大的青梅竹马的恋人，但21年前她莫名其妙地和我分手，嫁给一个官员的儿子，经历了弃政从商、离婚、坐牢、儿子死亡等诸多风波后，她现在患上了抑郁症，避居在威海海边的天鹅湖别墅中。"我"应邀去她那里住了一段时间，之后一直想写一部关于她的小说。但"我"的想法却未能达成，因而只能给读者们呈现放弃了的一稿、二稿的开头以及"我"在天鹅湖别墅随手记下的文字片段。

加拿大文艺理论家琳达·哈琴认为，元小说"先确立一统化的秩序，然后又通过其完全的即时性、互文性还有经常存在的支离破碎性对这一秩序进行质疑"①。墨白这部作品的开头就是典型的元小说形态："我"先后给江嫄看了关于雪青这部小说的二稿和一稿，并煞有介事地告诉对方，你看到的都是事实，"我"那个去寻找昔日恋人雪青的朋友陈诚，雪青和陈诚的谈话录音，都是存在的。不料，被犀利的江嫄抓住文本中的漏洞和裂痕一一戳穿，"我"被迫承认，陈诚这个人物以及他和雪青的谈话录音都是虚构的。

之后江嫄离开，"我"又把天鹅湖别墅里记下的文字片段呈现给读者。由于这些文字中的人和事与"我"之后的生活存在着连续性，我们会倾向于认为这些文字讲述的是"我"的真实经历。并非如此。在把片段呈现出来的时候"我"说："今天我再次来到这些片段里，这表明我对以往的努力并不满意。"如果这些文字是实录，就不应该存在不满意的问题。这就暗示我们，将要看到的故事和前面的草稿一样存在着文学创作的成分。事实也是如此，我们很容易发现，天鹅湖别墅中的"我"与叙述者"我"的性格不尽一致：在天鹅湖别墅中，"我"告诉雪青，"那个给你送花的人已经死了"，而一年后收到雪青从挪威寄来的明信片和支票，"我"却迫不及待地想要动身前往，这两种态度显然无法在一个"我"身上统一起来。如果我们的推论成立，"我"并非天鹅湖别墅中的"我"，那么，信誓旦旦宣称二者身份统一的

---

①　［加］琳达·哈琴：《后现代主义诗学：历史·理论·小说》，李杨、李锋译，南京大学出版社2009年版，第157页。

叙述者就是在撒谎，我们有理由进而怀疑他告诉我们的一切。

博伊德解读《塞巴斯蒂安·奈特的真实生活》的方法同样适用于《尖叫的碎片》。和雪青当年一样，江嫄莫名其妙就从"我"的生活中消失了；"我"和张东风一样离了婚，有一个麻烦的孩子，并和他一样在与新欢恋爱的同时保持着和前妻的联系；"我"的朋友和小柯、张东风一样遭遇了车祸，且都似乎有人设计……"我"的生活重演了"我"小说草稿中的内容。我们也可以像博伊德那样发问："我"到底是谁？V. 可以是塞巴斯蒂安虚构出来的人物，那"我"的真实身份有没有可能是雪青、张东风，甚至陈诚中的一个，也就是说"我"是他们虚构出来的人物？"我"在咖啡馆向江嫄所承认的，小说草稿中的第一人称都可以指自己、陈诚或者另外一个人，是不是也在向我们暗示这一点？墨白非常喜欢迷宫的隐喻，他说历史和现实都是一座巨大的、我们置身于其中的迷宫，永远也无法找出真正的出口。①《尖叫的碎片》作为现实的隐喻，也是一座迷宫，尽管有的局部细节可谓纤微毕肖，但对里面的人和事，我们却终如雾里看花难明就里。小说也因而蕴含了多种不同的叙事，敞开了多种解读的可能性，每一种都是有限度的，都无法展示小说全部的内涵。

三

1942 年 1 月 25 日的《纽约先驱者论坛报》这样评价《塞巴斯蒂安·奈特的真实生活》，它不仅试图表明"任何个体的完全不可知，更重要的，是暗示每个人着魔般的孤独……"②。这一评价也完全适用于《尖叫的碎片》，小说结尾时"我"要去北极，去感受"那里的荒芜与寂静"。不仅是我，面对湖水尖叫的雪青，"在清冷的月光下寻找着干净的墓地"的江嫄，还有作为

① 墨白：《梦境、幻想与记忆——墨白自选集》，河南大学出版社 2013 年版，第485~487 页。

② ［新西兰］布莱恩·博伊德：《纳博科夫传·美国时期（上）》，刘佳林译，广西师范大学出版社 2011 年版，第 41~42 页。

背景人物的"总是重复地表达自己对生命的焦虑"的蒙克，以及得了忧郁症的雪青的曾外祖父施道格，每个人都沉溺在梦魇般的孤独中。

　　孤独恰恰来自"个体的完全不可知"。不可知意味着隔膜，隔膜意味着封闭，封闭只能导致怀疑和孤独。毕晓普不知道塞巴斯蒂安离开她的原因，变得面目苍白而冷漠，这是孤独者的神情，让 V. 心痛不已；"我"不知道雪青离开我的原因，在她结婚那天简单地收拾了一个旅行包独自前往黄河壶口瀑布，开始了孤独的旅行。如果他人——以及由人的活动和关系构成的现实和历史——完全不可知，我们就只能沉陷在无边的孤独和虚无之中。这是我们无可摆脱的宿命吗？纳博科夫和墨白创作出这样的作品只是为了告诉我们这一点吗？不是，《纽约先驱者论坛报》的评价并不全面。增进心灵与心灵之间的理解、沟通和交流是文学的使命之一，纳博科夫和墨白非但没有抹除相反还强化了这一使命。

　　《塞巴斯蒂安·奈特的真实生活》中，V. 一开始就声称，自己和塞巴斯蒂安在心理上存在着共通之处，如果置身于塞巴斯蒂安所处的某个情境，他也会像哥哥那样行事。正是这样一种信念，给了他去撰写这部传记的信心。小说第八章谈到他和哥哥在巴黎香榭丽舍大街上的一次短暂相遇，一群鸽子在他们身边受惊飞起，我当时的感受和哥哥后来在小说中呈现的完全一致：

　　　　……当一些鸽子扑打着翅膀再飞起来的时候，带浮雕的柱顶部有些地方似乎变活了，像雪片纷飞。几年以后，我在塞巴斯蒂安的第三本书里找到了描绘这种情景的画面："那石头化成了翅膀。"①

类似的细节在小说中多次出现。所以，尽管 V. 最终没有清楚地知道塞巴斯蒂安何以迷恋尼娜，尽管塞巴斯蒂安的人生大多数时间他是不在场的，但他仍相信通过他们心理上的共通，通过解读塞巴斯蒂安那些朝向灵魂的

---

　　① ［美］弗拉基米尔·纳博科夫：《塞巴斯蒂安·奈特的真实生活》，谷启楠译，上海译文出版社 2010 年版，第 75 页。

作品，自己能够了解对方：

> 不管他的秘密是什么，我也了解到一个秘密，那就是：灵魂不过是存在的一种方式——不是一种恒久的状态，因此任何灵魂都可能是你的灵魂，如果你发现了它的波动并进行仿效的话……我就是塞巴斯蒂安，或者说塞巴斯蒂安就是我，或许我们两人是我们都不认识的某个人。①

同样，《尖叫的碎片》中，尽管"我"并不真切地知道在雪青的生命中发生的一切，但"我"能够理解她为什么要去挪威，"我"能够体会她在耶斯维尔那无边的白夜下的孤独和痛苦。"我"也能理解蒙克，后者通过艺术反复表达的生命的焦虑正在困扰着"我"。我还相信雪青也能读懂蒙克，他们的童年存在着太多的相似。如此，"我"对江源谈论的第一人称重叠的问题，就有了新的含义：人与人之间的沟通、心灵上的契合是完全可能的。

如果没有塞巴斯蒂安的那些作品，塞巴斯蒂安的世界对 V. 来说就完全不可知了；蒙克的《尖叫》在一定程度上也充当了"我"理解雪青的桥梁。——这就是艺术的价值，当然，并非所有艺术都具备这种价值。

四

在评价纳博科夫的另一部政治色彩浓郁的作品《庶出的标志》时博伊德指出，在纳博科夫看来，主张群众或普遍利益先于个体是荒谬的：群众终究是由个体组成的，群众团体数量千千万万，不同个体的利益观念也各有不同。这种观念体现在意识形态领域，就是个体意识高于一切，那种认为应该把我们的精神和思想修剪得与别人的一样平的想法，在纳博科夫眼中是对人性最严重的嘲弄和扭曲。② 如此，我们不难理解，何以纳博科夫对

---

① ［美］弗拉基米尔·纳博科夫：《塞巴斯蒂安·奈特的真实生活》，谷启楠译，上海译文出版社 2010 年版，第 216 页。

② ［新西兰］布莱恩·博伊德：《纳博科夫传·美国时期（上）》，刘佳林译，广西师范大学出版社 2011 年版，第 106~107 页。

用时髦概念和流行叙事抹掉了塞巴斯蒂安心灵独特性的古德曼先生极尽挖苦嘲弄。反过来看，《塞巴斯蒂安·奈特的真实生活》中的 V. 和《尖叫的碎片》中的"我"致力于进入他人精神世界的做法。

墨白也会厌恶古德曼先生，我们可以从他对现实主义文学的批判中感受到这一点。现实主义的问题决不在于意图书写现实——相反所有的严肃文学都必须具有现实性品格，美学上的贫乏也倒在其次，对所谓"客观"的执着才是其所有错谬之端。因为追求客观，现实主义把重心放在了外部的社会生活和社会关系上，个体内在的独特性被忽视了，很多时候他们的做法和古德曼并无二致，从政治学、社会学概念出发捏造人物性格。而且，如前文所说，现实本身无比地复杂和暧昧，所谓"客观现实"只是关于现实的叙事之一种，但现实主义却使其以不容置疑的面目出现，将其置于其他叙事之上，其意识形态属性不言而喻。和纳博科夫一样，墨白拒绝对个体生命进行简化，他喜欢进入人的内心，书写人的梦境、幻想与记忆，展现人的生存状态和精神状态。"在这个世界上，没有谁能代替另外一个人去感受世界的存在。……一个给有钱的女人当面首的男青年有着他自己的精神世界，一个漂亮的不幸做了妓女的女孩同样有着她自己的精神世界。每一个在现实里存在的人，都是以他自己的存在，以他自己的感觉为中心的，这包括你，包括我，也包括我小说里出现的每一个人。"①多年来在文坛上特立独行的墨白不免孤独，但并不悲观，因为在他眼中这个世界是那样地丰富多彩，他一直用好奇的目光打量着这个世界上的每一个个体，感受他们的痛苦、忧伤和希冀，正如纳博科夫坚信的那样，大千世界里唯有无所用心的人才是悲观主义者。②

————————

① 墨白：《梦境、幻想与记忆——墨白自选集》，河南大学出版社 2013 年版，第 420 页。

② [新西兰]布莱恩·博伊德：《纳博科夫传·美国时期(上)》，刘佳林译，广西师范大学出版社 2011 年版，第 188 页。

十三、深入历史和现实的隐秘之处
——论墨白的《来访的陌生人》与
帕慕克的《我的名字叫红》

　　奥尔罕·帕慕克(1952—　)，土耳其享誉世界的文坛巨擘，2006年诺贝尔文学奖得主，颁奖词曰：“在探索他故乡忧郁的灵魂时，发现了文明之间的冲突和交错的新象征。”

　　帕慕克出生于伊斯坦布尔一个富裕的奥斯曼帝国贵族后裔的西化家庭，6岁起开始学画画，尤其钟情于伊斯兰世界的古典绘画。虽然帕慕克在22岁时放弃绘画决心当一名小说家，但绘画直接影响了他的写作，2003年创作的长篇小说《我的名字叫红》显然得益于他的绘画生涯，这部给他带来了巨大声誉的作品奠定了他在国际文坛上的地位。26岁时，父母因感情不和离异，给他造成了极大的心理打击，父母离婚后，他专注于以生活感觉为题材的小说创作。帕慕克认为，成为一名作家就意味着要耗费经年累月的耐心，去挖掘自己内在的第二自我，去认识塑造他的那个世界。他将自己关在房中，坐在桌前，独自审视自己的内心，并用语言建构起一个新世界。

　　帕慕克具有直言和叛逆的性格，他曾为左翼作家拉·什迪大声抗议，也曾为被杀戮的库尔德人和亚美尼亚人仗义执言。土耳其民族分子把帕慕克看成文学界的煽动者，但《纽约时报》评论员认为帕慕克在述说真相。为了艺术和良知，他从未放弃过对暴政的抵抗、对试图窒息文学声音的邪恶势力的抵抗。

　　2006年，土耳其作家奥尔罕·帕慕克荣获了诺贝尔文学奖，同年早些时候，他的名作《我的名字叫红》（以下简称《红》）已经发行了中文版，随后他的很多作品都被翻译成中文。但迄今为止，最为我们脍炙人口的仍是《红》——奠定帕慕克在国际文坛的地位、将其推上诺奖宝座的也是这部作品。公正地说，《红》在艺术形式、思想内蕴、文采风韵等各个层面上，都堪称臻于极致，但最让人惊艳的还是其独特的叙事结构——基于不同内视角的转换叙事。其实，我国作家墨白2003年也出版过具有同样叙事结构的长篇小说《来访的陌生人》，任何人如果读过这部作品，再读《红》都会有似曾相识之感，反之亦然。至于不通外文的墨白在创作《来访的陌生人》时是否通过别的途径接触过《红》，我们不得而知，这也无关紧要，重要的是，《来访的陌生人》和《红》一样达到了很高的艺术水准。

一

　　《红》讲述的是一个发生在16世纪末期的谋杀案。细密画师"高雅"因参与当朝最有权势的经纪人"姨夫"主持的一项秘密工作被谋杀，不久姨夫也被杀害，凶手可能就在另外三个参与了这一工作的细密画师之中，他们分别是"鹳鸟""橄榄"和"蝴蝶"。与此同时，在外漂泊了12年之久的"黑"回到伊斯坦布尔卷入了这一漩涡，他深爱着姨夫的女儿谢库瑞，自然也承担起查明凶手的使命。小说共59个小节，通篇使用第一人称的内视角叙事，但每一小节都变换一个视角主体——充当视角主体的除了活着或死了的人物，还有树、金币、狗、马等，帕慕克也让它们开口说话。在视角的不断更换中，叙事缓慢地向前推进，一些看似和案件无关的枝枝蔓蔓铺展开来，历史、现实和人性之间的复杂纠葛得到了淋漓尽致的呈现。

《来访的陌生人》也是一部具有悬疑色彩的小说。陈平是某公司老总孙铭多年前失散的恋人，后者在逛旧书摊时发现了属于陈平的《而已集》，涌出了寻找陈平的强烈愿望，并委托给了一家私人侦探社性质的事务所。不过，周旋于妻子和两个情人之间的他并不想泄露自己的隐私，因而对事务所的人保留了很多信息。可是，随着寻找的展开，一次次的人为设计的巧合把他的隐私都给抖搂出来，令他焦头烂额。与此同时，幕后人冯少田开始浮出水面，他是孙铭的同乡，后来又是战友、下属，他离了婚的妻子苏南方是孙铭的情人，落魄的他对孙铭恨之入骨。小说同样使用了基于不同内视角的转换叙事，全书16章，分别以三个不同视角人物——瑛子、孙铭、冯少田——的名字命名。每个人的心中都隐藏着不可告人的秘密，他们谁也看不到事情的全貌，谁也无法控制局面的发展。

除了相同的叙事结构，我们还可以在两部作品中找到一些有趣的相似之处。比如，线索人物形象的模糊。通常我们阅读小说，会将自己认同于小说的某个人物，这个人物一般来说是主人公，偶尔是作为见证人出现的非主人公角色。在《红》和《来访的陌生人》中，虽然不同的第一人称都在开口争取我们的认同，但我们仍然会选择一个作为线索人物，和他(她)一起去经历整个故事，并把自己的情感投射在他(她)身上。在《红》中，这个线索人物是黑，他在小说中出现的频率最高，先后有12个题为"我的名字叫黑"的小节，占全书五分之一。我们怜惜于他悲伤的过往，忧心于他对心上人的追求，并和他一起为寻找凶手而绞尽脑汁。然而，我们能感受到他的气息，却看不清他的面孔，如有的评论者所说，他是一个被动的存在，是经受各种力量冲击的伊斯坦布尔这座城市的象征。在《来访的陌生人》中，线索人物是瑛子，有7章是以她的名字命名的。和黑相比，瑛子对故事的参与度更低，她是一个学法律的大学生，暑假来老许创办的民间事务所做社会实践，纯粹是一跑龙套的。我们只能通过她对人物和事件的谈论来感受她的性情，对于她的个人身世、爱好、梦想等，我们一无所知。

相反，那些我们在情感上疏远和抵触的人物，却随着他们以第一人称登场袒露心迹逐渐博得了我们的理解和同情，如《红》中的凶手橄榄和《来访的陌生人》中鬼鬼祟祟的阴谋家冯少田。《红》中的谋杀案是文化冲突的产物，故事发生时的伊斯坦布尔正受到现代性的猛烈冲击，贫富分化、金钱崇拜、公共领域的出现、社会体制的变革等导致了传统宗教社会秩序的解体，原教旨主义——埃尔祖鲁姆教派——的兴起是这一切最显著的表征。在传统文化和西方文化之间，帕慕克本人主张文化融合，认为如同他的创作一样，不同文化是可以优雅而和谐地融合的。他把自己的这种文化理想寄寓在凶手橄榄身上：杀死高雅，是因为他对两种艺术风格的融合有着浓厚的兴趣，他要保护那幅他还没有见过全貌的神秘画作不被毁掉；杀死姨夫，是因为他不能接受姨夫的激进思想，不能接受姨夫将细密画逐出历史舞台的行动。才华横溢而又思想开放的橄榄试图在分别代表传统和现代的奥斯曼大师和姨夫之间寻求一条中间道路，将细密画和法兰克绘画融合起来。① 作为一种文化理想的代表，橄榄的形象较之在身份和戏份上都差不多的高雅、鹳鸟、蝴蝶以及小说线索人物黑要光辉得多，尽管谋杀行为就其本身而言令人痛恨。《来访的陌生人》中，冯少田的做派很是令人反感，他披着假发，幽灵般到处逛荡，不检讨自己的无所事事，整天怨诽满腹，处心积虑想整垮孙铭。就行为而言，冯少田是一个彻头彻尾的反派，但墨白把他安排成视角人物，给了他"申诉"的机会：

　　……那个时候我的手伸出来和人家的一比就像两个人种，她的手是那样的白，还散发着香气，可我的手呢？是那样的肮脏，手上到处都是冻裂的血口子，我怎么能和她站在一起？我感到自卑，那自卑像一块大石头一直压在我的心上，压得我抬不起头来。可是孙铭却和她

────────────

① 杨文臣：《现代性冲击下的迷惘——从〈我的名字叫红〉看奥尔罕·帕慕克的忧郁和焦虑》，《青年文学家》2012年第9期。

> 住在一个院子里，他们一块儿上学，放学一块儿回家，我跟在人家屁股后面远远地看着他们，这不公平！

冯少田之所以成为现在的冯少田，和儿时就沉积在心底的自卑和屈辱不无关系，我们不能否认和无视这一点。20世纪50年代以来逐渐形成的城乡二元格局给很多农村子弟留下过终生难以消除的精神创伤，墨白本人就深有感触。固然，我们不能把责任都推给不平等的城乡二元体制，不能因此免除对冯少田卑劣行径的谴责，但我们也应该给予他一定的同情。

20世纪以来，启蒙哲学和实证主义为我们提供的那种机械、专断的世界图景受到了越来越多的质疑，文学开始直面人性和世界深不可测的一面。正如《来访的陌生人》中的老徐所说，看上去这个世界上的一切我们都是熟悉的，实际上我们知道的仅仅是一些皮毛而已。以启蒙思想和实证主义为根基的传统现实主义文学惯于借助一个全知全能的叙述者或值得信赖的主人公为我们提供一个俯瞰世界的高点，帕慕克和墨白则反其道而行之，将线索人物的形象模糊化——我们认可他（她）却不了解他（她），从而不无反讽地警醒我们保持对自我主体的警惕；基于不同内视角的转换叙事也把我们从那个高点上拉下来，让我们进入不同人物的内心，现实的多元性、复杂性和建构性由此呈现出来。

二

借用通俗文学中悬疑探案小说的外壳，《红》和《来访的陌生人》都对历史和现实的复杂性以及二者间的密切缠绕展开了透视。不同的是，《红》是通过历史来映射现实，而《来访的陌生人》则是由现实进入历史。

《红》讲述的故事发生在16世纪末期，彼时曾经风光无限的奥斯曼帝国已经日薄西山，承载着其荣耀和信仰的细密画受到来自威尼斯的法兰克绘画的冲击，整个伊斯兰宗教社会也在西方文明的冲击下濒于土崩瓦解。在传统与现代之间如何选择，这个难题直到现在还困扰着伊斯坦布尔——

也困扰着我们。在帕慕克看来，这不是个选择的问题，现代性是不可抗拒的。小说中站在传统一方的高雅为了几个金币就要放弃自己的立场，信仰之于他只是话语而不是践行之物。埃尔祖鲁姆更是卑劣，煽动教众烧杀抢掠，信仰之于他只是达成个人野心的手段。几乎每个人——苏丹、姨夫、谢库瑞等，都想拥有一幅自己的法兰克风格肖像画，自我在人们的心中已经取代了安拉的位置。更重要的是，压根就不存在一个永恒不变的、神圣的传统。奥斯曼大师遍览苏丹宝库中的细密画藏品后，得出了"纯正并不存在"的结论——虽然古代大师们谨遵信条不追求自己的风格，但他们领导的画坊实际上都有自己的风格。记者问帕慕克是否喜欢细密画，他干脆地回答说不喜欢，这似乎可以表明他对传统的态度。然而，传统对神性的信仰和追求虽然虚妄，可放弃传统后世界会变好吗？小说中那个正孳生着罪恶和混乱的世界显然给出了否定的回答。那么，传统和现代的融合呢？姨夫殚精竭虑试图融合细密画和法兰克绘画，付出巨大代价后只得到了一幅缺乏技法的拙劣之作；而橄榄则沮丧地发现他根本无法像法兰克画师那样画出自己的肖像，于是他回归传统，企图逃到印度以坚持纯正，这时死亡阻断了他的去路——他在传统和现代之间左冲右突却走投无路。如前文所说，帕慕克本人秉持文化融合的立场，但他很清楚文化融合的艰难并把这种艰难在小说中巧妙地展现了出来。这种谨慎是一种为当代思想界所激赏的姿态，或许也是他的这部作品获得如此高的赞誉的重要原因之一。

《来访的陌生人》讲述的是当下的故事，孙铭寻找昔日恋人陈平，却掉入了别人精心设计的圈套之中，一切人和事都似乎有着诡秘的关联，而陈平则处在所有这些关联的中心。随着越来越接近陈平，我们也越来越深入到那段噩梦般的历史中。一直未正面出场的陈平，是过去的象征。她就在孙铭他们生活的这个城市，在他们身边，也在他们心中，她终将实施自己的复仇——过去从未远离我们。在孙铭和冯少田心中，陈平只是欲望的对象，他们并不真的关心她。冯少田企图通过得到陈平来打击孙铭，其卑劣自不待言；孙铭也好不到哪里去，他对陈平的真情经不起任何忖度，这种所谓的真情苏南方也得到过。父亲孙恒德当年的禽兽行径被揭开后，孙铭选择了沉默和逃避，不再寻找甚至闭口不谈陈平，而他本应代父亲忏悔、赎罪。我们大多数人和孙铭一样，不愿去直面那段荒诞的岁月。墨白痛切地指出，我们是一个太善于忘记的民族，因为忘记，我们失去了太多的自尊。① 可是，过去不会因我们忘记了而自行远去，看看冯少田和孙铭，他们身上分明有着长辈们的印记，我们现在的生存困境和我们对过去的遗忘有着莫大的干系。谁是幕后人？这个吸引我们进入文本的问题随着阅读的深入逐渐变得不再重要，我们沉陷在对历史和现实的深入思考中，这也正是墨白创作这部作品的意图所在。

三

就艺术风格而言，《红》细腻而绵密，娓娓道来，优雅从容，给人一种极致的审美享受，很容易受到我们的推许；相比之下，《来访的陌生人》则节奏紧促，笔力劲峭，那种"近似沙哑的声音"让人感到一种焦灼和压迫感。其实，墨白也非常看重文本的诗性，他和帕慕克一样，有着专业的美术背景，后放弃绘画从事文学创作，并同样对西方文学浸淫很深。他的很多作品，诸如《民间使者》《航行与梦想》《映在镜子里的时光》等，诗性气质极其浓郁——在坊间他甚至有"诗人"之谓，尽管他没出过诗集。不过，墨白没有帕慕克的超脱，所以不如帕慕克"优雅"，这源于他们各自的文化和生活境遇。

帕慕克比墨白早出生四年，二人大致算是同龄人，不过，命运遭际大不相同。帕慕克出生于一个富裕的中产阶级家庭，从小接受西化教育，1983 年也就是他的第一部小说《塞夫得特先生和他的儿子们》出版后的第二年，他和妻子一起移居到美国。帕慕克无疑是个有良知的作家，土耳其极端民族主义势力对他欲除之而后快的仇视便是明证。不过，他毕竟没有底

---

① 墨白：《梦境、幻想与记忆——墨白自选集》，河南大学出版社 2013 年版，第431 页。

层生活的经历，不用为生计问题而忧心忡忡，这使得他能够拥有一个相对超脱的创作姿态，去思考和阐释土耳其人的文化身份、文化的冲突与融合这类离生存现实相对较远的问题。在《伊斯坦布尔：一座城市的记忆》中，帕慕克说："随着年龄的增长，伊斯坦布尔人觉得自己的命运与城市的命运缠在一起，逐渐对这件忧伤的外衣表示欢迎，忧伤给他们的生活带来某种满足，某种深情，几乎像是幸福。"①美国作家克莱尔·柏林斯基批评帕慕克是将自己病态的忧伤强加于故土，伊斯坦布尔在她眼中是个充满活力、令人愉悦的城市。笔者没有去过伊斯坦布尔，无法评断忧伤到底是不是这座城市的精神气质。不过，即便帕慕克是对的，他这种对忧伤的珍视和反复书写也是其超脱于社会政治生活的体现——唯有置身其外，才能有心境去关切文化的审美层面。

墨白没有这种"闲情逸致"，他不仅见证而且深深卷入了中国几十年来的社会历史进程。"我的童年和少年时代是在恐慌和劳苦之中度过的，我的青年时代是在孤独和迷茫之中开始的。苦难的生活哺育并教育我成长，多年以来我都生活在社会的最下层，至今我和那些生活在苦难之中的人们，和那些无法摆脱精神苦难的最普通劳动者的生活依然息息相通。"②因为自身经历的缘故，墨白坚守写作的民间立场，敏感于现实中的一切不公和压迫。他无法也不能超脱于具体生存现实之上，他的写作始终贯穿着强烈的现实关切，而这种现实关切又融入了他的个人生活经验。墨白也清楚，在一些评论家眼中，他不够豁达，不够平和，可是，置身于这样一个世界里，他别无选择。墨白决非顽固不化，他对世界优秀文学的了解和借鉴不亚于中国任何一位当代作家，但他也坚持不受任何外在力量的牵制，无论是政治、金钱，还是流行的审美趣味和批评标准，否则，在他看来，写作就失去了意义。

---

① ［土耳其］奥尔罕·帕慕克：《伊斯坦布尔：一座城市的记忆》，何佩桦译，上海人民出版社2007年版，第280页。

② 杨文臣编：《墨白研究》，河南大学出版社2015年版，第3页。

十四、有关记忆的诗学

——墨白与石黑一雄的对比研究

石黑一雄(1954—)，1954 年 11 月 8 日出生于日本长崎，2017 年获诺贝尔文学奖，与拉什迪、奈保尔并称为"英国文坛移民三雄"。

1960 年，石黑一雄和姐姐富美子随供职于英国北海石油公司的父亲移居英国，住在伦敦附近的小镇吉尔福德，并于 1982 年获得英国国籍。1983 年，石黑一雄的第一部小说《远山淡影》出版，他因之被英国文学杂志《格兰塔》评选为英国最优秀的 20 名青年作家之一。1989 年，石黑一雄以《长日将尽》(又译作《长日留痕》)获得了在英语文学世界里享有盛誉的"布克奖"。

石黑一雄从小生活并成长于英国，受到了英国文化和传统的强烈熏陶，他已经渐渐地把自己当成一个地道的英国人。他和他的家人都曾计划返回日本生活，但这个愿望始终没有实现。切肤的无归属感影响了石黑一雄的小说叙事语言，在他看似平淡无奇的文字表层下埋藏着被刻意地压制和掩饰的情感，他小说中的人物可以是日本人，可以是英国人，也可以是生活中的任何人，他们内心世界的孤独、压抑、自欺与不安使得他小说里人物的生存空间显得极为复杂。

　　评论家孙先科在一次研讨会上用"有关记忆的诗学"来表达他对长篇小说《梦游症患者》的阅读感受，① 可谓精当。不止《梦游症患者》，墨白的人物大多喜欢沉湎于回忆和冥想之中，"记忆"既是作品的叙事线索，也构成了作品的主体。墨白本人对此有着清醒、自觉的认识，他多次对记忆展开理论阐说，"我的写作是靠回忆来完成的"②，"记忆是现代小说的核心问题"③。

　　2017 年获得诺贝尔文学奖的英籍日裔作家石黑一雄对记忆同样看重。他认同擅长"追忆"的普鲁斯特，后者让他意识到，"你可以真正模仿心理的流动性，特别是回忆时，你可以将某一个场合的片段嵌入 30 年之后另一个场合的片段之中，接着又回到另一场景，一个更大的场景，在回忆结束之前可能又会笔调一转，转到别的场景"④。石黑一雄坦言自己的第二部作品《浮世画家》正受到了普鲁斯特的影响，"这部小说就有这种回顾往事、记忆模糊、填补空白、突兀转向的写法。我觉得那已成为我作品的主要风格和技巧……在总体上普鲁斯特对我有巨大的影响"⑤。其实，普鲁斯特的影响主要是意识流手法，在此之前，石黑一雄已经把自己的创作定位为书写记忆，他的处女作《远山淡影》便是孀居英国的主人公悦子关于战后长崎生活的一段回忆。之后的《长日将尽》《莫失莫忘》和《我辈孤雏》都有着与《远山淡影》《浮世画家》相近的叙事结构，而《被掩埋的巨人》更是将抹除

---

　　① 《墨白作品研讨会纪要》，中国作家网，http://www.chinawriter.com.cn/wxpl/2014/2014-01-07/187700.html。

　　② 墨白：《自序·我为什么而动容》，见《事实真相》，四川文艺出版社 2001 年版，第 2 页。

　　③ 墨白：《博尔赫斯的宫殿》，见《梦境、幻想与记忆》，河南大学出版社 2013 年版，第 482 页。

　　④ 李春译：《石黑一雄访谈录》，《当代外国文学》2005 年第 4 期，第 137 页。

　　⑤ 李春译：《石黑一雄访谈录》，《当代外国文学》2005 年第 4 期，第 137 页。

还是留存记忆作为小说探讨的主题。就此而言，孙先科给予墨白的评论——"有关记忆的诗学"，同样适用于石黑一雄。

一

墨白小说讲述的"当下时间"都很短，但涉及的"历史时间"却很长。比如，长篇《欲望与恐惧》讲述的是主人公吴西玉出车祸前的一段经历，只有短短四五天的时间，但这四五天的经历勾连出几十年的人生历程，一个在脑海中不期闪过的人名、一个瞬间的感觉和意念，都改变了叙事的方向，把我们带入到对往事的回忆中。笔者曾用历史博物馆来喻说这部作品的结构，"我们都有过游览历史博物馆的体验：从入口通向出口的走廊其实不长，但由于我们要不断进入走廊两侧的展厅里，因而我们的感觉中这段路程很长。每一个展厅都由很多勾连回环的房间组成，我们忘情地流连其中，往往是看到出口的指示后，才意识到回到走廊中了，但很快我们又会进入下一个展厅，进入另一段过去。阅读这部作品和游览历史博物馆的体验有些相似，不同的是博物馆的物件是严格按照年代排列的，而小说中穿插的历史没有那么有序，所有的过去都相互渗透，形成一条绵延不断的河流，涌入当下，造就了当下的吴西玉——他的懦弱、他的虚伪、他的颓废、他的痛苦和他最终的悲剧结局"①。通过记忆，由当下切入历史，是墨白惯用的叙事手法，在他的几部长篇中都有体现。

《来访的陌生人》前后也不过四天，《映在镜子里的时光》则只有不到24小时，但都涵纳了此前三十多年的恩怨情仇。和《欲望与恐惧》不同的是，这两部作品没有使用单一的叙述视角，而是在不同章节立足不同的人物视角，由他们的回忆引领我们从不同的门径进入历史。《裸奔的年代》由五个时间切面拼贴而成，但在每一个切面内部，采用的仍旧是通过记忆由当下切入历史的手法，比如第一个切面，讲述的是1993年1月18日谭渔

---

① 杨文臣：《墨白小说关键词》，中国社会科学出版社2016年版，第250页。

重访项县寻找初恋周锦的故事。既是重访，就不陌生，谭渔很快见到了昔日同学，得知周锦已经死去的消息。他在项县待了前后不到一天时间，我们却感觉无比漫长，因为这一天召唤出了太多的回忆、太多不堪的过往，让谭渔和我们沉陷其中，如临深渊般地晕眩。《手的十种语言》的主人公黄秋雨开篇就被谋杀了，但"死是生的开始"，正是死亡让他进入了人们——尤其是刑警方立言——的视野，大量的信件、文章、画作——它们承载着关于一个人和一个民族的记忆——开口说话了，它们是小说的主体，当下的案件侦破不过是串联起记忆的线索。

在叙事上，石黑一雄与墨白的投契显而易见。《远山淡影》《浮世画家》《莫失莫忘》三部作品的主体都是主人公的回忆，当下只是唤出回忆的契机和连缀回忆的织线。尤其是《远山淡影》和《莫失莫忘》，当下几无故事发生。前者开篇写到小女儿妮基回家看望"我"（小说的主人公悦子），然后便从母女关于景子（自杀的大女儿）的话题切入进"我"的回忆，其间"我"会偶尔回到当下，交代几句母女间并不亲密的相处，然后便很快重新进入回忆，直到小说结尾妮基离开。《莫失莫忘》则直接就是"我"（克隆人凯西）对自己过往记忆的整理，"我"是作为器官提供者被制造出来的，没有未来，也没有值得一说的现在，只有并不算美好却无比珍贵的记忆。相比之下，《浮世画家》和《欲望与恐惧》的叙事更为接近，当下与回忆交织展开。曾经用艺术为军国主义呐喊助威的浮世绘大师小野增二，战后过起了隐居避世的生活，但为了小女儿仙子的婚事，他不得不出门寻访旧相识，不得不面对刻意回避的过去——按照日本习俗，相亲的双方会聘请侦探调查对方家族的声誉，小野增二辉煌的过去现在已成为污点，他只能恳求那些旧相识们在男方聘请的侦探面前为自己说些好话，但那些旧相识不仅有追随他的同道，也有因与他政见不合而遭受他迫害的门生。于是，伴随着他的寻访，往事一幕幕重现，并构成了与当下的紧张关系。

《我辈孤雏》则会让我们想到《映在镜子里的时光》。如石黑一雄本人所说，《我辈孤雏》"在某种程度上是关于一位备受念旧情绪煎熬的人的一个

夸张故事，他无法走出幻想世界，想回到里面去"①。小说前半部分的叙事
与《浮世画家》完全一致，在现实和回忆中交织展开：已成为著名侦探的主
人公克里斯托弗·班克斯对过去梦绕魂牵，不时会因某种触动而遁入到对
上海往事的回忆中。他想找回当年在上海失踪的父母，回到记忆中的美好
世界，于是，小说的后半部分，他回到了上海，但却发现真相是那般狰
狞。噩梦般的现实和过去熄灭了他的信念和热情，意志消沉的他打算在蹉
跎中度过余生。《映在镜子里的时光》的前半部分也是在现实和回忆中交织
展开：丁南、浪子一行人前往颍河镇寻找电视剧《风车》的外景地，颍河镇
不仅是小说《风车》的故事发生地，也是丁南和浪子当年知青插队的地方，
而且，小说的作者田伟林就是他们的故交。于是，每每谈到旅行目的地颍
河镇，他们就会沉入到对过去岁月的回忆中。和《我辈孤雏》中的班克斯一
样，当他们走近那个梦绕魂牵之地时，却堕入了一场噩梦，死亡不断上
演，现实被历史所渗透。人们无法走出自己的回忆，无法潇洒地告别过去
拥抱当下，换言之，某种意义上他们总是属于过去，一旦他们清醒地意识
到这一点，无尽的迷茫、苦涩乃至悲怆就油然而生。小说最后写道，"一
种从来没有过的迷茫像无处不在的雨水一样迷住了他的眼睛"②。这种迷
茫、苦涩和悲怆不仅属于《我辈孤雏》和《映在镜子里的时光》，而且存在于
前面我们提到的石黑一雄和墨白的所有作品之中。

二

墨白重视记忆的书写，因为在他看来，正是记忆构成了我们的生命存
在。"由于记忆，我们无法摆脱我们自己。"③那个无法摆脱的"我们自己"，
就是我们的过去、我们的记忆。"从某种意义上说，回忆就是我们的现实。

---

① 李春译：《石黑一雄访谈录》，《当代外国文学》2005年第4期，第136页。
② 墨白：《映在镜子里的时光》，群众出版社2004年版，第285页。
③ 墨白：《博尔赫斯的宫殿》，见《梦境、幻想与记忆》，河南大学出版社2013
年版，第482页。

因为回忆是要以占用我们当下(现在)的时间作为前提的。当我们进行回忆的时刻，现实的事实已经产生。"①记忆并没有像博物馆收藏文物那样把过去封存起来，而是始终伴随着我们，参与我们当下生命的建构。墨白小说中的人物，总是背负着沉重的记忆，在现实中艰难跋涉。比如《裸奔的年代》中的谭渔，凭借写作上的才华进入城市，却没有成功者应有的自信，无法从心理上转型成为一个城里人，"那片生长着绿色也生长着黄色的土地总像一个极大的背影使他无法摆脱，他隐隐地闻到了从自己身上所散发出来的臭蒜气……"②比如《欲望与恐惧》中的吴西玉，尽管顶着副县长的光环，但也和谭渔一样无法摆脱农村出身带来的自卑，"尽管现在在舞厅里我也能和那些酒肉朋友卡拉一下《拉兹之歌》，可是我仍然强烈地感受到我与某个社会阶层的距离"③。再比如《映在镜子里的时光》中的浪子和田伟林、《来访的陌生人》中的孙铭和冯少田，走不出昔日的"情结"，疯狂地展开无谓的厮斗……无论你是否情愿，记忆都伴随着你，撕扯着你，渗入你的血肉和灵魂。

你就是你的记忆，你终会明白这一点，尤其是在你即将与世界告别的时候——这是石黑一雄格外感兴趣的一个话题。在《远山淡影》中，他为主人公悦子安排了一个公公——绪方先生，这位退休的中学校长从福田来到长崎，目的是找当年的学生松田重夫讨一个"公道"，后者在报纸上发表了一篇攻击他的文章。二战时期，绪方先生满怀热情地配合当局，对学生进行狭隘的民族主义教育，现在战争结束了，人们开始反省那段历史，于是便有了松田重夫的口诛笔伐。绪方先生觉得委屈，他认为自己是一个爱国主义者，一直在辛勤地工作，传承民族优秀的价值观。然而，松田重夫并不接受他的申辩，"我不怀疑您的真诚和认真工作。我从来没有质疑过这

---

① 墨白：《博尔赫斯的宫殿》，见《梦境、幻想与记忆》，河南大学出版社 2013 年版，第 482 页。

② 墨白：《裸奔的年代》，花城出版社 2009 年版，第 3 页。

③ 墨白：《欲望与恐惧》，长江文艺出版社 2002 年版，第 36 页。

点。可是您的精力用在了不对的地方，罪恶的地方。您当时不会察觉，但恐怕这是事实。如今一切都过去了，我们惟有感激。……您一定心知肚明我说的都是真的"①。松田重夫看得很清楚，绪方先生不是不明是非之人，他的执拗是因为他已日薄西山，世界的未来和他无涉，他拥有的只剩下记忆，他无法接受这些记忆沉陷在罪恶的泥沼中。

在第二部长篇《浮世画家》中，绪方先生变成了小说的主人公小野增二，后者最终勇敢地面对现实，面对过去，承认了自己所犯的错误。石黑一雄这样评价自己笔下的人物，"叙述者的人生不知怎么有了变故，可能他自己没犯什么大错，但他刚好在某时某地做了某事，而直到现在他才明白当时究竟是怎么一回事。不过，他已经老迈，对他来说，人生再重来已经太迟了，但一个国家的生命、一个民族的生命，如果你可以这么说的话，比任何个体的生命要长得多，所以他设法安慰自己：'嗯，至少下一代人会从这些错误中吸取教训，会做得更好。但就我个人而言，作为一个个人，我的时间已经耗尽了'"②。石黑一雄似乎很欣赏这种自我安慰，宣称其中寓含了一种乐观的基调，展现了人类在真正的绝境中挖掘希望的崇高能力。但笔者感觉不到那种所谓的乐观基调，只感到浓重的苦涩和悲怆。正是因为国家和民族的生命漫长而个体的生命短暂，我们才不能容忍类似二战这样的错误发生，因为国家和民族走段弯路，搭进去的是我们仅有一次的生命，我们不能以国家和民族的名义抹掉个体生命的价值。石黑一雄也自相矛盾地说，那种至少下一代人会从这些错误中吸取教训的自我安慰，"有一个自我欺骗之类的因素存在，足以让他们能继续生存下去，因为人生的悲哀之一便是它很短暂。要是你把它弄得一团糟，是没法再重来的"③。

---

① ［英］石黑一雄：《远山淡影》，张晓意译，上海译文出版社2011年版，第189页。

② 李春译：《石黑一雄访谈录》，《当代外国文学》2005年第4期，第137页。

③ 李春译：《石黑一雄访谈录》，《当代外国文学》2005年第4期，第137页。

石黑一雄意犹未尽，在第三部长篇《长日将尽》中，又让绪方先生变身成了英国达林顿府的管家史蒂文森。他自我调侃说同一本书写了三次，《远山淡影》是从职业的角度探讨萧瑟人生的主题，《长日将尽》除了关注职业还表达了对私人生活的关切，"年轻的时候，你会觉得一切都和职业有关。最终你会意识到工作只是一部分而已。……而我想把一切都再写一遍。你如何以成就事业的方式荒废人生，你又如何在人生舞台上蹉跎了一辈子"①。史蒂文森也是一个悲剧人物，他以为自己完美地履行职责，协助达林顿勋爵实现其政治目标，就是在为这个世界作贡献，同时也成就自己的人生。但他的努力被证明全无价值，善良的达林顿勋爵秉持高尚的道义责任行事，却不期成了纳粹德国的棋子和帮凶，身败名裂，自杀身亡，府邸也易手他人。为了扮演"伟大管家"的角色，史蒂文森牺牲了亲情和爱情，到头来孑然一身，孤独终老。而且，时过境迁，他引以为傲的管家做派也变得不合时宜，自我设定的"伟大"成了彻头彻尾的讽刺。他只能像小野增二那样安慰自己，"除了将我们的命运交付到身处这个世界的轴心、雇佣我们的服务的那些伟大绅士们的手中之外，归根结底，我们别无选择。……你我之辈，只要是至少曾为了某项真实而有价值的事业而竭尽绵薄、稍作贡献，谅必就已经够了。我们当中若是有人准备将大部分的生命奉献给这样的理想和抱负，那么毋庸置疑，值得为之自豪和满足的就在于这献身的过程本身，而不应计较其结果究竟如何"②。如前所说，对于这种无可奈何的自我欺骗，石黑一雄是理解、认可和欣赏的。但墨白会激烈地反对说，这是缺乏独立思想和独立人格导致的悲剧。我们整理记忆，回顾来路，就是为了避免这种悲剧的发生，警示个体不要在随波逐流中虚耗自己的生命。相比之下，墨白比石黑一雄要严峻得多，他不会留任何出口让

---

① 美国《巴黎评论》编辑部编：《巴黎评论·作家访谈 3》，杨向荣等译，人民文学出版社 2018 年版，第 350 页。

② ［英］石黑一雄：《长日将尽》，冯涛译，上海译文出版社 2018 年版，第 317～318 页。

人物从悲剧中解脱出来，无论是谁，犯了错误就一定要付出无以弥补的代价。——墨白要让读者在震颤中思考，拒绝像石黑一雄那样温情地提供慰藉。

《莫失莫忘》以另一种方式更为动人地表达了记忆之于生命的意义。克隆人凯西和她的伙伴们无从抵挡悲惨的宿命，刚刚成年就被一次次地收割器官直至丧命。失去朋友、失去爱人、自己也打算结束护理员生涯成为捐献者时，凯西很平静，她用记忆抵抗死亡的压力——"我最珍贵的记忆，我发现我从未淡忘。我失去了露丝，然后我又失去了汤米，但我绝不会失去关于他们的记忆。"①我们可以把这部作品当作科幻小说来读，对克隆技术可能引发的伦理问题展开讨论；也可以把克隆人的世界看作我们这些芸芸众生的世界的隐喻：我们孩童时代的生活环境不正像凯西们的黑尔舍姆一样封闭并受到成年管理者的严控吗？成年后的我们，在某个岗位上尽职尽责，"捐献"出我们的全部精力，然后衰老死去，和凯西们又有什么不同？区别只是程度上的！凯西只能选择做护理员还是做捐献者，我们似乎可以自由选择，但其实也很有限，很多人终其一生守着一项工作，他们并不情愿。凯西们被限制在一个极为狭小的生存空间中，我们又何尝不是？如马克斯·韦伯所说，我们也被监禁在工具理性和官僚体系打造的"铁笼"之内。最终，当我们要告别世界的时候，和凯西一样，真正属于我们的也只有记忆，只有那些记忆证明我们曾经爱过、活过。如此我们可以理解，"用写作来证明一个人的存在"、"寻找一种留住生命和时间的方法"②的墨白何以珍视记忆，宣称"正是那些往事和记忆才构成了我写作的生命"③。

---

① [英]石黑一雄：《莫失莫忘》，张坤译，上海译文出版社 2018 年版，第 322 页。

② 墨白：《生命在时间里燃烧》，见《梦境、幻想与记忆》，河南大学出版社 2013 年版，第 426 页。

③ 墨白：《自序·我为什么而动容》，见《事实真相》，四川文艺出版社 2001 年版，第 2 页。

三

2015 年石黑一雄发表了迄今为止最新的长篇小说《被掩埋的巨人》，一部关于记忆的寓言。故事发生在公元 6 世纪英格兰的一个山谷，亚瑟王大肆屠杀了这片土地上的撒克逊人之后，担心日后不列颠人和撒克逊人会陷入持久的仇杀，便让巫师梅林给巨龙魁瑞格种下魔咒——后者喷出的"遗忘之雾"笼罩整个山谷，使人们只能记住眼前的事情。于是，曾经的暴行被遗忘，和平得以维持了几十年。然而，巨龙和守护它的骑士终将老去，小说结束时，撒克逊武士维斯坦奉命前来杀死了巨龙。随着记忆的恢复，撒克逊部族血腥的复仇将席卷而至。

借助遗忘来消泯仇恨、维持和平是否可取？巨龙守护者、亚瑟最后的骑士高文认为，逝者已逝，不必将仇恨传递给下一代，时间足够长的话伤口就能愈合，永久的和平就能实现。而维斯坦则要维护正义，坚持血债血偿，不让犯错者逍遥法外。我们不应该放弃正义，也不能让仇恨和杀戮延续下去，那么，该如何处置那些创巨痛深的历史？铭记还是遗忘？

石黑一雄直言，这部作品的创作契机是 20 世纪 90 年代的南斯拉夫战争。塞尔维亚人从来没有忘记二战期间族人们的遭遇，但"随着南斯拉夫的解体，我们可以清楚地看到仇恨和复仇的意志其实一直存在，之前只不过是被隐藏了而已"①。石黑一雄的这一感触在小说中借助维斯坦之口表达了出来，"蛆虫越活越肥，旧伤口怎么可能愈合？和平建立在屠杀和魔术师的骗术之上，怎么能够持久？我明白这是你虔诚的渴望，渴望你那些恐怖的往事像尘土一样消于无形。但是，它们却在泥土中蛰伏，像死者的白

---

① 陈婷婷译：《如何直面"被掩埋的巨人"——石黑一雄访谈录》，《外国文学动态研究》2017 年第 1 期。

骨一样，等着人们发掘"①。显然，石黑一雄的态度很明确：必须正视而不是回避历史。在谈到当下日本对历史的遗忘时，他直言不讳，"日本已经具备了能够回顾过去的力量，理应解决与中国以及亚洲诸国之间围绕二战事实的不同认识这一问题"②。

铭记历史，就意味着延续仇恨和杀戮吗？很多读者可能忽略了一个并非不显眼的情节：小说的线索人物埃克索在丧失记忆之前，也曾是亚瑟麾下的骑士，地位似乎不次于巨龙守护者高文爵士。但在杀死高文之后，维斯坦并没有把复仇的剑锋指向年老体衰的埃克索。这个不受巨龙气息影响的撒克逊武士，不仅记得对方犯下的罪行，也记得对方对自己族人表达出的善意。不仅如此，维斯坦懊恼地发现，"我在你们当中生活得太久，变得软弱了，就算我努力，心中也有个声音反对这仇恨的火焰。这是个弱点，让我感到羞耻"③。这表明，不假谎言和遗忘，仇恨也是可以化解的。相反，试图抹掉记忆、篡改真相，只会让仇恨和愤怒像封存在地下的白酒一样，历久弥新、历久弥烈。强行遗忘创伤的记忆，弗洛伊德称之为压抑，他还告诉我们，被压抑之物终将回归。

《被掩埋的巨人》中，被压抑的仇恨回归了；墨白的长篇《映在镜子里的时光》和《来访的陌生人》中，被压抑之物也回归了。墨白在《梦游症患者》后记中提及，"在公交车上，在烩面馆里，在你生活的每一处地方，只要你留心，或许你就会重新遇到这本书里的一些人的影子。是的，是他们，他们还生活在我们的身边……"④石黑一雄说，任何一个国家都存在着"被掩埋的巨人"。而墨白所做的，正是拨开笼罩我们记忆的迷雾，掘出中

---

① ［英］石黑一雄：《被掩埋的巨人》，周小进译，上海译文出版社 2016 年版，第 298 页。

② 陈婷婷译：《如何直面"被掩埋的巨人"——石黑一雄访谈录》，《外国文学动态研究》2017 年第 1 期，第 108 页。

③ ［英］石黑一雄：《被掩埋的巨人》，周小进译，上海译文出版社 2016 年版，第 306 页。

④ 墨白：《梦游症患者·后记》，河南文艺出版社 2002 年版，第 283 页。

国的"被掩埋的巨人"。

四

专注于书写记忆，以及叙事选择上的投契，使得墨白和石黑一雄的创作也存在着相近的美学气质：蕴藉感伤，诗意流衍，散发着一种忧郁的、梦幻的气息。相比之下，石黑一雄要节制一些，叙事的时候与故事保持着一定距离，这使得他能以平静的口吻将故事娓娓道来。墨白则不同，在叙事时非常投入，往往与人物合而为一，从而导致了叙事的情绪化，感情色彩浓烈。

关于这种"距离"，石黑一雄的解释是：我们认为对的东西不一定对，所以必须保持一定距离来思考，保持也许自己错了的反思意识，"我当时对核裁军运动也相当投入，但同时也时常会有那种必须保持距离来思考的想法"①。这种意识体现在叙事上，便是节制，尽可能少地介入人物。而墨白不想做一个外部的观察者，他要书写"带着个人体温的故事"，与人物同呼吸共命运，进入他们的生存空间和精神世界。"要想进入他们的精神世界，就不能把他们当外人，就要把他们当成我自己。如果这样，那我就是那个逃债者，整天无家可归；我就是那个胳膊上搭着风衣盛气凌人的市管会主任；我就是那个乡村医生；我就是那个博物馆馆长；我就是那个榨油的个体户，我就是他们之中的任何一个人，我得先变成他们，设身处地为他们着想，像他们一样去思考问题。"②既然认同于小说人物，墨白在叙事中就不用压抑自己的情感，嬉笑怒骂恣意挥洒。

从根本上说，二者叙事上的不同还是源于各自生存境遇的不同。墨白出身底层，饱尝苦难，他不能也不愿超然世外，超然于小说故事和人物之

---

① 陈婷婷译：《如何直面"被掩埋的巨人"——石黑一雄访谈录》，《外国文学动态研究》2017 年第 1 期，第 110 页。

② 墨白：《颍河镇地图》，见杨文臣编著：《墨白研究》，河南大学出版社 2015 年版，第 4 页。

外。这不是说他对自己塑造的人物就没有批判意识，他的批判意识不是寓于叙述者含蓄节制的讲述中，而是往往借助人物自身的表演表达出来。由于叙述者和人物的切近，对人物的批判很大程度上也就成了叙述者的自我批判——墨白是一位不惮于做自我解剖的作家。而石黑一雄出身于中产阶级家庭，且很小就随父亲移民到英国，与现实尤其是底层现实很是疏远，基本上可以说是社会生活的旁观者，他本人也承认自己是以外来人的视角来看待周围世界的，"我经常和周围人抱持着一定距离，看到他们的时候会觉得'哇，这些(英国)人很有意思嘛'……我在成长中就是这样一直保持距离来观察周围"①。当然，石黑一雄也是一位同情底层民众、深怀悲悯之心的作家。我们不否认作家可以通过想象体验一种生活，也不否认他们甚至可以真切地表现这种生活，不过，在想象中体验与亲身经历毕竟是有差别的，石黑一雄和墨白在叙事上的不同正是源于这种差别。需要说明的是，我们指出这种差别但无意于据此对二人进行臧否，石黑一雄认为那种外在的视角对于自己的创作非常有用，而墨白则把自己认同于底层民众并基于这种认同而写作，他们都在各自的路向上实现了自己的目标。

---

① 陈婷婷译：《如何直面"被掩埋的巨人"——石黑一雄访谈录》，《外国文学动态研究》2017 年第 1 期，第 110~111 页。

十五、异乡人永在归途

——读墨白的《回家，我们从清晨一直走到黄昏》与海德格尔的《返乡——致亲人》

马丁·海德格尔（1889—1976），德国哲学家。20 世纪存在主义哲学的创始人和主要代表之一，也是 20 世纪最重要和最有影响的哲学家之一。代表作品有《存在与时间》《林中路》《路标》《荷尔德林诗的阐释》等。

海德格尔是一位不折不扣的"诗性哲学家"，他不仅用诗意的文笔探讨哲学问题，本身也是一个诗人。更重要的是，后期的他认为"诗"与"思"是统一的，"诗语"是本质的语言，真理的语言，唯有"诗语"才能通向对存在的澄明。

《返乡——致亲人》本是荷尔德林的一首诗，描绘了1801 年春天他从瑞士的图尔高镇返回故乡施瓦本途中的情景。海德格尔对这首诗进行了创造性的解读，将其变成了存在主义的象征。笔者以为，荷尔德林的这首诗并不太契合海德格尔的学说，海德格尔的解读不免有"过度阐释"之嫌。对此，海德格尔也心知肚明，所以特意在文中为自己作了申辩："词语一旦道出，就脱离了诗人的保护，所以，对于已经道出的关于被隐匿的发现物和有所隐匿的切近的知识，诗人不能轻松地独自牢牢地把握其真理性。因此，诗人要求助于他人，他人的追忆有助于对诗意词语的领悟，以便在这种领悟中每个人都按照对自己适宜的方式实现返乡。"①

如果海德格尔生在当代中国，他就无需像在《返乡——致亲人》中那样，为了把荷尔德林的诗歌纳入自己的理论逻辑而大费周章，他完全可以找到与其理论更契合的文本，那就是墨白的诗性小说《回家，我们从清晨一直走到黄昏》②。

———

返乡，什么是故乡？如何返乡？

这个问题似乎很可笑，故乡不就是出生之地吗？返乡不就是回到出生之地吗？荷尔德林诗中也说得很清楚：不错！这就是出生之地，就是故乡的土地，/你梦寐以求的近在咫尺，已经与你照面。

作为海德格尔后期哲学重大主题之一的"返乡"，显然不会这么简单。海德格尔就这首诗"致亲人"的献词发问说："诗人何以还要对历来生息于故乡的乡亲们说'返乡'呢？"③是啊，我们不能鼓励一个世界冠军去争夺世界冠军，诗人怎么能对身在故乡的人谈论"返乡"呢？海德格尔的解释是，身在故乡并不会体悟何为"故乡"，"故乡"恰恰是属于"异乡人"的，那些如草木一样长在土地上的农夫其实没有"故乡"。

---

① ［德］马丁·海德格尔：《荷尔德林诗的阐释》，孙周兴译，商务印书馆 2009年版，第 47 页。

② 墨白：《回家，我们从清晨一直走到黄昏》，《莽原》2004 年第 3 期。

③ ［德］马丁·海德格尔：《荷尔德林诗的阐释》，孙周兴译，商务印书馆 2009年版，第 31 页。

在谈论诗人 J. P. 黑贝尔的时候，海德格尔假设说，如果黑贝尔如愿以偿实现了自己的梦想，去那个盛产白葡萄酒的村庄当上牧师，他会有更充裕的机会去写他的家乡，但那样的话他写出的只能是一些描述乡村和"他的民众"的仿若民俗学一类的东西。恰恰是逃难到卡尔斯鲁厄，让他有机会把家乡化育成了诗，"伟大诗人所吟诵和言说的一切，都源于乡思的酝与酿，并唤此一乡思的苦痛入于诗的话语"①。

正是在这个意义上，海德格尔告诉我们，我们生来就是异乡人，只是，我们对此没有意识。那么，"故乡"在哪里？我们又如何"返乡"？

"故乡"只在诗的话语中到场。海德格尔有句人所共知的名言，"语言是存在之家"②。泉水只是泉水，不能追问存在，它不知道自己从何而来又流向何方，不知道自己乃天地氤氲造化之产物。唯有人类能够追问存在，因为唯有人类拥有语言。"故乡"是"存在"的另一个名称，它不是某个我们曾在的物理时空，也不是一种实然的生命状态，它只在我们追问和运思时才进入我们的视野。故乡，是本源，是流衍之大道，是天地神人四重整体，是人与万物神投情契、亲密无间的圆舞之境。被利欲驱迫而整日心神不宁、东奔西走的现代人没有故乡，面朝黄土背朝天、如牛马般劳作的乡民们没有故乡，那些轻裘肥马衣锦还乡，然后圈山占水大兴土木的轻薄之辈也没有故乡。故乡只属于精神上的返乡者，只在你眼含热泪地追问和呼唤时才到场，与你空间上的位置无关。

当然，不是所有的人都有能力展开追问和运思，不是所有的人都能踏上返乡之途：

> 惟有这样的人才能返回，他先前而且或许已经长期地作为漫游者承受了漫游的重负，并且已经向着本源穿行，他因此就在那里经验他

①　[德]马丁·海德格尔：《思的经验(1910—1976)》，陈春文译，人民出版社2008年版，第69页。

②　[德]马丁·海德格尔：《路标》，孙周兴译，商务印书馆2009年版，第392页。

要求索的东西的本质，然后才能经历渐丰，作为求索者返回。①

　　这样的人是诗人。唯有诗人，才能勘破蝇营狗苟、名缰利锁；唯有诗人，才能深谙生之苦痛，却不灭似海深情；唯有诗人，才能引领我们回归大道，入于万古长空、一朝风月的清冥之境。"诗人的天职是返乡，惟通过返乡，故乡才作为达乎本源的切近国度而得到准备。"②"返"不是时间上或空间上的折返，而是当下的进入，是与故乡在诗中相遇。

　　既然故乡在诗的话语中到场，那么，故乡也会随诗性语言切换为流俗语言而离场，"词语破碎处，无物可存在"。因而，"返乡"不是一次性的，我们不得不一次次走向本质之语言，一次次踏上返乡之途。"诗意地栖居"其实是在语言中栖居，在诗意中栖居。如果把故乡理解为返回后便可长期驻留的地方，那么，我们永远也回不了故乡，永远处在返乡的途中。"灵魂之为灵魂乃是'大地上的异乡者'。所以，它始终都在途中。"③我们有了灵魂，告别了草木沙石的无世界状态，我们就永远失去了故乡。海德格尔呼吁我们返乡，不是要我们回到某个曾经存在的历史时期或生存状态，而是要我们重建与世界的亲密关系，每次返乡都是一次重建，或者说是"开端"。

二

　　在夜间，我独自一人走在镇子里，在南门里那条青石铺就的窄窄的街道上，我再次听到了那曲《回家》。那曲《回家》从街边一幢木质小楼上传来，我停住，抬头朝那个窗子观望。我想，谁是那个放曲子的

---

　　① ［德］马丁·海德格尔：《荷尔德林诗的阐释》，孙周兴译，商务印书馆 2009年版，第 25 页。
　　② ［德］马丁·海德格尔：《荷尔德林诗的阐释》，孙周兴译，商务印书馆 2009年版，第 25 页。
　　③ ［德］马丁·海德格尔：《在通向语言的途中》，孙周兴译，商务印书馆 2008年版，第 34 页。

人呢？我不知道，但我敢肯定他或她是一个漂泊者，或许在他们年轻的时候，就被耶和华从伊甸园里驱逐出来了，他们远离了那株永恒的生命之树，远离了圣洁的精神家园。那个无处可息的灵魂呀，他的一生一世都在回家的路途之中，似乎永远不能到达。可是，我们谁又能停止了自己的脚步呢？没有，没有一个人在路途之中停止下来。我要回家，要回家！我们对着漫漫的长夜呼喊，我们在旷无人烟的原野上呼喊，回家，我要回家呀……是呀，我们要回家，我们每一个人，从幼年到老年都在回家的路途之中，从来没有什么能阻挡我们的行走，逢山开路遇河架桥，没有什么能挡得住我们在黄昏来临的时候叩响我们的家门，没有，没有什么能阻挡住我们。可是，我们每一个人，回家的路途又是那样的遥远，从清晨一直走到黄昏……

这是《回家，我们从清晨一直走到黄昏》的结尾：我们都是漂泊者，大地上的异乡人，一生一世都在返乡的途中，从清晨一直走到黄昏。——几乎就是海德格尔"返乡之思"的抒情版。

海德格尔告诉我们，荷尔德林的《返乡——致亲人》是一首哀歌，基调是"忧心"。墨白这部《回家，我们从清晨一直走到黄昏》的旋律也是忧伤的，小说以不惑之年的"我"沿着流过故乡的颍河寻找姑姑为开端——37年前，姑姑听从一个带有皖北口音、皮肤黝黑的小伙子的呼唤，跳上了那艘升起了白色篷帆的土黄色货船，从此音讯全无。漫长而孤独的旅途中，"我"的思绪在浩浩漫漫的时空中散开，李白、杜甫、苏武、李陵，还有"我"的外公、伯父、姑姑……这些万古流芳或籍籍无名的个体，先后出现在"我"的意识之流中，润湿"我"的眼眶，悲怅"我"的心怀。他们有一个共同的身份：漂泊者。几千年了，一代又一代的人就在这片大地上无休无止地行走，如今又加上了一个"我"。——漂泊是我们共同的宿命。

每个人的出走都有自己的原因，因为抱负，因为信仰，因为爱情，因为生活，因为远方的召唤……小说中的人物一次次地出走，然后一次次回头遥望，黯然魂伤。我们不能责备他们为什么不留在故乡，"出走"是谁也无法摆脱的宿命，他们的出走只是"出走"的具体形象。我们来到这个世界上，就失去了故乡，成了异乡人，永远无法回头。小说中，没有人最后能回到故乡。李白长眠于当涂，再没有回到碎叶城。杜甫一生颠沛流离，根本就无家可归。苏武倒是回到了长安，可他无法融化心里积存了19年的西伯利亚的风雪，无法抹掉匈奴妻子和儿子含泪的目光，他的余生都将在北望中度过。伯父也一度回到了颍河镇，但他还是要再度出走，回到万里之外的新疆的家，把落叶归根的愿望寄托在那盒骨灰上……是天地不仁吗？为什么要制造如此多的不幸和悲伤？

三

海德格尔指出，"忧心"的另一面是"喜悦"，因为"忧心"而"返乡"时，"喜悦"就产生了。"悲哀与纯粹的忧郁有着天壤之别。悲哀就是那种为极乐而得到朗照的欢乐。"[①]"返乡的诗意本质乃是超出对家乡事物和本己生活的纯然分得的占有之外对喜悦之本源敞开。"[②]这种"喜悦"不是世俗的因功利而引发的兴奋，而是一种灵魂找到归宿的极乐，一种纯粹而又有深度的生命体验。

正是在这个意义上，墨白笔下的漂泊者们从世俗的角度看固然不幸，但从存在的角度看却另有一番景致，他们把乡思化育成了诗，或灵魂之醇酿，吟之、饮之、一醉千年。比如那个望月思乡的李白：

> 好像是在一夜之间，好像就在昨天，你还对我们说着这样的话。
> 是的，不是三十七年，而是一千二百七十五年，你的白发已经三千丈了，你从来就没有停下过，你一直都在寻找你的家园，停留在当涂青

---

① [德]马丁·海德格尔：《荷尔德林诗的阐释》，孙周兴译，商务印书馆2009年版，第28页。

② [德]马丁·海德格尔：《荷尔德林诗的阐释》，孙周兴译，商务印书馆2009年版，第32页。

山脚下的只是你的躯体。这么多年来，你一直走在回家的路途之中，走累了，你就在一个小小的旅店里住下来，你坐在窗前，手把着酒盏，遥望着那轮明月。是的，我们无数的人都看到过你的那轮明月，那轮让我们感到心中凄伤的明月。有几个唐玄宗才能抵得上你那轮淡淡的明月呢？有多少个李林甫和高力士才能抵得上你那轮淡淡的明月呢？有多少座皇宫才能抵得上你那轮淡淡的明月呢？你遥望明月的目光是那样的执着，并让我们深深地感动。

只有李白这样的人，才真正抵达了故乡。明月在，故乡就在。那轮淡淡明月守护着乡愁，没有乡愁的人，也没有故乡。"哀歌《返乡》并不是一首关于返乡的诗歌，相反地，作为它所是的诗，这首哀歌就是返乡；只消这首哀歌的话语作为钟声回响在德国人的语言中，那么，这种返乡就还将发生。"①李白、杜甫的每次吟唱，苏武、李陵的每次遥望，外公、大伯的每次叩拜，也都是返乡。有没有踏上那块梦想中的土地，并不重要。没有离开过出生地的人，并不就拥有故乡。鲁迅笔下的闰土没有故乡，重回故乡的迅哥儿也没了故乡，故乡留在了他们的记忆里；阿Q没有故乡，赵四老爷也没有故乡，末庄只是人与人争斗撕咬的处所。海德格尔说，故乡是本源之切近，返乡就是返回到本源近旁；而墨白说，故乡就是那株永恒的生命之树，返乡就是回到圣洁的精神家园。两人不谋而合。

《回家，我们从清晨一直走到黄昏》就是一首返乡之诗，或者说，就是返乡。墨白现居郑州，离他位于淮阳的故乡颍河镇并不远，他每年也多次到故乡访亲和参加各种活动，但他的心中还是回响着故乡的召唤，无论他处在郑州的家中还是站在颍河镇的大街上。海德格尔说，荷尔德林与索福克勒斯之间的诗意对话属于诗意的返乡，但他并没有穷尽这种返乡；而墨白则说，颍河镇"丰富得就像一片海洋"，他只能无数次地进入，无数次地

① ［德］马丁·海德格尔：《荷尔德林诗的阐释》，孙周兴译，商务印书馆2009年版，第27页。

踏上返乡之旅。——异乡人永在归途。

四

异乡人，漂泊者，是我们无可摆脱的宿命。没有 725 年春季的那次出走，就没有那轮照亮了我们回家路途的明月，就没有那份回荡天地之间的"天子呼来不上船"的超逸风流；没有 37 年前姑姑的那次出走，就没有"我"沿着颍河的行走，没有这次跨越古今的心灵对话。没有出走，就没有故事，没有历史，也没有故乡。所以，海德格尔说，"故乡最本己的东西已然是一种天命遣送的命运，或者像我们时下所说的，就是历史"①。

那么，为什么又要返回呢？海德格尔说，那是因为返乡可以允诺给我们更多的、无限的可能。我们从故乡出走，以各种不同的方式逗留于世，但所有这些方式都可能形成对我们的束缚。所以，我们要不断地返回本源意义上的"故乡"，以摆脱固有的生存样式的束缚，开启新的存在的可能性。——这个过程永无止境。

在墨白看来，"回家"是对圣洁的精神家园的渴慕，可以使我们的灵魂免于沉沦、情感免于干涸。小说中的人物，都是至情至性之人，因为有对"家"的牵挂，他们才没有迷失，才给世界留下了那些哀婉凄恻却又鼓舞人心的生命故事。如果没有李白和杜甫，没有苏武和李陵，没有"我"外公那样情之所钟、生死不渝的生命个体，这个世界就不值得存在下去。悲哀的是，这个世界上的高力士、李林甫要比李白多得多，当下更是有越来越多的人失去了灵魂还自以为是，精神的家园日渐残破，返乡的呼声几不可闻！小说结尾时，墨白使用了"我们"这一人称，并不是出于事实的描述，而是一种真诚的、恳切的呼请：让我们找回灵魂，回家，回家……

---

① ［德］马丁·海德格尔：《荷尔德林诗的阐释》，孙周兴译，商务印书馆 2009 年版，第 11 页。

后　记

迄今为止完成的已出和待出的 5 本专著中，《墨白小说的本土性与世界性》是我写得最为意兴淋漓的一本。2018 年初春直到深秋，我把除上课外的几乎全部时间投入到紧张的阅读写作中。书稿完成后，悲喜交集。我自信进入了大师们的艺术世界，为成为大师们的理想读者而自豪；同时，又为这本书稿的出版烦心，在现行的学术评价体制下，作为学术权力场的局外人，我可能要自己买单。幸运的是，相濡以沫的妻子张倩把钱看得很淡，不仅承担了大部分家务，节约我的时间用于写作，还支持我尽快将书稿出版，无问得失。还有女儿杨嘉琪，很为爸爸又写出一本书而骄傲，这也许是我坚持写作的最大意义，今天她为爸爸骄傲，明天她就会让爸爸为她骄傲。

但情怀抵不过生存压力，这本书的出版还是搁置了下来。之后两年，我又陆续地增添了一些篇章，但对于它的出版，我越来越悲观。

所幸峰回路转，2020 年夏天我从原单位调动到了嘉兴学院，并获得一笔可观的科研启动金，这本书才得以与大家见面。对于嘉兴学院之于我的认可，对于命运之于我的眷顾，我感激不尽！

　　最后，感谢河南大学李伟昉教授，百忙之中抽时间为本书写序；感谢周口师范学院任动教授、中州大学刘海燕教授、郑州师范学院郑积梅教授以及河南省文联饶丹华老师，本书的写作得到了他们的鼓励和帮助；还要特别感谢武汉大学出版社李琼老师，感谢她的认可、鼓励以及为本书出版付出的心血！

2021 年 1 月 16 日